本书系文化部文化艺术研究项目"网络小说改编剧的互文性研究"
（批准号16DC24）结项研究成果

次元的破壁

网络小说改编剧的
互文性研究

李磊◎著

中国社会科学出版社

图书在版编目（CIP）数据

次元的破壁：网络小说改编剧的互文性研究/李磊著. —北京：
中国社会科学出版社，2020.10
ISBN 978-7-5203-7237-4

Ⅰ. ①次…　Ⅱ. ①李…　Ⅲ. ①网络文学—小说—改编—研究—中国
Ⅳ. ①I207.42

中国版本图书馆 CIP 数据核字（2020）第 175448 号

出 版 人　赵剑英
责任编辑　郭晓鸿
特约编辑　张金涛
责任校对　师敏革
责任印制　戴　宽

出　　版　中国社会科学出版社
社　　址　北京鼓楼西大街甲 158 号
邮　　编　100720
网　　址　http://www.csspw.cn
发 行 部　010-84083685
门 市 部　010-84029450
经　　销　新华书店及其他书店

印　　刷　北京明恒达印务有限公司
装　　订　廊坊市广阳区广增装订厂
版　　次　2020 年 10 月第 1 版
印　　次　2020 年 10 月第 1 次印刷

开　　本　710×1000　1/16
印　　张　18.75
插　　页　2
字　　数　242 千字
定　　价　108.00 元

目　录

序

贾磊磊

2020 年初春，中国经历了一场前所未有的公共卫生事件。此时此刻没有什么事情能够让我们如此关注学术研究对于一个国家乃至对于整个人类社会发展与生存所起到的重要作用。尽管，并不是每个学科的研究都会像医学那样与人的生命息息相关，因为我们研究的对象并不一样，研究的方法也有所不同，但是，所有学科所秉承的科学（不是科学主义）的信念，所需要的那种"我不入地狱，谁入地狱"的献身精神，却都是相同的。

一

如果我们不曾经历像非典，像新冠肺炎这样的灾难，也许，我们对于科学的使命与学术的责任还不会有那种牵动灵魂的感受。现在，面对2020 年的重大疫情，面对不断增加的患者与死去的同胞，我们有必要对于我们的学术思想进行更为严肃、更为严谨、更为严格的审视。对于科学在我们社会中所处的实际地位，对于学术在我们的决策中所起到的作用，应当进行更加客观、更加公正、更加全面的判定。尤其是我们怎样正确地看待那些出于公心而勇于提出不同意见的人；如何公正地对待那些出于正义而敢于直陈己见的人，更应当进行深刻的反省……

我们这些在第一线从事学术研究的学者，实际上构筑的是整个中国学术思想的历史长堤。也许，我们所进行的电影、电视的研究不过是这长堤中的一颗石子儿，甚至是一个沙粒。尽管如此，我们也要让它在物质的质量上能够像岩石一样坚硬、像金子一样闪光。其实，我们历来认为，研究对象的伟大不能够决定研究工作的伟大，同样，研究对象的渺小也不能够决定研究工作的渺小。学术思想界有许多研究哲学史的专家，他们可能终日与那些思想的巨擘为伍，可是，在学术上我们并不能因为谁研究谁就把谁当成谁——简单地说就是我们不能将一个研究黑格尔的人当黑格尔，也不能把有关研究王国维的人当王国维。我们之所以这样说并没有任何要贬低这类研究工作的价值的意思，而只是在强调任何研究对象的价值与研究自身的价值永远不能相提并论。同样，研究对象的微小，像居里夫人研究的是物理学中的一种元素，雷彻尔·卡逊研究的是化学农药中的一种毒素，这些东西的渺小、细微怎么能够和黑格尔、跟王国维相比呢？可是，对它们的研究的意义和价值却事关人类的命运，你能说这些是微不足道吗？

坦率地讲，电影、电视的学术研究在中国整个的学术思想界经常处于一种被边缘化的地位。在人文科学的领域内，我们的学术排序是文、史、哲、经……电影、电视总是在最后；在一系列的学术讲座中，首要的也是政治、经济、法学、历史，其次才是电影、电视，它有时就像一场盛大演出之后的余兴节目——我们指的是它的学术地位，而不是指像春节联欢晚会这样的超级的豪华盛宴。即便如此，我们从事电影、电视研究的人，才更应当有一种自强者的精神，不是因为我们刻意要这样做，而是因为客观事实使我们不得不这样做，这个学术的命我们得认——除非你去做别的。

二

　　李磊就是我们这个边缘化的学科里面的自强者。与李磊的相识完全是基于学术研究的缘分。2015 年他从中国传媒大学博士毕业来到中国艺术研究院研究生院电影电视系博士后流动站，和我一起从事学术研究工作。在此期间，他根据自己的专业特长，我们共同商议决定他选择了"网络小说改编"作为自己的研究方向，并撰写了十多万字的科研报告。现在，我们高兴地看到他已经在这个报告的基础上完成了一部标准版的学术著作。

　　网络小说改编剧是近年来非常热闹的一种艺术创作现象。其实，对这一现象的研究尽管有诸多成果，其但多是些创作技巧的经验总结，或是对叙事情节的剧作分析，而李磊的研究则是利用电视剧的改编理论，对于网文改编剧与原作进行互文性研究。这不仅使他的研究更具学理特质，而且使改编剧从传统技法的研究进入文化研究的层面，在深度上完成了一次方法论的转向。在这个领域中他的研究所面对的问题有以下三个方面。

　　其一，网络小说改编剧能否成为一个学术上的新兴剧目分类？如果它仅仅是某种重复性的创作手段，没有突破传统的小说改编的窠臼，那么，这次研究在某种意义上就有可能失去了独特价值。李磊在分析了大量的网络小说改编剧的创作个案之后，以跨媒介叙事、类型化、民间化、性别叙事和价值共融五个方面设定了网络小说改编剧的理论分析框架，并且建构了本书的整体逻辑体系。他将改编视为一种跨媒介的文化事件，而不再仅仅是看成一次为影像而展开的文学性创作活动。此后，他再以类型研究的方式对改编剧进行分类归纳，进而发现网络所建构的新型民间事项的叙事特征，使他的分析视域从内部文本走到外部社会，并且以网络女性主义这一网络文学界特有的话语体系作为分析网络世界与现实世界的沟通渠道，进而探讨当下的新型文化取向，并以现象背后的社会文化风向、媒介生态构建以及性别叙事实践等作支撑得出价值共融这一结论。在当代电影、电视的学术研究中这种总体的理论分析模式的确立，比单向地提出某种学术观点更为艰难，也更为可贵。

其二，在对网络小说改编剧的研究中，作者选择了"互文性"作为对于改编剧的分析视角，由此"改编"也获得了不同文本之间对话的新身份。然而，如何使改编的文本在"互文性"视域中得到理论的提升，将"互文性"的文化研究与艺术创作论的改编研究相互区别，即成为这篇论著的关键问题。特别是由于2006年国际改编研究学会的成立和《改编研究》期刊的发行，改变了改编研究的历史格局，加速了改编研究成为一门独立学科的趋势。在学术的逻辑演进来看，文学改编研究经历了以下三个阶段：从在语言逻各斯中心主义和形式主义影响下的"忠实性"改编研究；到后结构主义和文化研究的视野下互文性理论和巴赫金对话理论的切入；再到21世纪以来跨学科、跨门类的融会贯通。在这种开放性话语互动中，除了文本之间的静态转换，文本之外的诸种文化、政治、经济等动态因素无疑也影响着改编作品的最终形成。显然，从这个角度来观察，国内多数改编研究还停留在第一个阶段，即以原作价值为基准来判断新作的成就，无论是"忠实观"、"创造观"抑或是"戏说观"。而本书以网络文化影响下的改编文本为起点对其互文实践与美学风格给予了客观强调，赋予改编作品作为主体更宽阔的理论空间，由此超越了单纯互文关系分析。可以说李磊的研究在这个领域中已经脱颖而出。

其三，将媒介研究与文化研究相结合，必然面对的是不同文化研究范式的相互碰撞，所以，理论范式的相互续替，相互交汇即成为又一个必须阐释的问题。应当说，进入网络文学乃至网络文化研究以来，理论的有效性一直是学术界的瓶颈。面对一种新的文化形态，我们惯常的研究方法往往无法刺破坚厚的次元之壁，更无法在学术上通透地去思辨和论证。本书的研究过程中，形成了一个以媒介环境学派所建立的技术与人类感知的相互关系为探讨语境，以粉丝文化与二次元文化作为新文化形态的话语支撑体系，并以融入者的身份进入网生代、网络文化、粉丝文化的群体当中，切实感受他们的审美体验、情感交流、文化场域，从而在以研究者的身份进行总结思考时，可以更好地对接学术理论与主体建构，也将对亚文化、大众文化、主流文化的互文过程有一个全面的理解与阐释。

其四，本书试图让不同次元的思想在共同的研究主旨中达成相互的沟通与运行。"次元"是一个既常见又陌生的名词，它从几何概念到物理概念，今天已经发展成一个文化概念。二次元特指以 ACGN 为代表的网络文化中的一支青年亚文化。它与代表传统文化、工业文化、大众文化的三次元之间存在着代沟与隔阂。随着媒体融合的进展，越来越多的文化实践倾向于打破这个隔阂，改编实践即是方式之一。当下学界、业界以"破壁"二字表达两种文化圈层在情感与价值方面的互相尊重。本书遵循着从亚文化中发现年轻世代精神指向、从大众文化中寻找主流人群代沟缓解方式的思路，以此来证明语言的生命力其实可以在很多领域内发生交叉，电视剧便提供了一个最佳选择方式。同时他还提出了通过改编行为将亚文化文本在媒介融合的语境中给予主流化，以及将现实主义创作方式融入二次元创作当中等具体路径。

三

回到 2020 年的初春，北京城内一片寂静，往日街道上熙来攘往的人流，商店里摩肩接踵的顾客，几乎都在一夜之间骤然遁去。新型冠状肺炎的病魔以难以扼制的态势向我们压过来。以钟南山院士为代表的战斗在最危险、最严峻、最激烈的抗击疫情第一线的医护人员，他们是在用生命和病毒作战，用他们的身体挡住了病毒向外蔓延，他们是呵护中华儿女真正的白衣天使。我们能够在这样的时候依然从事我们的学术研究，不能不说是一种幸事，同时，更感到一种文化的责任。自然科学是研究自然界中各种现象及运动规律的科学，社会科学是研究各种社会现象的科学。而人文科学是关于人的学科，主要研究人本身或与个体精神直接相关的信仰、情感、心态、理想、道德、审美、意义、价值等。学术研究领域有分野，但学者的使命却是一样的，都是为了人类共同的美好生活而砥砺奋进，它同样需要一种安于寂寞的执着与百折不挠的坚定。正是基于对未知领域的好奇与冲动，才有了学术研究的探索，也越发激励每一个学者都能做坚韧不拔的自强者、砥砺奋进的践行者、独辟蹊径的跨越者，为我们内心世界中的那片澄明、高远的天空而奋斗不已……

北京电影学院未来影像高精尖创新中心中国电影学派研究部特聘研究员、中国艺术研究院原副院长、研究员、博士生导师　贾磊磊

2020 年 2 月 9 日于北京

绪　　论

　　当代艺术的发展与媒介的革新密切相关，一方面新媒介艺术、融媒体艺术带来全新审美体验与消费体验，另一方面传统艺术仍然保留着自身文化浸润功能的惯性。同时，媒体融合也为当代文化交流提供了一种里程碑式的时代契机。艺术与媒介的互动过程中，艺术为媒介带来了想象力，媒介拓宽了艺术的表达手段。在这个变革的时代，我们发现以二次元为代表的网络文化与以影视剧为代表的传统大众文化不断地进行着博弈、对斥、互动、沟通。其中，近几年出现的网络小说影视改编作为一个典型的爆发式的文艺现象，在被大众关注的同时，也成为学术界研究的热点。我们可以借用这一现象观测不同艺术门类的创作方式、审美范式、叙事内容的整合，也可以解读大众文化、精英文化、主导文化及亚文化如何融合共生，这既是传统叙事理论、改编理论、互文理论在当下的学术增长点，也有助于为纷繁复杂的影视文化表象厘清健康有序的价值导向，并提供媒介发展思路。

研究缘起：文化互通与审美调和

　　近年来电视剧艺术生产领域中，以网络小说为原型进行改编的电视剧占了相当大的比重。每年计划开拍或播出的网络小说改编影视剧有几十部之多。而且，网络小说改编剧往往在话题制造、市场表现等方面令人瞩目。特别是 2011 年被称为"网络小说改编元年"，自那年起以《步步惊心》《甄嬛传》《琅琊榜》《欢乐颂》为代表的众多网络小说改编剧一次次掀起收视热潮，推动了网络小说已有的热度与喧哗。

大约十年前，中国互联网络信息中心（CNNIC）的《第 28 次中国互联网络发展状况统计报告》显示的数据是，截至 2011 年 6 月底，中国网民规模达到 4.85 亿，较 2010 年年底增加 2770 万人；互联网普及率攀升至 36.2%[①]。而到了 2019 年 6 月，中国网民规模达到 8.54 亿，较 2018 年年底增加 2598 万人；互联网普及率攀升至 61.2%。特别是网络文学用户达到了 4.55 亿，占网民总数的 53.2%[②]。

与此同时，"据国家新闻出版广电总局数字出版司对当前市场规模较大、影响力较强的 45 家重点网站发展情况的统计，截至 2017 年 12 月，各网站原创作品总量高达 1646.7 万种，其中签约作品达 132.7 万种，年新增原创作品 233.6 万，年新增签约作品 22 万。出版纸质图书 6942 部，改编电影 1195 部，改编电视剧 1232 部，改编游戏 605 部，改编动漫 712 部"[③]。

对网络小说这个"IP"资源的争抢也让小说改编影视版权的价格水涨船高，在行业内部，只要是某部网络小说有足够多的点击量，似乎都有影视公司买单。制片方在晋江文学、起点中文网、红袖添香等网络文学站点，搜索具有开发潜力的 IP；在豆瓣、天涯、人人等论坛贴吧，以

[①] 《第 28 次中国互联网络发展状况统计报告》，中国网信网，2011 年 7 月 19 日发布，http：//www.cac.gov.cn/2014－05/26/c_126548728.htm。

[②] 《第 44 次中国互联网络发展状况统计报告》，199IT 中文互联网数据资讯网，2019 年 8 月 30 日发布，http：//www.199it.com/archives/931033.html。

[③] 《24 部优秀网络文学作品获新闻出版广电总局和中国作协推介》，新华网，2018 年 1 月 23 日，http：//www.xinhuanet.com/book/2018－01/23/c_129797300.htm。

及微博、微信社交软件中寻找网络话题。大数据时代的到来让衡量网络小说改编的指标如点击量、排行榜、粉丝人数、百度搜索指数，以及大V关注度、社交媒体话题热度等被市场化、商业化。显然，网络小说改编热潮是在资本控制之下运作并累积的，于是围绕这种文化现象，学术界开始在思想层面对其审美价值和人文关怀进行反思，同时开始分析深层的文化心理。从21世纪的第二个十年起，我们发现，介质变迁带来的艺术门类的交流合作越发激烈。"网络小说改编剧"凸显了改编理论、互文理论、传播学、符号学等学术命题在今天的意义。我们选择"网络小说改编剧"观测当下时代变迁中的文化生态与人们的心理轨迹，是基于以下几种考虑。

一是媒介融合视野下电视文化与网络文化的互通互联。在"互联网＋"的时代背景下，大众欣赏口味与审美旨趣面对着巨大的变化，社会转型期内人们的心理变迁与文化传承使传统媒体有了一定的生存危机而不断向新媒体借力。在网络小说改编的热潮中，我们不得不面对一系列的问题。为什么会出现这样一种文化现象？它的起源与变迁规律是什么？这种影视产品的艺术成分和审美价值含量有多少？网络小说的次元与电视媒介的次元之间如何才能实现价值的沟通？研究这种媒介融合下的文化语境与破解创作规律正是本书的重要意义所在。

二是寻找商业诉求与艺术美学之间的调和。追随还是引导是摆在创作者面前的一副重担，责任感与公信力等职业伦理也必须应对市场与导向的双重规制。本书可以为当代电视剧生产寻找适合大众、精英、主导文化以及亚文化圈多方话语对话中的合适空间，从而寻找到电视剧生产的良性发展轨道，制定一种从网络文化到电视文化转换融通的价值准则。

三是反思当代文化的价值观，并指导当下艺术创作。我们看到，网络小说改编剧并非一味地追求市场效应、偶像颜值，这两年也出现了一批价值导向充满精神能量的作品，《浮沉》《琅琊榜》《欢乐颂》等"飞

天奖"获奖作品是其中的代表，它们或是与改革开放火热的时代精神相契合，或是将人性善良与家国叙事相结合，为网络文艺与大众文艺的发展做出了示范，这也就更需要理论与实践的紧密联系。

传统电视媒介代表的价值传导方式是一种基于文化威权的单向传播，而网络时代的到来，给予我们的是更广阔的表达平台和更自由的想象空间以及受众对于信息更及时的反馈和评介。电视在网络中"盗猎"到流量、粉丝、价值观、新趣味，但更重要的是，以电视为代表的主流大众文化要对网络予以反哺，以传统和理性为代表的中心化与线性观并不是落伍的观念，而是在当下我们仍必须拥有的精神家园与身份认同。其实，电视与网络一样，从诞生起，面对过无序、低俗，也象征过朝气、未来，今天二者的合作领域成为当下文化价值的主要博弈场，必定代表着多元思想的对抗融合。

研究思路：从"改编—互文"到"类型—次元"

在今天这个全媒体语境下，网络文化最能代表年轻世代的情感诉求与心理动态，而网络小说无疑反映了网络所特有的文化。同时，网络文化在移植到大众传媒平台时发生了某些变化，比如《甄嬛传》小说中是架空的时间背景，但主人公却用充满"穿越"感的现代意识讲述故事，在改编后植入了真实历史背景并保留了权谋四伏的结构。在这些改编中，我们不禁要发问："穿越"是否暗合了网民某种重新书写历史的欲望？而"义—利"的古代价值观在权谋文化冲击下还能不能适合人文关怀的现代性？在这种发问中，我们看到了沟通网络小说、电视剧、社会文化的阐释框架：互文性理论。正如詹姆逊（Fredric Jameson）（又译为杰姆逊、詹明信）所说的，"第三世界的文本，甚至那些看起来好像是关于个人和利比多趋力的文本，总是以民族寓言的形式来投射一种政治：关于个人命运的故事包含着第三世界的大众文化和社会受到冲击的寓言"①。

首先，当我们选择"互文性"作为观察视角时，"改编"也获得了不同文本之间对话的新身份。2006 年国际改编研究学会的成立和《改编研究》期刊的发行，改变了改编研究的格局，加速了改编研究成为一门独立学科的趋势。在西方，改编研究经历了从早期的在语言逻各斯中心主义和形式主义影响下的"忠实性"改编研究，到后结构主义和文化研究的视野下互文性理论和巴赫金对话理论的纳入，再到 21 世纪以来跨学科融合。综合以上理论，我们发现，除了文本之间的静态转换，文本之外的诸种文化、政治、经济等动态因素无疑也影响着改编作品的最终形成。显然，从这个角度来观察，国内多数改编研究还停留在第一个阶段，即以原作价值为基准来判断新作的成就，无论是"忠实观""创造观"抑或是"戏说观"。

其次，互文性理论所具有的文本之间的互相指涉为我们的分析提供了全新的视野与思路。网络小说改编剧的素材来源于网络小说，而网络小说作为一种文学样式，其写作的低门槛，内容的通俗化，生产机制、传播渠道的独特性都让网络小说从一种小众的新兴事物逐渐成为被学院派、文化主管部门、广大读者受众认可的文学类型。因此，类型化成为我们研究网络小说改编电视剧的又一视角。类型研究同样可以发现文本之间的相互关系：既有小说之间的互文，如网络职场成长小说与 20 世纪 80 年代现实主义小说《平凡的世界》的互文，又有类型的演变，如从武侠剧到仙侠剧，可以看作武舞神话的续写，也有二次元文化与主流文化的互文，如《浮沉》改编中设计出的少女大叔

---

① ［美］弗雷德里克·杰姆逊：《处于跨国资本主义时代中的第三世界文学》，张京媛译，《当代电影》1989 年第 6 期。

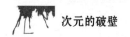

之爱。

再次，本书试图让不同次元的人们达成沟通与理解。"次元"是一个既常见又陌生的名词，它从几何概念到物理概念，今天已经演变成一个文化概念。二次元特指以 ACGN 为代表的网络文化中的一支青年亚文化。它与代表传统文化、工业文化、大众文化的三次元之间存在着代沟与隔阂。随着媒体融合的进展，越来越多的文化实践倾向于打破这个隔阂，改编实践即是其中之一。当下学界、业界以"破壁"二字表达两种文化圈层在情感与价值上的互相尊重。本书遵循从亚文化中发现年轻世代精神指向、从大众文化中寻找主流人群代沟缓解方式的思路。语言的生命力其实可以在很多领域内发生交叉，电视剧提供了一个最佳选择。

最后，在类型与次元之下，才能明确网络小说广义与狭义的区别。广义的网络小说是指所有通过互联网等电子媒介进行发表、转帖、刊载而出现的文学样式，狭义的网络小说特指以新的文学生产机制生产的小说，是指在专门的文学网站或移动客户端发表的具有互动体验的类型小说。这种文学生产机制是在 2003 年前后建立起来的。相应地，在影视改编领域出现了以 2011 年的"网络小说改编年"为分界线的标志性事件，之前的大量改编剧多是广义的网络小说改编剧，包括《第一次亲密接触》《双面胶》《亮剑》《杜拉拉升职记》等，而 2011 年之后多是狭义的网络小说改编剧，比如《步步惊心》类的穿越剧、《琅琊榜》类的传奇剧、《择天记》类的玄幻剧等。它们的网络文化特征更加明显，也在改编中出现了更多的网络文化与大众文化的互文。本研究更多地针对2011 年之后的网络小说改编剧①。

①　本书研究的网络小说改编剧指网络小说改编的电视剧，不包括网络小说改编的网络剧等其他改编形态。鉴于网络小说改编剧的体量过大，本书选择了部分有代表性的作品，具体篇目详见"附录：网络小说改编剧主要参考作品"。

研究方法：媒介研究与文化研究

首先，坚持文艺研究中美学分析的方法，对人物、主题、叙事进行艺术学的解读。本研究利用艺术学、传播学等相关理论和方法，将美学研究与文化研究结合、理论研究与数据分析结合。

其次，文本细读。在普遍了解当下网络小说改编、IP 改编作品的前提下选择重点文本，特别是找到原著网络小说最初连载样态的文本进行充分阅读，在此基础上对照电视剧、电影等衍生作品，细致拉片，从接受心理到细节调整进行斟酌对比。每一部改编剧都涉及几百万字的原著小说与五六十集的电视剧，其体量之庞大，阅读之浩渺，对研究中的分析概括能力也提出了很高的要求。

再次，进入网络文学乃至网络文化研究以来，理论的贫乏一直是学术界的瓶颈。面对一种新的文化形态，我们惯常的研究方法往往比较陈旧，无法刺破坚厚的次元之壁，更无法在学术上通透地去思辨和论证。在本研究过程中，启发最大的理论支柱主要有如下几个：加拿大传播学先驱麦克卢汉（Marshall McLuhan）的新媒介理论（《理解媒介》）；美国媒介研究专家亨利·詹金斯（Henry Jenkins）的粉丝文化理论（《文本盗猎者》《融合文化》）；日本文化学者东浩纪（Azuma Hiroki）关于御宅族文化的后现代理论（《动物化的后现代》）。这样，形成了一个跨学科的研究方法，即以媒介环境学派所建立的技术与人类感知的相互关系为探讨语境，以粉丝文化与二次元文化作为新文化形态的话语支撑，从而以融入者的身份进入网生代、网络文化、粉丝文化的群体当中，切实感受他们的审美体验、情感交流、文化场域。从而在以研究者的身份进行总结思考时，可以更好地对接学术理论与主体建构，也将对亚文化、大众文化、主流文化的互文过程有一个全面的理解。

第一章　媒介的融合
——传媒艺术发展与社会文化互文

在中国电视剧的发展史中，以畅销小说、经典文学作为剧作蓝本的创作由来已久，小说与电视剧所具有的叙事艺术的共通性使得它们在审美体验与接受心理上具备天然的亲密关系。在电视剧"飞天奖"、电视剧"金鹰奖"和电视剧"白玉兰奖"的历年作品中，我们可以找到大量的优秀改编作品。与之相应的是影视改编理论研究在国内的发展，既有改编的技法研究，也有改编中的文化研究。网络小说改编剧作为影视改编现象在21世纪的延续与发展，它必然遵循着这些规律，尽管在文化消费的层面上，作品带来的市场化预期某种意义上更具改编的现实性，但优秀作品的经典化仍然是其中文学性的情感共鸣。如果一味地看到原作的影响力和粉丝数，忽视了回归作品的文本分析和美学分析，拒斥了理论参与的思辨工具，必然导致研究现状的平庸与肤浅。

因此，我们要看到，网络小说改编剧在体现出传统改编的特征之外，还体现着文学、电视发展到网络时代面对的新命题，即纸质小说到网络小说的功能性转化与传统电视媒体在网络时代的话语权下放。如果我们把电视剧与网络文学都看作因科技进步和大众参与而形成的传媒艺术①，那么，我们可以借用互文性这一理论工具，去认识语境变迁中的传媒艺术发展与社会文化互文，这时我们的研究将面对三个基础知识的搭建。一是互文性的适用性问题，如何将来自语言学、结构主义、符号学的互文性切割成媒介融合时代里的改编研究、类型研究、价值研究，并在电视剧发展轨迹中将其历史化。二是从网络文学 20 年的发展路径中认识网络小说改编剧，这既包括网络文学的经典化之路，也涵盖了网络小说改编剧的三次阶段分期。三是在介质变迁中看待网络小说改编剧，它与传统改编的不同之处在于被赋予了融合两种媒介的历史使命，是不同次元文化之间的对话交流与互相交错。

第一节 互文性与影视改编理论概述

改编是一种带有强烈互文性特征的艺术实践，是连接两个文本、两种阅读语境的中间环节，但改编与互文又有着明显的不同之处，改编往往暗含了对于原著的强调，时间排序的主次导致了在权力生产机制上的制约。互文则更强调平等与交流，是两个主体之间所形成的一个张力空间。将对话机制引入改编过程之中，可以在网络小说与电视剧之间发现当代文艺的生产规律，也为转型期的中国社会提供可资借鉴的价值判断。同时，在改编理论的发展中，传统的"忠实性"改编模式也在不断地松动，媒介的发展与受众的细分带来了更多的改编形态，舞台剧改编、影视剧改编，以及近几年出现的动漫改编剧、游戏改编剧、小说改编游戏，这些改编矩阵使我们看到了一个全新的概念：跨媒介叙事。所以在互文性、改编理论的基础上，我们来认识媒介融合时代的叙事艺

---

① 近年来，有学者将摄影艺术、电影艺术、广播电视艺术、新媒体艺术等艺术形式及一些经现代传媒改造了的传统艺术形式统称为传媒艺术，并总结其科技性、媒介性和大众参与性三大特征。参见胡智锋、刘俊《何谓传媒艺术》，《现代传播》2014 年第 1 期。

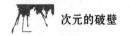

术，能够更好地寻找到不同文化之间的交集。

一　互文性：从理论到方法

互文性，也译作"主体间性"，是一个有着沉重理论负荷的术语，蒂费纳·萨莫瓦约（Tiphaine Samoyault）在《互文性研究》中指出："人们之所以常常不太喜欢互文性，那是因为透过互文性人们看到了一个令人生畏的庞然大物。"① 一方面，它使传统文论中的对比、引用、比拟、双关等写作手法有了理论认定与阐明；另一方面，它涉及了结构主义、后结构主义、符号学、女性主义等大量的西方理论。围绕这一术语的理论家有哈罗德·布鲁姆（Harold Bloom）、罗兰·巴特（Roland Barthes）、朱丽娅·克里斯蒂娃（Julia Kristeva）、雅各·德里达（Jacques Derrida）、杰拉尔德·热奈特（Gerard Genette）、米切尔·里法泰尔（Michael Riffaterre）、安东尼·孔帕尼翁（Antonine Compagnon）等。

"互文性"这一概念首先由法国符号学家、女权主义批评家朱丽娅·克里斯蒂娃在 1969 年出版的《符号学：意义分析研究》一书中提出："任何作品的文本都是像许多行文的镶嵌品那样构成的，任何文本都是其他文本的吸收和转化。"② 实际上，克里斯蒂娃是受到了俄国学者巴赫金的启发才提出"互文性"来的，巴赫金（Mikhail Bakhtin）在《陀思妥耶夫斯基诗学问题》一书中，提出了"复调"理论、对话理论和"文学狂欢节化"的概念。在他的一系列理论中，除了复调小说的多主体对话关系，文学狂欢化的讽刺、杂交等写作手法之外，巴赫金的文学与文

---

① ［法］蒂费纳·萨莫瓦约：《互文性研究》，邵炜译，天津人民出版社 2003 年版，第134 页。

② ［法］朱丽娅·克里斯蒂娃：《符号学：意义分析研究》，巴黎 1969 年版，第 146 页，转引自朱立元《现代西方美学史》，上海文艺出版社 1993 年版，第 947 页。

化理论可能对我们的启示更大："文学是文化不可分割的一部分，研究文学不能脱离一个时代完整的文化语境。在这一点上巴赫金反对两种倾向，一是过分强调文学的特殊性，把文学同其余文化割裂开来；二是反对越过文化把文学与社会经济因素直接联系起来。"① 这些观点对我们的网络小说改编剧的研究意义很大，这位互文性先驱将文化在文艺作品与社会经济之间建立起互相折射的桥梁。

　　另一位对互文性理论有所贡献的先行者是出生于美国的英国现代派诗人 T. S. 艾略特（Thomas Stearns Eliot）。艾略特认为，在诗歌创作中有种"想象的秩序"和"想象的逻辑"，它们不同于常人熟悉的秩序和逻辑，因为诗人省略了起连接作用的环节；读者应该听任诗中的意象自行进入他那处于敏感状态的记忆之中，不必考察那些意象用得是否恰当，最终自然会收到很好的鉴赏效果。这样一位强调诗意、意象的现代诗人同时也认为作者的个性不在于他的创新，也不在于他的模仿，而在于他把一切先前文学囊括在他的作品之中的能力。他说："我们却常常会发现：不仅最好的部分，就是最个人的部分也是他前辈诗人最有力地表明他们的不朽的地方。"②

　　在克里斯蒂娃之后，不少文学理论家都提出了关于互文性的理论或者对其进行阐释。他们的界定、阐释以及在此基础上的实践运用各有其侧重点或理论兴趣点，由此导致了互文性理论的复杂性：既有广义互文性与狭义互文性之分，也有共时性互文与历时性互文之分，以及积极的互文与消极的互文。互文性理论大体包括以下几种方向：一是罗兰·巴特提出可写的文本转向读者研究；二是布鲁姆诗学误读所带来的影响的焦虑；三是沿着德里达的解构主义方向延续克氏的宽泛互文；四是在新

---

　　① 王瑾：《互文性》，广西师范大学出版社 2005 年版，第 25 页。
　　② ［美］艾略特：《艾略特诗学文集》，王恩衷编译，国际文化出版公司 1989 年版，第 2 页。

历史主义和女性主义的框架下解读互文性；五是 20 世纪 70 年代后进入杰拉尔德·热奈特及米切尔·里法泰尔的诗学、修辞学方向。其中，除了布鲁姆独树一帜地用互文性重建文学史外，罗兰·巴特、德里达以及新历史主义、女性主义都代表的是广义互文性，又可称之解构的互文性，而诗学和修辞学的方向代表着狭义互文性，又可称之为建构的互文性。审视这些理论，我们发现，网络小说改编剧的研究可以从中寻找到一种恰当的视角，那就是"互文性不仅是一种广义的理论，同时也是一种方法"①。萨莫瓦约认为，一旦将互文性作为方法论使用，它就可以与其他视角结合得出自身的意义并发挥出文学批评的作用。与精神分析结合，可以向我们显示文本包含的"文下之文"；与接受理论结合，使我们得以分析文本如何为阅读搭台布景；与类型批评结合，可以发现文本渐次吸收外部材料的过程；与社会批评结合，可以找出话语的渊源。这些恰恰是我们网络小说改编剧研究中所要强调的文化互文、类型分析、粉丝研究、性别研究等角度。

（一）潜力无限的网络

互文性包括广义和狭义两种。狭义的定义以热奈特为代表，认为"互文性指一个文本与可以论证存在于此文本中的其他文本之间的关系"。广义的定义以克里斯蒂娃和罗兰·巴特为代表，认为："互文性指任何文本与赋予该文本意义的知识、代码和表意实践之总和的关系，而这些知识、代码和表意实践形成一个潜力无限的网络。"②

当我们在广义层面上理解互文性时，则面对着传统反映论的理论局限，克里斯蒂娃认为："互文性是拓展封闭的文本概念的一种方法，它使人们能够思考文本的外在性，但又不因此而放弃文本的封闭性。"也

---

① 王瑾：《互文性》，广西师范大学出版社 2005 年版，第 135 页。
② 程锡麟：《互文性理论概述》，《外国文学》1996 年第 1 期。

就是说，"互文性虽然把文本外的世界（社会历史）也纳入了文本研究，从而使文本向着外部开放，但它仍然维持着结构主义方法的封闭性和内在性原则，仍然排除作者和世界，仍然反对传统的反映论或生平研究"①。所以，克里斯蒂娃的广义互文性不提倡直接将文本与现实对接，她的广义互文性仍然限定在结构主义的范围。关于狭义与广义的讨论在互文性的理论发展史上一直没有中断过。比如，针对热奈特严格区分文本虚构的世界和现实的世界，萨莫瓦约提出了参考性理论，并尝试用互文性理论本身来质疑这种封闭的理论假设。他认为，热奈特只是在时序上隔离了两种世界，"互文参考一方面遵守话语作为文学表述的规则，另一方面又能反馈外部世界：不直接对应但以某种方式再现外部世界"②。究竟文本应该严格限定于文学自己的独立领域内，还是演变为包括文化在内的泛文本、大文本，国内学者也提倡将互文性纳入文化研究的领域，王瑾认为，互文性使文学研究与文化研究和谐沟通。罗岗指出："因为围绕着'文学文本'的社会历史文化语境，其实也是以'文本'形态出现，所以两者的关系是相互编织在一起的。一个出色的文学研究者的工作不是简单地阐释一个已经存在的文本，而是需要辨析多个文本构成的关系网络。"③

我们认为，应该在肯定语言自身建构功能的同时，从互文性的角度思考文本与社会机制及其他文化文本的关系，而改编研究的互文性就是建立在语言文本基础上两个文本及其背后语境大文本的互文关系。在网络小说改编剧中，既有网络小说和电视剧这两个独立的语言体系内的文本交流，又有网络文化与影视大众文化之间的变化沟通。显然，这是一

---

① 秦海鹰：《互文性理论的缘起与流变》，《外国文学评论》2004 年第 3 期。
② ［法］蒂费纳·萨莫瓦约：《互文性研究》，邵炜译，天津人民出版社 2003 年版，第103 页。
③ 罗岗：《读出文本和读入文本——对现代文学研究和"文化研究"关系的思考》，《文学评论》2002 年第 2 期。

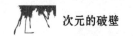

个在狭义互文性基础上对广义互文性的研究思考。

（二）影响的焦虑

网络小说改编剧在题材上非常丰富，既有历史题材，也有都市题材；既有现实题材，也有奇幻题材。所以网络小说改编剧与传统小说改编剧在题材上具备相通性与延续性。国产电视剧是在改革开放后才发展起来的，时至今日，制作规律与类型化已经慢慢成形，在电视剧研究中，电视剧史的研究已经早有论者涉足，如高鑫、吴秋雅的《20世纪中国电视剧史论》，仲呈祥、张金尧的《新世纪电视剧史论》，王彦霞的《中国电视剧创作史论》等，这些研究多是以年代为划分标准，以时间节点作为特征规划分期的。

网络小说改编剧出现后，我们可以以媒介这种新视角划分电视剧史。在这种继承与发展中，互文性提供了前后作者主体的影响关系，在当代大众所知晓的电视剧审美范畴下回溯前人的影像风格与叙事特征，在看清当下格局的同时，对于互文的理解也能更加深入。互文性作为艺术活动的重要特点，它为我们重新审视文学史提供了全新视角："影响模式"与"误读模式"。

一方面要借助互文性看到前后之间的继承与创新。传统艺术史观强调时间维度，又可称为"影响模式"，影响模式认为现在是过去的延续，过去作为前提条件决定着现在。后人对前人的模仿无疑是一种典型的互文观，在网络小说改编剧中，就是《甄嬛传》之于《红楼梦》，《诛仙》之于《笑傲江湖》，《择天记》之于《平凡的世界》，仙侠之于武侠，"玛丽苏"之于"白莲花"。我们可以在网络小说改编剧中看到很多前驱（布鲁姆语）所呈现出来的人物性格、叙事线索、美学风格、主题价值。

另一方面是布鲁姆的"误读"概念。布鲁姆用六种修正比强调了后起者创新的力量。"一部诗的历史就是诗人中的强者为了廓清自己的想象空间而相互'误读'对方的诗的历史。"① 后人的作品造就前人的影响力，正如网络小说改编剧提高了网络小说的地位一样。今天网络小说改编剧之所以成为影视剧领域内的现象级文化事件，是它与之前的艺术作品反复对话的结果。尽管网络小说的艺术成就、思想内涵仍有争议，但是正在被主流文艺观及文化机构所修订与整改。杜夫海纳（Mikel Dufrenne）在谈到文学艺术的创造与历史的关系时指出："富有创新的艺术作品，一旦解决了某一实践时刻所提出的不可预料又无法回避的问题时，便获得了某种历史出发点；它在回溯中赋予以前的作品以意义，并且打开了通向其他作品的道路……一旦这个新作品问世，它本身就孕育了可以照亮过去的未来。"②

（三）可写的文本

自从 1966 年克里斯蒂娃以博士研究生身份在罗兰·巴特的研讨班上第一次提出"互文性"概念以来，罗兰·巴特便成为这个概念的热情宣传者和积极阐释者。一方面，互文性概念作为先锋派文论家手中的一个批判武器，在当时法国语境中还属于一种边缘话语，加之克里斯蒂娃的思想体系庞杂，其著作从内容到语言都非常艰涩，其中既有转换生成语法、马克思主义政治经济学、精神分析等学科的术语，又有数学公式和微积分术语，所以她的理论影响只限于"原样派"及其外围成员。另一方面，罗兰·巴特也借用这个概念逐渐丰富和发展了他自身对于文本的思考。但与克里斯蒂娃不同，罗兰·巴特将互文性理论的研究重心明显偏移到读者一边，"作家""可写文本""愉悦"是罗兰·巴特互文研究的三部曲，他认为，在当代社会，作者已经开始步入死亡，文学叙述不再是直接对现实发生作用；他注重读者参与文本的"表意实践"，

---

① ［美］哈罗德·布鲁姆：《影响的焦虑》，徐文博译，生活·读书·新知三联书店1989年版，第3页。

② 王瑾：《互文性》，广西师范大学出版社 2005 年版，第 139 页。

他的文本享乐主义，其精髓在于崇尚阅读的乐趣和自由；他用一种独特的文本分析方法代替了他早期的"结构分析"。巴特的《S/Z》（1970）是他对于互文性理论的一次精彩展示。巴特在书中注重的不是文本，而是读者；不是文本结构，而是读者参与的意指实践；不是读者被动消费的"可读"经典文本，而是读者主动参与的"可写"文本生产。当文本的阅读实践进入互文性之后，读者的参与活动便显得越发重要，而这种活动在网络时代成为一种最基本的存在状态——互动。互动将电视与网络关联到一起，为读者与受众的评论、改写等意见表达寻找到了合法性。之后，罗兰·巴特又将互文性思想融入他的文本享乐主义，将广义的阅读愉悦具体区分为快乐（plaisir）与享乐（jouissaance）（王瑾翻译为愉悦和极乐两类），分别对应着可读性文本与可写性文本，快乐与享乐两者之间既有相通、相联系的一面，同时又具有不同的特定内涵。产生快乐的文本是使人满足、使我喜悦和给人惬意的文本；而产生享乐的文本则是"一种认真和激动的阅读，它在文本的每一处都去理解切割言语活动的连词省略，而不是去理解故事。并不是（逻辑的）延伸即各种真实之铺陈诱惑着阅读，而是指过程的无数层次诱惑着阅读"①。这种阅读的快感生产理论后来被约翰·菲斯克（John Fiske）所采纳，菲斯克明确提出了阅读产生意义、快感与价值。

20世纪70年代，罗兰·巴特通过互文性建立了符号学、结构主义、后结构主义的一系列理论，20世纪80年代后期约翰·菲斯克的《理解大众文化》是一本颇具代表性的针对互文性的修正主义文化研究著作。他明确地提出了要运用那些来自欧洲——布迪厄（Bourdieu）、德塞都（De Certeau）、巴特（Barthes）、霍尔（Hall）、巴赫金（Bakhtin）——

① ［法］罗兰·巴特：《罗兰·巴特随笔选》，怀宇译，百花文艺出版社2005年版，第192页。

的"理论"去"分析"更为紧密地联系着其社会语境的英语国家的大众文化①，这影响到了 20 世纪 90 年代中后期开始的粉丝研究。时至今日，阅读实践被改造成为更具有粉丝特征的互动实践，它兼具阅读实践与创作实践的心理特征与行为动机，是今天文化消费中的强大的生产机制。

至此，在浩瀚的互文性理论中，我们寻找到了支持本研究的理论方法，它包括四层含义。第一层含义是广义的互文性，是通过网络小说和网络小说改编剧寻找到文学研究与文化研究的沟通地带，每个文本的意义总是超出自身所示，表现为一种活动与一种构造过程，一种文本与文本之间的相互作用，互文性因而成了生发和分配意义的场所，社会语境、女性主义、新历史主义都会在此得到诠释。第二层互文是改编中的双向互文，除了小说对电视剧的影响之外，更为普及的影视大众文化不断地反馈到网络文化当中，并凸显了前驱者——网络小说。第三层的互文是纵向的互文，试图以互文性来贯串起改革开放四十年来的电视剧史。第四层的互文是，除了理论互文之外的实践互文，也就是我们常说的互动。把粉丝的行为放到网络语境中考察，就是将第一层互文和第二层互文结合在一起，比方说把粉丝对网络小说发表的评判作为前文本，把剧迷发表的剧评作为后文本，网络—粉丝—电视三者的互动使电视文化折返回互联网在网络文化中得到了体现。

二　改编研究的历史沿革

什么是"改编"，这个看似简单的术语其实包含了多种认知。它既可以指一种创作现象，也可以指一种具体行动与实践，所以改编研究可

---

① ［美］约翰·费斯克：《理解大众文化》，王晓珏、宋伟杰译，中央编译出版社 2001 年版，第 2 页。

以同时围绕着理论与实践展开。改编是艺术创作中的一种手段，各门艺术之间的相互模仿与借用十分普遍，具有悠久的历史与传统，对不同艺术之间的传承、交融、发展和革新均具有重要的理论与实践意义。影视艺术尤其注重向其他艺术的借力，尽管巴赞（Andre Bazin）、德勒兹（Gilles Deleuze）等很多思想大师已经为影像美学世界提炼出了自足的哲学话语体系，但当我们把影像放在一个理论与实践结合的层面上来考量时，它从未停止过向其他艺术的求助。文学尤其是小说，由于其叙事与抒情兼备的美学性质，与电影、电视剧自然紧密地捆绑一起。它不仅促使艺术史上诞生了大量的经典改编作品，也使改编研究从改编实践中脱颖而出，成为学术界关注的焦点。特别是电影改编理论，已经形成了一套完整的体系。

改编研究经历了以下三个阶段：①在语言逻各斯中心主义（研究理念）和形式主义（研究范式）影响下的"忠实性"改编研究；②后结构主义和文化研究的视野下，达德利·安德鲁（J. Dudley Andrew）和罗伯特·斯塔姆（Robert Stam）等人将互文性理论和巴赫金对话理论纳入改编理论；③21世纪以来琳达·哈琴（Linda Hutcheon）提出的跨学科融合。这表明，改编研究在基础理论、研究范式和研究视角等方面取得了较大的突破，实现了与诸多学科理论的融合。特别是2006年国际改编研究学会的成立和《改编研究》期刊的发行，改变了改编研究的格局，加速了改编研究成为一门独立学科的趋势。

在中国，电影与文学、戏剧的联姻始于20世纪二三十年代，第一部改编影片《黑籍冤魂》就来自当时盛行的文明戏，较为集中的有关改编问题的理论探讨则始于20世纪80年代初期，张骏祥、李玉铭、张卫等都曾围绕着电影改编发表过相关论述。整体来看，无论是中国还是西方，对于改编的研究基本经历了从文学研究到文化研究再到跨学科融合的理论模式的过渡与反复。

（一）语言中心主义

众所周知，小说是一种文字的艺术，影视剧是一种视听的艺术，在所有的艺术史与艺术概论类著作中，都对这两种艺术类型做过分析比较。但是将其放在改编研究的视角下来分析的历史并不久远。1957年乔治·布鲁斯东（George Bluestone）的《从小说到电影》是美国第一本研究改编的著作，这本书至今仍有广泛的影响力。布鲁斯东在其专著中从看见方式、渊源、观众、神话、时空等多个方面指出了小说与电影的差别，并明确指出："说某部影片比某本小说好或者坏……是毫无意义的。它们归根结底各自都是独立的，都有着各自的独特本性。"① 布鲁斯东的观念对以后的研究者影响很大，1975年杰弗里·瓦格纳（Jeffrey Wagner）在其《小说与电影》一书中开始将小说的电影改编进行分类，分为三种模式：第一种是"移植式"，即直接在银幕上再现一部小说；第二种为"注释式"，改变重点或者重新结构；第三种是"近似式"，改编是否成功，就看影片制作者是否善于表达近似的观念和找到近似的修辞技巧。但是，近似式仍然有可能成为对于原作的亵渎②。显然，瓦格纳的这种分类仍然是围绕着原著的。

国内在20世纪80年代初期开始较为集中地针对改编理论进行探讨。很多人秉承着电影"必须首先是文学"的偏激观点，比如张骏祥曾反复提出"电影又是文学""电影就是文学"，或"用电影表现手段完成的文学"，显然他更多针对电影中的"文学性"问题，郑雪来也将其纠正为："电影剧本是一种文学（或'第四种文学'），但电影并不就是文学"。电影的"文学价值"不如说是"美学价值"，但在此影响下，"忠实派"的改编观点较为普遍，有人提出，"对一部文学名著的改编，

① ［美］乔治·布鲁斯东：《从小说到电影》，高骏千译，中国电影出版社1981年版，第6页。

② ［美］杰·瓦格纳：《改编的三种方式》，陈梅译，《世界电影》1982年第1期。

从总体讲，应该强调用电影这种艺术样式努力忠实地再现原著……因为既然是名著，它的思想、艺术上水准都是比较高的，达到它的水准不大容易。再加上它影响广泛，改编时采取尽量忠实的再现的态度是比较妥当的"①。"那种置原著于不顾，想怎么改就怎么改的做法，看来好像很自由，其实这里面包含着极大的盲目性，而盲目性是无自由可言的。"②

随着改编实践的展开、电影技术的发达，"创造派"也涌入论争的行列。韦草发表了《给改编者以自由》的争鸣文章，指出"文学作品——古典的或现代的，著名的或无名的，都是电影艺术家再现他对现实生活认识的一个媒介、一种启迪。重要的是这部作品再现于银幕之后，能够折射出当前人类的社会生活，哲学观念，艺术情趣，时代思潮。能够表现出改编者的立场、思想和美学观念"③。在"忠实说"与"创造说"争论的同时，张卫以古典绘画美学上的"神似说"来概括或解释这两层意思，他提出："忠实，主要应该忠实原作的思想精神和风格基调，而不在于拘泥于它的表面形式；创造，主要应该创造出再现原作思想、风格的电影形式，而不应是偏离原作主旨精髓的胡编乱造。"④

一方面，在改编理论发展中，不管是西方的"移植式""注释式""近似式"，还是国内的"忠实说""创造说""神似说"，它们其实仍然是语言中心主义的，改编的重点是小说到影视的内部转换，将原著和改编作品当作封闭自足的文本。另一方面，在改编实践的发展中，无论是布鲁斯东运用新批评的方法对《傲慢与偏见》《包法利夫人》等小说的电影转化过程的分析，还是李振潼、韦草等不同派别对《骆驼祥子》《城南旧事》的分析，都采用了这种文本细读的批评范式。但是这种具

---

① 李振潼：《论文学名著的电影改编》，《电影艺术》1983年第10期。
② 李玉铭：《改编是一门学问》，《电影艺术》1983年第8期。
③ 韦草：《给改编者以自由》，《电影艺术》1983年第9期。
④ 张卫：《以电影的方式忠实原作》，《电影艺术》1983年第9期。

有技术主义倾向而只停留在文本内部结构层面的批评操作和细读，显然无法达到对理论的普遍抽象。即便对改编的类型进行划分，忠实性还是一个绝对的判断标准，完全忽略了影响改编生成的外部文化、经济、政治以及受众等因素。

（二）社会学转向

随着互文性理论和后现代理论的传播，进入 20 世纪 90 年代后，文化研究和跨学科研究的方法开始兴起，这些理论对文本自治的观念、艺术的等级观念都形成了一定的冲击，也导致了改编研究有了新的启发与转向。在上述思潮影响下，学术界开始对"忠实性"标准特别是布鲁斯东所确立的传统改编观念进行抨击。一些美国学者如埃利斯、沃尔、奈莫尔和斯塔姆等人都提出了新的改编理论，他们借鉴的最重要的理论武器就是互文性。克里斯托弗·沃尔（Christopher Orr）在其论文《改编话语》中开篇就对"忠实性"话语提出了批评："忠实性批评无视电影的互文性，通过将之降低到一个单一的前文本（即文学原著）而忽略了其他的前文本以及使电影文本变得可以理解的编码（电影的、文化的编码）。"① 另外一些学者则看到了在电视研究中不同于电影研究的方法，比如达德利·安德鲁（J. Dudley Andrew）将社会学在电视中所推动的研究引入了电影研究，提出了电影理论新的发展方向，他认为改编理论"已经背离了对各个媒介特性的比较，而转向一种对改编的社会学的研究，这种研究将探索借鉴的类型与作用"②。将改编研究纳入互文研究的领域极大地动摇了原著和复制本之间的二元对立，研究者们不仅将目光停留在从文字到影像的单纯的、静态的、封闭的媒介转换之上，也重视文本之外的因素。

---

① 毛凌滢：《美国改编研究的历史沿革与当代发展》，《现代传播（中国传媒大学学报）》2013 年第 9 期。

② ［美］达德利·安德鲁：《电影理论现状》，陈梅译，《当代电影》1987 年第 3 期。

　　进入 20 世纪 90 年代，国内的改编实践也面临重大的变化，其中最有代表性的文化现象就是后现代的恶搞与戏仿。《三毛从军记》《大话西游》的出现使人们已经不能简单地用"忠实与否"来思考改编问题了。有人认为："这些改编丰富了当代审美，开阔了美学视野，也许他们培养另外一种审美趣味。""按照我们理想中的样式来还原经典、复原经典，按照我们认为的自古以来的方式演下去……和解构经典、玩弄权威、制造各种各样匪夷所思的话语。这两种东西放在一起，构成了时代的丰富多彩。"① 但更多的文化保守主义者对其采取了否定的态度，认为这是对经典的亵渎。综合起来看待这时期的改编现象，尽管互文性理论和社会学理论尚没有被置入改编研究，大家已经看到后现代戏仿所产生的根源是对崇高的解构与对世界的戏谑。这一现象背后的根源是社会语境的变迁，随着社会主义市场经济的提出和确立，20 世纪 90 年代商业性大众文化也以前所未有的速度和强度得到发展，后现代文化就是与当代社会的高度商品化和高度媒介化联系在一起的。面对被戏说的经典，有学者只能感叹："我们从影片中获得的不是历史本身，而是当代人对历史的一种审视、观照和注解。在影片中，历史被娱乐原则而不是真实原则所支配。从某种意义上我们可以说，历史被娱乐化了。"②

　　（三）跨学科融合

　　在经过 20 世纪末期对"忠实性"批评标准的反思和解构之后，改编研究的视野和范围不断扩大，除了以社会文化重新发现改编之外，还进行了跨学科的论说。罗伯特·斯塔姆（Robert Stam）的《文学与电影》（2004）、《文学与电影：电影改编理论与实践指南》（2005），琳达·哈琴（Linda Hutcheon）的《一种改编理论》（2006、2013），托马斯·

---

① 廖奔：《关于名著改编》，《文艺研究》2001 年第 2 期。
② 饶曙光：《后现代主义文化与当代中国电影电视》，《当代电影》1994 年第 2 期。

里奇（Thomas Leitch）的《电影改编及其缺憾》（2007）分别对一些新观点进行了阐释。一是认为改编研究不仅限于文学到电影，它扩展到了文学到电视剧，以及更大范围内的歌剧、音乐、电脑游戏、主题公园等领域。特别是在互文性的影响下，学者们提出了时间顺序上原著与改编做的倒置假设，电影改编变成了被"实际原著"背叛的"经验原著"，这对今天影视艺术在公共话语权上超越语言艺术有极大的启发作用。与媒介互逆性相伴的是新媒介语境下的电影改编，斯塔姆说："电影似乎要融入视听媒介更大的数码流（Bit-stream），要么是摄影的、电子的，要么是人机交互的。由于数字媒介潜在地将先前所有的媒介整合成一个巨大的电脑大储（Archive），因此，从媒介特性的角度思考就失去了实际意义。小说、电影和改编并肩而立，是相互平等的邻居或合作者，而不再是父与子或者主与奴的关系。"① 以视频游戏为例，在互动模式里，受众被推向前台，将受众抬高到与改编者同样的地位，他们在接受改编作品时，也在进行着独立的创造和阐释。二是改编研究在理念和方法论上还融合了解构主义、阐释学、女性主义、后殖民主义、文化物质主义、巴赫金的对话理论、性别研究、种族研究、媒介研究以及表演理论等，研究者们开始对改编过程以及改编涉及的文本转换之外的文化、政治、经济、历史、受众等因素进行考察。以琳达·哈琴为代表的后现代诗学研究将改编理论直接或间接地与基因传播论、流传学、渊源学、游戏研究、电视研究、读者反应理论相互交叠。三是对于新媒介语境下改编实践的全新解读。2013 年琳达·哈琴再版《一种改编理论》时邀请数字领域的专家西沃恩·奥弗琳（Siobhan O'Flynn）进行补充。她认为改编的环境比起传统的小说到电影已经有了翻天覆地的变化，"新媒体

---

① ［美］罗伯特·斯塔姆、刘宇清、李婕：《电影改编：理论与实践》，《北京电影学院学报》2015 年第 2 期。

的出现，iPad、iPhone 以及智能手机成了改编的新媒介，Youtube、face-
book、twitter 则提供了新的平台（在中国语境下，这种平台是播客、微
博、微信等），改编作品涉及的范围，以及它可以呈现的形式已经大大
扩张，因此，改编理论也应当跟上现实中的实际动态"①。人人都成为
改编的实践者、解读者，而故事也不再是改编中的重点，它被置换成了
跨媒介叙事。

三 互联网时代的电视剧改编研究理论建构

在对改编研究的理论系统梳理，并建立起本书的改编理论武器后，
我们发现仍然面对着方法论空缺，主要原因在于这些理论多是电影改编
理论，针对电视剧改编的学理性探讨过少。改革开放以来，有大量改编
自文学作品的电视剧，至少占了电视剧产量的一半，同时，"飞天奖"
"金鹰奖""白玉兰奖"等国内重要电视剧奖项中有超过 70% 的作品是
改编自文学作品。与此相对应的是，电视剧改编研究的学术建构却一直
处于缺席状态，与前文综述的大量电影改编理论相比，电视剧的改编就
更显得薄弱。改革开放四十年来的电视剧改编历程中，专门涉及这一领
域的著作极少，只有解玺璋的《围城内外：从小说到电视剧》（1991
年）、姚小鸥的《古典名著的电视剧改编》（2006 年）等少量几本专
著，以及在张凤铸的《电视声画艺术》（1997 年）、张宗伟的《中外文
学名著的影视改编》（2002 年）等书中专章涉猎。这一方面是由于电视
剧的诞生晚于电影，美国的电视剧诞生于 1928 年，英国的电视剧诞生
于 1930 年，国内的电视剧出现得更晚，其理论的抽象需要沉淀，西方

①　田王晋健：《沉浸在另一个世界——琳达·哈琴改编理论研究》，《当代文坛》2015 年
第 5 期。

学者也鲜有系统的语言—文本框架下进行的电视剧改编研究，国内的电视剧改编研究更需要一个漫长的过程。另一个方面是电视剧改编的理论与实践可以从现有的电影改编中借鉴沿用其规律与模式，在理论渊源上受到视听艺术、叙事艺术的共同指导，其理论建构的紧迫性不足。第三个原因在于，从研究主体来看，理论缺席也与其知识结构与学术视角的局限有很大关系。作为学院派或理论研究者对于电视剧作为影视艺术的轻视，使电视艺术不能像文学艺术、电影艺术一样登上高雅殿堂。电视剧的改编更多地被看作对文字的图解，或者是人物对话的抄写。同时，作为业界的电视剧艺术实践者，则更多的是从操作层面出发，只注重电视剧改编的实用性与技法研究，忽略了学理性探讨也就缺少了理论的深度与厚度。所有这些电视剧理论研究的现状也促进了本研究的意义价值所在。我们将通过一种全新的手法，将电影改编研究所建立起来的学术积淀进行梳理，将网络小说、电影、电视剧作为相互呼应的文化文本进行比较，从而为我们的研究提供有力的佐证。我们认为在互联网思维下的电视剧改编研究尤其是应当遵循以下原则。

（一）充分理解与电影改编理论的异同

电影与电视剧是既相互联系又各自独立的艺术形式，首先，在人物、主题相对忠实于原著的情况下，二者在改编时的区别涉及更多的是故事的篇幅、画面的呈现。电视剧在篇幅上有更大的自由度，在叙事长度与广度上适合长篇小说，丰富的思想内涵与宏大的时空架构，可以更完整地呈现原作的精神风貌。比如《三生三世十里桃花》，唐七公子的原著架构了一个宏大的仙魔世界和特定的时空逻辑，电视剧改编可以充分将这一背景交代清楚，而电影版《三生三世十里桃花》截取三个时空中的片段来讲述，观众则很难把其中的关系理解透彻。其次，对于故事性和戏剧性的呈现上，电视剧在改编时会更多倾向于生活化的场景和生活流的日常叙事。不仅在都市题材的网络小说改编剧《杉杉来了》

《小儿难养》《欢乐颂》中得到体现，既使是历史题材、玄幻类型的电视剧，也会在改编中凸显人物的日常生活状态，《诛仙青云志》《择天记》中都有大量的改编把人物心理活动变成日常生活的行动与对白，通过生活化的表演交代故事的来龙去脉。再次，在主题挖掘与提炼上，电影改编往往能更加深刻和有哲理性，无论是准确传达原作中的神韵与诗意，还是重新选择价值取向和立意侧重点，比如《鬼吹灯》改编后的电影《九层妖塔》和《寻龙诀》，分别在救赎和贪婪上设定主题，而电视剧则更多地选择家庭、成长等相对温和的主题。最后，在视听感观层面，电影与电视的拍摄周期和投入成本大相径庭。当下电视剧在制作精良程度上也在不断地向电影学习靠拢，特别是网络小说中的超现实的想象需要对世界呈现加入更多的视听冲击。从改编实践来看，网络小说改编剧从电影中借鉴了大量的美学风格与视听新感性。比如玄幻小说改编剧与西方奇幻电影的互文，仙侠小说改编剧对武侠电影中的暴力美学和武舞神话的沿袭。

（二）将文艺研究与文化研究相结合

改编研究肯定离不开技法分析，但是不能囿于这一层面，在各种改编方法之外，还有其背后的文化意义与社会心理动机。技法分析包含在文本分析之中，对于小说与电视剧两个文本的对比，可以在文艺研究的层面上展开，其中的人物设计、主题价值、情节线索，体现着不同创作主体的意志与判断，也体现着两种艺术生产机制的不同，出于个人喜好的写作与出于市场预期的制作有着本质的不同，特别是在充分理解了互文性理论后，再来看待改编现象，就能体会出安德鲁社会学转向所产生的意义。网络小说改编剧的研究包括改编研究，也包括网络小说和电视剧之间关系的研究，在更大的文本空间里，是网络文化与电视文化的研究，是跨越两个时代的转型期里人们的心理变迁所形成的张力空间。我们在改编研究中看到了"玛丽苏""权谋""玄幻"，也应该看到它们从网络进入电视的动机与时局。这些网络文艺素材的挪移或改变，是改编者选择的语言中心主义下的忠实性变体，也是读者所带来的欣赏趣味的干扰影响。在更深层次的追问里，是不是传统电视文化已经不能满足新一代电视观众的情感诉求？还是电视人有能力与经典文学改编一样再造网络文学改编经典？答案既隐藏在改编实践的文化语境背后，也会通过小说、电视剧两个文本的人物塑造、主题选择、情节设计的异同一点点透露出来。

当代西方改编理论也试图将分裂的改编研究整合到一起。改编理论的发展基本是围绕着"形式—文化"和"文本—语境"展开的。布鲁斯东的方式是形式的，针对传统美学观念讨论艺术创作的话题，安德鲁引入社会学是用来解释美学形式主义和媒介特异性无法解释的改编实践，但改编作为艺术创作手法之一，又离不开文学性或美学性。或许我们的改编可以采取这样的方式理解："把我们过去称之为内容（意义、主题、观念、价值、信仰、意识形态等等）的东西予以重新安置，从禁锢在形式之中，到驻留在形式之外，作为由社会、文化、历史、话语、经济、政治和文本语境所制造的'意识形态'。"① 形式主义美学学者和后现代文化学者关注的核心，都是作为文化价值载体的改编；他们都坚信学者有责任宣扬这些价值，以造福和改善社会，也试图揭示文化变迁时人们心理及意识形态话语权的复杂性。

（三）在跨媒介视野内探讨改编矩阵

当很多作品同时被改编为电影、电视剧、游戏、动画时，在不同媒介之间查补可能会更好地说明不同文化之间的相互流动，它形成一种类似矩阵式的多极改编队列，在纵横交叉中，你中有我。进入网络时代之

---

① ［英］卡米拉·埃利奥特：《重新思考改编研究中的形式—文化和文本—语境分歧》，吉晓倩译，《世界电影》2015 年第 3 期。

后，电视、电影成为传统媒体，特别是电视的媒介功能正被网络所蚕食，电视剧成为为数不多的仍然支撑着传统媒体市场份额的电视媒介资源之一。尽管"剧"这种艺术形态是否还继续把电视作为唯一平台进行传播已经大打折扣，不仅台式电脑，新兴的手机、平板电脑等移动终端都成为电视剧的传受平台，这些带给改编新的启发与动向。比如，在分集设定上，为适应新媒体传播，剧集之间、单集内部有了更加明确的篇章段落感；可以次第拆分的单集在分集标题上以及宣传导词上都专门设计，以对应小说单元的剧集介绍。同时，电视剧充分利用新媒体的互动功能，以弹幕、论坛来满足读者的阐释欲望。于是，围绕着改编现象出现了更多的新媒体事件。自媒体的崛起使得传统话语权被进一步拆解，新的文化领导权和审美消费主义在网络时代被过渡到更加自由的状态。以《一个馒头引发的血案》为代表的恶搞现象出现后，与自媒体时代伴之而来的是大量的网络吐槽节目，像《暴走看啥片》《LOW 君热剧》中名为"王尼玛""LOW 君"等网友不再甘心单一地去接受电视剧，他们以电视剧的叙事情节和原小说的个性理解为蓝本，重新组织、混剪出一个个全新的故事，在网上传播，这种同人视频体现了巴赫金意义上的互文性，将借来的东西变成新的文本。"哈钦在《论改编》的序言中直言不讳地宣称，写作本书源自她去等级化的冲动以及挑战人们对后现代主义、戏仿、改编或明或暗的负面文化评价的一个愿望。"① 更为重要的是跨媒介所产生的艺术行为并不仅仅是单一的分散现象，它们组合成了更有活性且逐渐强大的文化力量，并被网络世界合法化命名为——二次元。因此，网络小说改编剧便成为典型的在不同次元之间的"破壁"事件。

---

① 李杨：《自主、变化、推陈出新——琳达·哈钦论文学作品的改编》，《外国文学》2008年第2期。

四　忠实性与市场化——从传统小说改编到网络小说改编

电视剧改编理论的强化使电视剧改编实践可以体现出更加清晰的脉络，从第一部电视剧《一口菜饼子》开始，中国电视剧就与文学结下了不解之缘，从经典文学改编到畅销小说改编再到网络小说改编，改编史与电视剧史同构，创作理念与实践经历了从围绕"忠实性"到围绕"市场化"，再到围绕"IP""产业化"的变化。决定电视剧改编的文化力量既有当代文学史的发展、当代艺术审美风格的变迁，更有改革开放市场经济逐渐确立过程中文化消费的扩大。

（一）围绕"忠实性"的电视剧改编理念与实践

电视剧的大范围生产是从 20 世纪 80 年代开始的，在计划经济的影响下，当时电视剧的改编带有浓厚的精英文化色彩，基本是以原著为中心的"忠实性"改编，1982 年，电视剧《四世同堂》是首次改编拍摄的大型电视连续剧，此后古典名著《西游记》《红楼梦》《三国演义》及现代名著《围城》《死水微澜》，当代小说《雪城》《蹉跎岁月》先后被搬上了荧屏，这一时期的改编深深印上了精英主义的标记：对时代、命运的拷问，对教化、启蒙等社会政治功能的负载。电影改编中的忠实性原则也深刻影响着电视剧改编，特别是夏衍提出的两个"忠实于"："忠实于原著""忠实于编导自己的理解"。改编的主要任务就是模仿原作。20 世纪 80 年代初改编电视剧刚刚兴起时，有人就这样评价电视剧改编："最大成功之处就是对原作基本精神和艺术风格的尊重，情节、人物和人物关系基本未变。"[1] 之后很长的一段时期内，"忠实性"作为改编的第一原则，其所引起的讨论也是围绕着"如何去忠实

---

① 王育生、吴福荣：《名著改编和电视剧〈上海屋檐下〉》，《电视文艺》1982 年第 12 期。

改编""如何理解忠实性"展开设计思路与方法。一方面，大家基本抛弃了原封不动照搬的观点，而采取了有原则的神似、增删等变通方式。如仲呈祥提出：反对"改编不仅要忠实于原著的题旨和灵魂，而且要忠实于原著的人物设置、情节安排、艺术风格乃至重要的细节描写，以维护小说在思想、艺术上的完整的原形原貌"。提倡"忠实于改编者对原著的题旨和灵魂的正确理解，忠实于原著主要人物的精神气质和意蕴指向（没有这些基本的"忠实于"是不行的，倘离原著之'经'，叛原著之'道'，想怎么改就怎么改，那又何苦去找部长篇小说来当'蓝本'?）；至于其他，皆可遵循变文学思维为视听思维的实际需要，按照改编者的审美优势和审美个性而加以再创造"①。另一方面，是对于忠实性改编所带来的技法性探讨，比如张凤铸曾将电视剧改编的方法分为四种：再现式改编、截取法改编、大动法（取材式、改写式）改编以及增删法改编②，无论何种方法，其宗旨仍然是在保证正确理解原著宗旨以及正确的价值观导向下进行电视剧的声画书写。为了保证"忠实于原著""忠实于原意"，主创人员往往殚精竭虑、煞费苦心，力求将文学形象真实还原为荧屏形象，87 版《红楼梦》电视剧的改编由十多位红学家组成了顾问团，其严谨的态度与精致的场面还原使得这次改编成为中国电视剧史上的典范。但是，正如鲁迅对于《红楼梦》接受心理的巧妙评价一样，"忠实性"背后带来的是不同人群、不同学派、不同政见人对于改编的理解。即使在今天看来已经成为改编经典的 87 版《红楼梦》、98 版《水浒传》，在它们首播的同时，也面对着一系列的批评之声。如周金华的《论电视连续剧〈红楼梦〉改编的得失》、陈千里的《电视剧〈水浒传〉改编之三失》等，或是对改编剧的整体风格定位批

---

① 仲呈祥：《应当"忠实于"什么？——略论从长篇小说到电视连续剧的改编》，《中外电视》1990 年第 10 期。

② 张凤铸：《电视声画艺术》，北京广播学院出版社 1997 年版，第 525 页。

评，或是挑出了其中个别场景的瑕疵，其评判标准是在如何正确理解原著的前提之下讨论改编的得与失。

（二）围绕"市场化"的电视剧改编理念与实践

在忠实性原则作为改编指导标准之初，有人就对 83 版《武松》提出了防止过度娱乐化、低俗化的论点，包括武打设计要与那些商业功夫片区别开来，加强提高文化艺术素养，等等。进入 20 世纪 90 年代之后，商业化环境越发影响着电视剧的生产机制，改编也面临着观众收视效果与原著戏剧性元素的双重制约，一方面是对小说中的可读性、通俗性因素的选择与重现，一方面是重视视听、表演、推广等视觉化、市场化的改编行为。在古典小说、现当代经典小说、伤痕小说、文艺小说之外，大量的通俗小说进入了改编领域中。从 20 世纪 90 年代的王朔的《过把瘾》、池莉的《来来往往》、曹桂林的《北京人在纽约》，到世纪之交的刘恒的《贫嘴张大民的幸福生活》，再到 2006 年六六的系列网络小说改编的作品，这些改编剧已经成为市场经济下文化消费的重要组成部分。它们或是以引人入胜的情节与契合平民心理的情感纠葛吸引观众，或是以天马行空的想象和传统曲艺话本的悬念设计迎合大众，以不同的侧面与角度完成了大众文化新的审美趣味设计，同时以多元化的景观、叙事、人物形象建构出了新的电视美学主张。精英文化的衰落和文学经典地位的式微带来的是媒介权力重心的转移，在市场经济下，电视剧迅速成为中国百姓生活中最喜闻乐见、家喻户晓的消费娱乐方式，占据了人们的日常生活、文化生活和话语空间。因电视剧热播而带来的很多之前被束之高阁的原属精英文化的小说也由滞销变成畅销。更有 21 世纪后将小说与电视剧同步推出的王海翎的《牵手》《中国式离婚》，王宛平的《幸福像花儿一样》《金婚》等作品。在电视剧掌握了如此重要的话语权之下，再来单一讨论"如何理解忠实性"显然是不合适的，代之出现的是自由式、叛逆式的改编，如《雷雨》（1996）、《日出》（2003）、《林海雪原》（2003），以及"大话式""戏说式"的《春光灿烂猪八戒》(1999)、《还珠格格》（1998）。

原著从神圣的核心区域变成只是可供挑选的原始素材库，它不再是一个完整的整体，故事、人物、主题风格都是可以分离与肢解的，从编剧中心主义过渡到了导演中心主义、制片中心主义，而"忠实性"也从基本原则变成一种改编方式，它与"自由式""戏说式"一样服务于市场化的电视剧生产，"忠实性"是为赢得对于原著充满眷恋的忠实读者，"自由性"是为满足对期待超越原著的新的观众群。当然，中国特色的市场化改编并非一味地追求另类与媚俗，在对《林海雪原》等红色经典作品过度阐释及畸形人物设定之后，有关部门迅速对以革命历史题材的文学名著的改编进行了规范与限定。2004 年，国家广电总局《关于认真对待红色经典改编电视剧有关问题的通知》对"红色经典"改编拍摄的电视剧做出了详细规定，明确指出"必须尊重原著的核心精神，尊重人民群众已经形成的认知定位和心理期待，绝不允许对'红色经典'进行低俗描写、杜撰亵渎"①。这一规定也使得其他名著类的改编无形之中有了参考标准，它为极度自由的改编加入了主流意识形态的约束。可见"忠实性"在市场化的商业改编中并没有完全消失，只是它要在商业逻辑与美学逻辑、大众文化与主流文化之间寻找一种平衡和健康有序的发展之路。

（三）围绕"IP""产业化"的电视剧改编理念与实践

21 世纪的第二个十年开始，网络小说开始大范围进入改编的素材库，2011 年被称作网络小说改编元年，其特征是：不仅网络小说改编的数量大幅度增加，而且网络小说改编剧的类型也开始规模化。在之后

① 《关于认真对待"红色经典"改编电视剧有关问题的通知》，人民网，2004 年 5 月 26 日，http://www.people.com.cn/GB/14677/22114/33943/33945/2523858.html。

的几年里，网络小说这个原本属于小部分网络文学爱好者的文化消费品，其受众群不断扩大。2015 年，随着最具网络小说特征的玄幻剧《花千骨》《华胥引》的播出，网络剧作为电视剧重要补充的大范围出现，中国电影票房突破 440 亿元的新高度，在影视生产领域内开始大范围引用一个概念——IP。IP 是英语"Intellectual Property"的缩写，直译为"知识产权"。知识产权指"权利人对其智力劳动所创作的成果享有的财产权利"，各种智力创造比如发明、外观设计、文学和艺术作品，以及在商业中使用的标识、名称、图像，都可以被认为是某一个人或组织所拥有的知识产权。中国影视产业领域引用 IP 无疑是看上了其蕴含着巨大的商业价值，与早期经典文学或通俗文学的改编相比，这股 IP 热潮更多地指向了流行文化的产业化，它的符号象征意义大过了原本的法律含义，所有的叙事素材库首先被放到市场效果下进行衡量，从而形成了一种专属于这种效果的产业模式。它通常包括了：较高的原作知名度，成规模的粉丝群体，多媒介渠道的产品组合，以及拥有强大资本的投资发行方，所以 IP 时代的来临是与中国国内大力支持文化产业的发展密不可分的。

首先，原著知名度仍然是 IP 的核心。不仅作品的影响力与阅读数在 IP 效应中占有高衡量指数，许多"大神"级网络作家的作品甫一连载，就被预定为超人气作品，迅速被改编市场锁定。这种写作也被称为"潜影视剧体"的网络写作，"作者同样进行网络小说的写作，不过在写小说的同时还有另一个目的，即有意识地为可能进行的影视剧改编打好基础。这样，在选题、内容、思想倾向、人物命运、结构安排、故事情节、语言表达等方面的设置、使用上都自觉地向影视剧靠拢"[①]。其

---

① 单小曦：《"改编热"的虚妄与数字文学性的开掘——评网络文学的影视剧改编现象及其发展路向》，《艺术评论》2012 年第 5 期。

次，如果说早期改编中的作品爱好者更多指向读者群，而演员二度创作在改编之初并不充分考虑在主题情节、人物设计等文学成分或娱乐性、趣味性等市场预期之上的话，IP 时代的改编则充分强调了名导演、名作者、名演员的作用。在产业化的影视改编实践中，明星效应已经成为整个生产流程中的重要环节，如唐家三少、匪我思存 300 万的微博粉丝群使得他们拥有的收视号召力不亚于原著本身的效应，制作人于正、导演孔笙、演员胡歌、赵丽颖等人的自带流量已经深度地卷入改编实践的过程。这些在早期"忠实性"改编或市场化改编中并不太强调的因素被新改编模式所一再强化，也是好莱坞电影、美剧、英剧等影视改编实践对国内市场的影响。再次，IP 时代的改编已经不是单向的"文学—影视"线性思维，新的 IP 改编是包括全产业链产品的组合体，美国环球影业公司依靠哈利·波特等艺术形象，延伸出电影电视、玩偶服饰、主题乐园，其产生的附加利润远远超过单一电影本身，在充分借鉴了国际流行影视产业模式后，中国的"大 IP"往往是包括小说、影视、游戏、动漫在内的多媒介产品。改编中也实现了以"爸爸去哪儿""仙剑奇侠传"概念主题为代表的"节目—电影""游戏—电视剧""小说—动漫"的多向度改编作品。最后，在 IP 时代，一方面是民营投资主体迅速激增，出现了东阳正午、于正工作室等多家资金雄厚的民营影视公司。另一方面，IP 价格也水涨船高，盛大已经累计售出 100 多部网络小说供影视剧改编，而仅 2011 年就售出 49 部网络小说的影视剧、游戏的改编权，售价也从几十万元到几百万元大幅度增加。2015 年大 IP 的全版权价格已达亿元。腾讯旗下的企鹅影视，2016 年起每年在 IP 上的投资在 50 亿元以上，2017 年 6 月，企鹅影视以"飞跃"为主题，在上海举行电视剧年度发布，56 个重磅项目 IP，不仅有《斗破苍穹》《庆余年》《雪中悍刀行》等耳熟能详的网文超级 IP，《穿越火线》这款曾经的全民游戏 IP 亦被其列入影视化的队列。

第二节　网络小说改编剧概述

网络小说作为当代文学的新生代表，从幕后到台前经历了一个并不漫长的过程，很快便元气满满、身份鲜明。同样，网络小说改编剧作为市场化生产的文化消费品，从依赖传统小说到青睐网络小说，看中的是网络小说代表的一种新文化基因。要想从改编剧中读出时代的灵魂，首先要分析当代文学如何传达当下人们的内心焦虑和精神指向，它又是如何负载着时代最丰富的信息与主题。必须在貌似肤浅的通俗写作中读出人们深层的怕与爱，才能理解流行背后边缘到主流的过渡。当我们洞悉到网络文学对传统文学的挑战，及其独立的"生产—评论"方式和强大的"作者—读者"群体后，我们也就找到了商业化改编的基本初衷，改编剧的发展与网络小说的发展基本同步，它在借力网络文学的同时，也促使它逐渐显身，正如我们面对的是一个日渐多元的网络世界一样，在改编剧丰富了电视荧屏的同时，也要看到其中的良莠不齐。从两种媒介的价值限定上看，对于改编剧的历史梳理和优劣分辨可能更有借鉴意义。这其中，既有网络小说改编剧的发展之路，也有其类型定型之路，以及主管部门规范限制之路。我们要在技法的基础上进行这种多层次的文化探讨、机制探讨，并从传统改编的理论与实践中发现改编剧的共性及今天网络改编剧的个性。

一　改编视域下的网络小说研究

网络小说是网络文学最典型的代表形式，尽管网络诗词、网络散文都曾经出现在网络之上，但引起众多网民们关注，并且形成了有效生产机制的仍然是网络小说。对于网络文学应该如何定义，它的本体属性与价值属性的特征究竟在哪？很多学者都进行了系统的讨论。如果从1999年痞子蔡发表《第一次亲密接触》算起，网络文学已经走过了20年的发展之路。晋江文学城创始人、总裁黄艳明把网络文学发展的情况概括为四个阶段："自由时代、出版时代、电脑时代、手机时代。"[①] 网络文学的研究也从早期的阳春白雪到今天的如火如荼。早期研究倾向于技术性定义，围绕着刊发平台的专业性、语言的超文本性、内容的独特性展开，后期研究多倾向于文学性分析。从文化管理部门、文艺期刊认可网络文学开始，它才真正进入文艺理论的视野。目前研究网络文学的学者很多，欧阳友权、周志雄、邵燕君等人从不同的角度进行了对网络文学的解读，比如欧阳友权侧重于本体论及语言学，周志雄侧重于人文价值，邵燕君侧重于文学生产机制，还有很多"学者粉"自发组织起来对这一新兴事物进行探讨，比如北京大学文学系的"媒后台"微信公众号就是一群对浩瀚的网络文学作品进行分类整理的"90后"博士生。这些研究成果的积极意义对于方兴未艾的网络小说和网络作家群体来说，都是幸运的。应该说，目前网文圈公认的网络小说应该"不是泛指一切在网络上传播的文学，而是特指在网络上生产的文学"[②]。但显然这种专指文学网站类型文的标准无法将《双面胶》《沉浮》等个人博客发表作品包含，也无法界定《杜拉拉升职记》《大江东去》这种只是在网络上发表过小部分，而全文是通过纸质方式出版的作品，而这些都是在改编后引起强烈反响及主流价值认可的电视剧。所以，这两种定义范围内的网文都将进入我们的研究视野。

　　网络文学是一个原创资源库，基于网络小说的多元性、类目繁多

① 樊文：《IP时代网络文学的"网感"很重要——访晋江文学城创始人、总裁黄艳明》，《国际出版周报》"专题"2017年9月4日第011版。

② 邵燕君：《网络时代的文学引渡》，广西师范大学出版社2015年版，第204页。

性，"改编"对这个资源库有着自己的挑选标准，除了看中网络阅读群体这个先天优势条件之外，如何适合电视剧顺利播出及稳定收看可能是大多编导人员更关注的。所以我们的网络小说研究集中在三个层面上。首先是网络文学与当代文化的互文关系。从网络小说诞生那天起，它就与不断变化着的社会风向息息相关，我们在每一阶段的网络小说风格、语态的变化中可以看到那个时代的缩影。其次是语境的变迁中，类型不断丰富，作品野蛮生长，也在不断地被外部力量左右，从多元的写作风格到被主流媒体、官方话语所关注，网络文学在多样化的同时也在不断进行自我规约。最后，我们要看到无论是哪一种类型、调性、主题的作品，要想打动人心，其美学意义必须深深烙印在字里行间，无论这个文字符号是纸质的还是电子的，所以文学性的附丽才是网络文学永恒的价值所在。

（一）网络小说与当代文化转型

网络小说的出现与当代文化有着密切的关系。一方面，在文学生产机制上，网络小说采取了相对自由、零门槛、多样性的一种方式，这与传统的文学书写方式有着极大的不同。传统文学生产机制在进入世纪之交时，明显显示出自身弱势，带有等级观念的文学期刊，带有精英标志的作家群体，充满诗人苦闷和小资情绪的文艺格调，这一切都不能实现当代青年人的写作诉求。在收费阅读机制没有成熟之前，网络写作相当之自由，世纪之初，正是"超女"等草根电视选秀节目的创始阶段，文学青年的天马行空有了像民间选秀一样自我表演的舞台，这种媒介更新所带来的机会与文化转型中的表达欲望融会在了一起，网络写作的精神内涵正如早期网络小说作家李寻欢所说："自由，不仅是写作的自由，而且是自由的写作；平等，网络不相信权威，也没有权威。每个人都有平等地表达自己的权利；非功利，写作的目的是纯粹表达而没有经济或名利的目的；真实，没有特定目的的自由写作会更接近生活和情感的真实。"① 这些人为满足抒发情感、表达个性、展现才华的精神追求而从事网络文学创作，尽管当时他们还被称作"写手"而不是"作家"，但这种有意书写的背后，是一个时代的集体无意识，这个时代已经不是封闭一元、等级化的阶层板结一块，被压抑的文学青年意图在网络上拥有话语权和文化领导权。

另一方面的文化转型来自阅读诉求，它发生在被称为"网生代"的年轻人身上，"网生代"多是指以"85后""90后"为代表的青年人，他们没有了父辈们在现实生活中感受到的压力，也没有祖辈们家国情怀的豪气，又缺少前几代人所拥有的精神偶像作为心灵寄托，当情感无处宣泄时，网络为他们提供了精神家园。正如上一代人在琼瑶、金庸的港台小说中得到通俗文学的启蒙一样，这一代人更需要有属于他们自己的世界架构与情感逻辑。当伴随着"高幻想"② 的玄幻、架空类型设计，以及升级、逆袭的"爽文"③ 情节出现在电脑屏幕上时，他们拥有了寻找与建构自我身份的位置元素。在这里他们感受到青春与热血、成长与陪伴、处世与情怀，现实世界的缺憾在网络世界里得到了弥补。

同时，互联网的媒介特征还在于将单机的原子个人联合在了一起，网络世界能抚平当代人们的孤独。作为独生子女这种特殊的代际身份，"90后"的孤独是与生俱来的，而人的社会属性是群体化与部落化。在

---

① 《网络文学的生机与希望》，《文学报》2000年2月17日；转引自欧阳友权《论网络文学的精神取向》，《文艺研究》2002年第5期。

② "高度幻想/低度幻想"为网络文学常用语言，根据有关网络文学爱好者研究，其主要依据虚构世界（尤其是其中角色的力量）与现实世界之间的差异程度，远远高于现实世界法则的类型，如修仙、玄幻、奇幻，称为"高度幻想"；相对接近现实法则的类型，如武侠、骑士，属于"低度幻想"。不过也有人从另一意义上区分这一组定义，通常用高度/低度幻想来形容幻想世界背景设定、故事情节、人物塑造是否逻辑自洽。世界背景与力量体系设定合理，人物塑造与情节发展内在逻辑一致，就属于高度幻想，反之，则属于低度幻想。参见邵燕君主编《网络文学经典解读》，北京大学出版社2016年版，第332页。

③ "爽"特指读者在阅读网络小说时获得的爽快感和满足感。小说中最好看、最有趣的高潮部分或为实现高潮而固定下来的套路被称为"爽点"。因此也有人将网络小说统称为"爽文"。参见邵燕君主编《破壁书》，生活·读书·新知三联书店2018年版，第227页。

报刊、电视这些传统的媒介都无法满足共同话语的交流渴求时，是网络提供给他们在虚拟空间里聚居的机会，他们在网络上创造着"不明觉厉"的网络术语，在"魔兽世界""传奇"的联机游戏里聊发"年少轻狂"。而文学在网络上同样具备了随时点评、互动的能力，他们拥趸着自己的"大神"作家，按个人的意愿填补文学故事，撰写"同人文"。当代年轻人在分享与共享中建立着新的文化空间。

（二）多样化与主流化

网络文学的悄然兴起给文坛带来活力，也给传统的文学观念带来挑战和变异。1997 年，美籍华人朱威廉创建第一个中文文学网站"榕树下"，之后文学便在网络上生根发芽，开始在各种文学网站、百度贴吧、天涯论坛、个人博客进行连载传播。比起传统文学，它的发表更加方便，撰写更加自由。如今网络文学生产机制已经逐渐成熟，经过几次的整合，几大主要文学网站成为行业发表、阅读的首选之地。腾讯文学和盛大文学合并而成的"阅文集团"成为无人可敌的行业老大，旗下拥有"起点中文网""创世中文网""红袖添香""潇湘书院"等多家网站；此外还有 PC 端的传统文学网站"百度文学""中文在线集团""晋江文学城""豆瓣阅读"，以及移动端占据优势的"掌阅文学""阿里文学""咪咕阅读"。在类型的发展上，以痞子蔡、安妮宝贝的作品为代表的第一代网络文学主要属于"言情型"；以宁财神、李寻欢的作品为代表的第二代网络文学是以调侃嘲讽为风格的"戏仿型"；以萧鼎、唐家三少的作品为代表的第三代网络文学则以架构高幻想性的独立世界的"奇幻型"为主。网络文学诞生以来，在追求阅读快感的同时也以类型化丰富了通俗文学的种类和题材。既有传统文学中的言情小说、都市小说，也有在网络上新兴的玄幻小说、穿越小说，并且以网络文学界专有的术语命名各自的题材与风格，如遵循简单快乐原则的"小白文"，以古代后宫斗争、嫔妃争宠为主的"宫斗文"，以及为男生女生专门设定

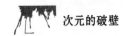

的"男性向""女性向"的小说，等等。

这些小说在带来阅读"爽"感的同时，也面对着极大的价值忧思，它们能不能担纲传播引导主流价值观的重任？网络文学在很长一段时间内都作为"通俗文学"而处于主流文化视野的边缘，这给网络文学带来比较自由的写作空间，但是随着网络文学日益坐大，特别是影视改编把网络小说不断推向主流媒体的前台，再想传达单一的阅读爽感已不可能。近几年，主流文学界也一直在接纳并调整着网络小说群体，中国作家协会副主席、书记处书记李敬泽指出："传统文学和网络文学都要放下傲慢与偏见，从对方那里获取支持和营养。从历史上看，没有正统文学与通俗文学的密切交流，就没有伟大的中国文学。任何时代包括通俗文学在内的大众文化，整体上都是有文化志向的，网络文学的价值观问题不是没有，而是更突出。"① 我们看到，精英文学、主流文学并不再是当初的傲慢姿态，而是以包容的态度面对这个新兴的文艺孵化器。国家广电总局、中国作协都从 2015 年起组织推荐网络文学优秀作品，发布"推优榜""精品榜"。中国作协在 2009 年即成立了"全国网络文学重点园地联席会议"，鲁迅文学院开始举办网络文学作家培训班、网络文学编辑培训班。鲁迅文学奖和茅盾文学奖也先后在 2010 年、2011 年向网络文学敞开大门。

（三）网络文学的精品化

2003 年，以起点中文网为代表的文学网站推出了 VIP 会员收费阅读制度，这成为至今在各种互联终端通用的文学生产机制。文学消费与网络读物结合在一起，为了吸引读者，文学网站开始明争暗斗制造噱头，快速、高产成为一个成功网络写手的必备条件，监管缺乏使得一时

① 李敬泽：《网络文学：文学自觉和文化自觉》，《人民日报》（文艺评论）2014 年 7 月 25 日第 024 版。

间鱼龙混杂、泥沙俱下。随着 2014 年"净网行动"的开展，"网络不是法外之地"的观点成为治理的基本准则，大批价值导向偏差、文字粗俗的文章被下架，争取读者的方法就更纯粹地落在了作品本身的美学价值与人文关怀之上。其实，网络文学能不能成为"主流文学"，就在于网络文学能否充分将传统艺术中的精华得以保留，能否将"以爽为本"与"寓教于乐"充分融合。传统文学是用现实主义认识与反映现实，网络小说中的职场小说、都市言情小说反映的同样是当代生活，内在机制也是诉诸读者的代入感。而那些玄幻、穿越、历史架空小说所构筑的想象世界似乎离现实生活很远，但它离读者的情感其实很近，根还是扎在现实的土壤里，这些小说是在通过幻想的镜子照见现实。主人公通过修炼、开挂、奇遇，可以从"废柴"变成世间强者，但他同样要经历挫折与坎坷，与邪恶做斗争，用智慧、坚强锻铸毅力与性格。我们看到的是他们不畏强权、不怕困难、疾恶如仇、坚定果敢的精神境界。"这样的故事给读者的精神影响是积极正面的，它给读者以梦想，也强化了所有的幸福都主宰在自己手中的道理，帮助那些渐渐长大的青少年读者逐渐获得独立意识并找到自我。"①

2009 年，阿耐的长篇作品《大江东去》一举夺得中宣部"五个一工程"奖，成为首部获此殊荣的网络小说，轰动一时。2019 年，改编后的《大江大河》再次获得第十五届精神文明建设"五个一工程"奖，实至名归。2011 年第八届茅盾文学奖，菜刀姓李的《遍地狼烟》、顾坚的《青果》、郑彦英的《从呼吸到呻吟》分别通过了第一轮投票冲进前 80 名。"媒介和载体变了，文学的创作手段和传播媒体变了，甚至文本的构成形态和作品的功能模式也变了，但文学作为一种审美现象的价值

---

① 周志雄：《网络文学与当代现实生活》，《光明日报·文艺评论周刊》2016 年 11 月 7 日第 013 版。

命意没有变，文学作为人类把握世界的艺术方式没有变，文学寄予人文精神、承载人道情怀、表征人性希冀的价值本体没有变也不会变。"①我们看到留在网友记忆中的网络小说改编剧都是有文学属性的，而且茅盾文学奖、鲁迅文学奖、"五个一工程"奖都出现过网络小说的身影，正是这些精品文学为网络小说传递正能量的功能验身证明。尽管由于评奖标准的差异，参评网文作品都早早出局。但是有些获奖作品却从网络写作中得到过启发，比如2015年茅盾文学奖作品《繁华》，最初是金宇澄在网上开贴写作，其成书过程是典型的网络文学生产模式，为新旧媒介融合提供了借鉴。

二　改编剧的历史沿革

网络小说改编剧的生产起源于21世纪初，与今天大量取材网络小说并收视效果明显的改编剧现状相比，最初的改编没有得到太多关注。从网络到电视剧的过渡有几个明显的分期阶段，这几个阶段是与网络小说的发展紧密结合在一起的，同时，也是电视剧艺术在取材网络艺术时自我主体性的重建过程。

（一）初创阶段："第一次亲密接触"

2004年，第一部网络小说改编剧《第一次亲密接触》播出，但这次网络小说与电视剧的"第一次亲密接触"却没有擦出太多的火花，播出影响远没有小说发表时那么大，对于一部仅仅描写网络恋情的小说，在现实世界呈现虚拟世界情感的难度很大。比起小说发表时的1999年，这时的网络聊天、社交软件已经成为社会生活中的常态，"网恋"

---

① 曾照智、欧阳友权：《论网络写手的"文学打工仔"身份》，《东岳论丛》2014年第9期。

无法完成单一的叙事创新，其情节设计远不如同一年传统小说改编剧《中国式离婚》中的网络元素介入那样巧妙。《中国式离婚》中，林晓枫与"兵临城下"的亲密聊天是与现实夫妻的隔阂疏远联系在一起的，而"痞子蔡"和"轻舞飞扬"在剧中简单地去复原小说中暧昧游离的形象，不去用现实生活中的境遇增加戏剧冲突，难以在精神层面上得到观众认同。同样，阿泰的泡妞理论用台词简单复述，则没有了书中略带可爱的玩世不恭，只剩下尴尬和肤浅，比不上刘东北的"身/心"三种背叛理论更具现实针对性。

　　初创阶段的改编无法与传统小说对抗，其主要原因在于早期的网络小说没有在戏剧性与时代互文上着笔，只是网络非主流情绪的流露或后现代趣味过浓的解构戏说。无论是"网络四大写手"（慕容雪村、李寻欢、安妮宝贝、今何在）还是被称为"中国网络文学三驾马车"（李寻欢、宁财神、邢育森）的作品都不太适合改编成电视剧。慕容雪村的《成都，今夜请将我遗忘》（2002）最初是作为情色小说在海外的中文色情论坛出现的；今何在的《悟空传》（2000）意识流文学特色太重，心理描写远远大于行动描写，场面宏大奇诡，直到2017年才通过大幅度改编截取片段搬上电影银幕；宁财神的《在路上之金莲冲浪》（1999）戏仿与解构不适合年龄相对宽泛的电视受众；李寻欢的《迷失在网络中的爱情》（2000）基本上也是模仿《第一次亲密接触》的纯情路线。血洲（17K小说网、汤圆创作创始人）在2015年谈到为什么"榕树下"死了，而"起点中文网"活了时，说道："最早在网上写文的是慕容雪村、安妮宝贝这批人，然而这批人是不被现在的网文界承认的。"真正解决网络小说生存的是长篇小说化和2003年后的全面商业化形成的格局①。可以说，初期的网络小说界定没有明确的标准，也没有文学网站

---

①　邵燕君：《网络时代的文学引渡》，广西师范大学出版社2015年版，第270页。

的详细分类，很多小说是同步在网络与线下发表，比如都梁的《亮剑》1999 年年底开始在网络连载，2000 年 1 月就由解放军文艺出版社出版了，没有经过网友充分互动，没有网络生产过程，所以并不是严格意义的网络小说，基本等同于纸质小说的电子版，所以虽然 2005 年改编为同名电视剧的《亮剑》引起了业内关注，但是很难作为一部典型的网络小说改编剧进行研究。

（二）兴起阶段：双面胶

2007 年，根据六六同名网络小说改编的电视剧《双面胶》播出，在接下来的两三年里，六六的《王贵与安娜》《蜗居》连续多部网络作品被改编，这段时期，网络与电视剧找到了像"双面胶"一样可以互相黏合的故事模板，即继续以家庭伦理题材这个电视剧更熟悉的领域进行创作突破。《双面胶》与《王贵与安娜》相继获得电视剧"金鹰奖"，也显示出了主流媒体对网络改编剧的认可。六六的原著多是在个人博客上首先发表，连载过程中，被各大网站相继转发，新浪读书频道连载时，读者评论达到两万五千多条。近一年的时间里，网络小说《双面胶》迅速引起了网友读者的关注，其原因在于年轻活跃的文风与贴近现实的话题，散发着生活的智慧与纯真。电视剧《双面胶》沿用了小说里小镇贫寒的"凤凰男"与都市娇小姐"孔雀女"这种传统家庭剧设定的夫妻组合关系，把六六所擅长的跳脱飞扬、新鲜灵动的文风与轻松幽默的人物对白成功转移到电视荧屏，特别是演员对于上海地方特色语言的处理活灵活现。到了故事后半段，两个家庭开始互相伤害，对这些压抑冰冷的片段，剧中有保留地进行了删减。特别是原著结尾，两家人在相互的逼问、撕扯中，家破人亡的结局，被电视剧以更加温情的方式处理，换成了两家人和好如初、各自醒悟的结局。比起影视作品，网络小说的创作尺度更宽泛，所以各种悲惨、情色等极端故事都要在改编时加以修整。

同在 2007 年，曾经在网络上热火的《成都，今夜请将我遗忘》也被改编成电视剧，改编时对于小说里描写过多的激情场景，颓废、放纵的生活态度，采取了类似《双面胶》的家庭温情化处理方式。该剧通过设计叶梅这个全新的角色，将"70后"面对事业、情感以及婚姻的迷惘和挣扎改编成了一个精心策划、疑云重重的复仇故事，从而给人物的另类心理描写一个合理的释放口。在首轮央视播出中途撤档的情况下，改名为《都是爱情惹的祸》，洗掉了原小说中的灰色与黄色，在二、三轮地方台成功播出。但是，显然2009年的《蜗居》没有处理好这个过渡，以类似网络官场小说的框架去建构一个言情故事在电视剧领域里显然是行不通的。宋思明与郭海藻的爱情超越了现实世界对于官场腐败人物的情感认同与法理认同，在价值导向上偏离了主角形象的塑造准则，尽管有房奴、拆迁等现实话题的投射，但是它仍然成为改编电视剧中的反面典型。总起来说，这段时期的网络小说改编，选材范围对准了既有网络强大读者群，又与现实话题的紧密贴合的故事。在现实主义艺术创作准则下，它们多是与当下社会贴合紧密的小说，对其他题材涉及相对较少，也很难达到一定的影响力。尽管此时的改编剧以家庭伦理题材为主，但是网络小说的分类机制已经慢慢成熟，大批经过重组的粉丝群体以微小组团的方式集结，他们的情绪与爱好等待一次集中的影视改编爆发。

（三）类型化阶段："步步惊心"

2011年是电视剧产业的一个新元年，诞生了大量高收视率的电视剧，所以有人称2011年是网络小说的影视改编元年。

第一，改编剧的数量大幅度增长，《倾世皇妃》《千山暮雪》《裸婚时代》《步步惊心》《甄嬛传》等十几部改编自网络小说的电视剧在荧屏播出，而且个个创下高收视率，并且成为"现象级"的电视文化事件，可谓"步步惊心"。《步步惊心》使"穿越剧"成为影视剧史上标志性的类型剧，《甄嬛传》"甄嬛体"式的清宫嫔妃称谓话语模式成为当年流行的时尚交流用语。特别是《甄嬛传》不仅在内地各卫视经过多轮播出收视率仍然居高不下，而且成功打入美国市场，成为文化"走出去"的典范。《步步惊心》《甄嬛传》这两部电视剧的走红，以及借鲍鲸鲸（豆瓣ID：大丽花）的豆瓣直播贴《小说，或是指南》（2009年5月）改编的电影《失恋33天》的票房冠军契机，2011年被当之无愧地称为"网络文学影视改编元年"。

第二，此时期电视剧在题材上也更加多样化。有青春爱情题材的《和空姐一起的日子》《一一向前冲》，有"80后"婚恋题材《裸婚时代》《小儿难养》，有军事题材的《我是特种兵》《遍地狼烟》，有穿越剧《步步惊心》、宫斗剧《倾世皇妃》等。题材多样的同时意味着某种类型化的特征也开始成型。电视剧的类型化是与网络小说的类型化分不开的，2003年收费阅读制度建立后已经形成了相对固定的阅读分众体系，各大文学网站上的名录意味着通俗阅读群体的市场化导向。改编实践也就开始有针对性地建立一种类型化的生产体系：借助比较明确的观众定位，将观影群体定位在中年/青年、男性/女性等不同的分类标准之上，并在2011年之后，快速推出了一系列带有网络文化特质的电视剧作品。比如，"职场剧"《浮沉》（2012）、"霸道总裁剧"《杉杉来了》(2014)、"玄幻剧"《花千骨》（2015）、"架空历史剧"《琅琊榜》（2015）都是代表性作品。

第三，此时期网络小说影视剧改编出现产业化倾向。众多网络文学网站积极向各大影视公司推荐具有影视改编潜力的作品，比如红袖添香，设置影视制作专栏，推荐此类作品。又比如盛大文学成立编剧公司，将旗下各大网站适宜改编的作品加工成剧本出售，打通了产、供、销的产业链。还有些网络作家则直接成立个人工作室将作品从创作到改编统一自我推销，比如桐华在杭州成立工作室担任影视策划，其作品《最美的时光》《大漠谣》等都改编为影视剧。这都说明，网络小说和影视制作已经打通了产业链。

第四，这一时期，网络文学研究在理论探索和学理研究方面均有突破，其中包括：欧阳友权的《数字媒介下的文艺转型》（中国社会科学出版社 2011 年版）、李玉萍的《网络穿越小说概论》（南开大学出版社 2011 年版）、聂庆璞的《网络小说名篇解读》（中国社会科学出版社 2011 年版）、邵燕君的《面对网络文学：学院派的态度和方法》（《南方文坛》2011 年第 6 期）、崔宰溶的《中国网络文学研究的困境与突破——网络文学的土著理论与网络性》（博士学位论文，北京大学，2011 年）。这些研究，不是简单对作品进行文化研究和网络本体研究，而是深入作品内容，以互文的方式对其文学价值进行解读。2011 年 10 月，由广东省作家协会主办的《网络文学评论》创刊，这是中国首个创刊的网络文学研究杂志。同年，唐家三少当选中国作家协会全国委员会委员，并担任北京作协青创会副主任、北京作协网络创作委员会主任，他也因此成为进入中国作协最高权力机构的第一位网络作家。[1]

三 改编剧的媒介特质

网络小说改编剧的故事来自网络小说，自然也从网络小说中遗传了大部分的文化基因，当它作为传统媒体的影剧艺术呈现时，网络基因又要适应新的媒介土壤，并扎根生长成二者的结合体，这种新旧媒体的结合体应该具有自身的特征，可以承担当代艺术的承前启后的作用，更好地凸显互文性中二者的张力。目前的网络小说改编剧研究，大多是以时间顺序罗列改编的分期与名录，或限于单一的情节复述与浅层的通俗文化批判。我们的研究则要首先判断出网络小说改编剧能否成为一个学术

---

[1] 资料参见《1987—2016 网络文学大事年表》，"媒后台"，2017 年 4 月 13 日。https：//mp. weixin. qq. com/s/vhZEBw1F7G9RiyQAnGJAJA。

上的新兴剧目分类，如果它仅仅是某种重复性的创作手段，没有突破传统的小说改编，那么我们的研究就失去了意义与价值。而这个问题的回答又与寻找到这一剧目的特征密切相关，只有发现网络小说改编剧与传统小说改编剧的不同之处，我们才能对其进行深层次的学术把握。我们认为其包括四个主要特征：类型化、民间化、性别叙事和价值共融。

（一）类型化

正如我们不能把纸质小说的电子版展示称为网络小说一样，网络小说改编剧的原著必须是网络原创小说，而且近几年的改编实践中，它越发体现出类型网络小说的特征。影视剧与网络类型小说的契合度越来越高，产生了一些新的电视剧类型或者类型元素，比如穿越、宫斗、玛丽苏等。类型化是文学创作的一种普遍特征。美国学者简·傅尔（Jane Feuer）认为，文学类型往往更加理论化，电影和电视类型往往具有历史特点。后者"是通过文化接受而产生的"，前者"则是由批评家炮制出来的"[1]。尽管通常意义上文学类型更加宽泛，更加抽象，但是中国的网络文学作为拥有世界上独特生产方式的文学，它将类型化极大地丰富了，并且以商业模式在读者与作者之间建立契约。在更具产业经济性质的影视艺术中，类型化成为消费过程中的重要因素。好莱坞的商业电影都是类型电影，通过类型可以迅速占领市场，吸引观众。类型化在电视剧中也导致了相对固定的叙事方法、情节布局，在网络小说改编剧中，类型化特征就更加明显。一方面是对传统电视剧类型的改动，类型化创新本身就是根据新语境下做出的调整，类似于托马斯·沙茨（Thomas Schatz）所说的"它建立了一个语境，电影的艺术性在这个语

---

① ［美］罗伯特·艾伦：《重组话语频道》，牟岭译，北京大学出版社2008年版，第126页。

境中根据电影制作者对已经建立起来的形式和叙事惯例进行再创造的能力作出评估"①。以新类型化元素出现在现有类型剧当中，使类型剧不断拓展出新的美学主张与观影趣味。比如言情剧中出现的"霸道总裁""玛丽苏"，历史剧中出现的"宫斗""穿越"。另一方面是产生了全新的类型剧。网络小说带来的最大类型剧就是玄幻剧。目前在网络小说改编剧中占据了1/3的比例。根据网络小说的类目，玄幻剧还可以进一步细分为仙侠剧、修真剧等。正是借助于网络读者的细分与爱好，改编剧才有了不断自我定型又不断自我突破的类型化电视剧。每一种类型剧，每一个类型元素，都能找到不同观众群、粉丝群，都可以有针对性地设计群体爱好与兴奋点。

（二）民间化

网络文化都带有鲜明的底层特色，网民们往往以"废柴""屌丝"自居，尽管网络中也时常有精英化、启蒙性质的语言与论断，但整体上带动的是新社会民俗与新民间叙事。早期网络小说家李寻欢提到："网络文学的父亲是网络，母亲是文学，其真正意义就是使文学重回民间。"②网络小说的这种草根性质深刻地移植到电视剧当中，使得每个逆袭故事和成长奇遇都有了传奇性的民间特色。一方面是网络在自身发展过程中形成的特殊标识的"黑话系统"，它作为新都市民俗的变体形成了网络民俗，"萌""中二""腹黑""基腐宅"等网络术语与"粉都""朋友圈""后援团"等社区成为网络社交的必备通行证，缺少或者不懂得这套话语体系便无法在网络时代沟通与交流，这也显示出打破次元之壁，强化互相理解的重要性。"上网"已经成为新的民间生活方式，网络行为也就拥有了民间文化的属性，它使得所有传统的实体社群行为变成与

---

① ［美］托马斯·沙茨：《好莱坞类型电影》，冯欣译，上海人民出版社2009年版，前言第1页。

② 李寻欢：《我的网络文学观》，《网络报·大众版》2000年2月21日第B4版。

虚拟社群行为的结合体。另一方面是在剧中投射进社会空间的话题性元素,现实题材话题在《欢乐颂》《小儿难养》等剧中与住房、职场、生养等民间生活形成互文关系,历史题材的宫斗、权谋等情节也同样影射着当代社会的生存压力,玄幻题材的民间性更是对古老民间传说、民间故事母题的重新讲述。可以说网络小说复活了传统民间风俗的肌理与形态,所以网络小说改编剧不仅代表民间说话,而且建构了民间新的话语身份。

（三）性别叙事

网络小说形成了不同性别专属的类型与叙事倾向,分别被称作"男性向""女性向"。"女性向"小说改编延续了言情小说的伤感与唯美,在个人情欲的私密化讲述中,折射出大时代下小人物的命运波折。女性主义写作由来已久,与新文化运动延续下来的女性争取独立自主的直接呐喊不同,也与 20 世纪 90 年代以来,以陈染、卫慧、木子美为代表的身体写作不同,网络写作中活跃的并不是单纯的女性对男权的颠覆,也带有女性对自由、平等、幸福所渴望的心灵寄语。新的性别书写已经从过去公众话语权的争取、强烈的身体书写,深入日常生活中的身体自主权,即衣食住行的私人领域,以及高幻想世界中的新女性主体故事。正如英国当代文学批评家特里·伊格尔顿（Terry Eagleton）所说:"如果关于国家、阶级、生产方式、经济正义等抽象的问题已被证明是此时此刻难以解决的,那么人们总是会将自己的注意力转向某些更私人、更接近、更感性、更个别的事物。"[1] 特别是文学成就比较高的"女性向"作品往往会被改编成电视剧,而且风格各异,比如,《步步惊心》《甄嬛传》《致我们终将逝去的青春》就分别塑造了不同的女性形象。无论

---

[1] ［英］特里·伊格尔顿:《后现代主义的幻象》,华明译,商务印书馆 2000 年版,第 22 页。

是"玛丽苏""白莲花""心机婊"，女性总是试图以自己的方式在网络上言说自己，当然，这些原始素材在进入电视剧这个更大规模的传播平台时，会进行文化的平衡，但不可否认的是，这种女性新的奋斗史、安放自由的幸福史以及高幻想性的平权史更适合新一代的年轻女性。

（四）价值共融

网络小说改编剧代言了两种不同的媒介，是文化转型期里两个世代、两个次元的独特产物。新兴事物、思想在进行普及或落地之前都要进入缓冲区域，以适应各方不同势力的话语对抗，艺术往往承担着文化转型的过渡功能，正如网络小说是纸质小说在网络媒介的缓冲地带一样，网络小说改编剧的特征之一便是将两种文化进行中和，在将网络文艺介绍给更多阶层和年龄段的国人欣赏的同时，也必定会将网络上过于先锋、另类的表达做出限制与收编，像网络小说中影响很大的"耽美"情节因其过于非主流的格调而被改编所禁止，同时国家广电总局对盗墓文、穿越文改编也都做出了在播出平台、审查尺度等方面的严格规定。但是，网络小说所代表的励志、奋斗、包容、有爱、羁绊以及人文关怀的共同价值会在这种交融中被传统媒体所传达。《杜拉拉升职记》《欢乐颂》《择天记》都成为在收视率与观众口碑中的佼佼者；《王贵与安娜》《沉浮》《大江大河》在主流官方的电视剧评比中斩获殊荣；《甄嬛传》《琅琊榜》等作品因其精良的制作、诗化的意象在跨文化传播中输出国门成为讲述"中国故事"的典范。邵燕君指出，网络原创小说最大的功能在于承担了文化转型时期的文学引渡功能。她借用麦克卢汉的理论说："在媒介变革之际，先知先觉的知识分子有一个重要的使命，就是在新媒介打击彻底降临之前，引渡旧媒介的文明成果。"① 可见，不同媒介在融合时没有高低贵贱之分，既然网络小说已经在多样化与主

---

① 邵燕君：《网络时代的文学引渡》，广西师范大学出版社 2015 年版，自序第 5 页。

流化的道路上做出前驱工作，那么改编剧在价值共融的领域内，更可为当代艺术实践提供示范作用。

"网络文学，并不是指一切在网络发表、传播的文学，而是特指在网络中生产的文学。"① 所以，我们在这里可以为网络小说改编剧的外延与内涵廓清一个大体思路。在广义上，它指以网络或新媒体发表的原创小说、游戏、动画为蓝本进行改编后制作的剧集。在狭义上，特指以文学网站连载更新完成的类型化小说为蓝本进行改编而制作的、拥有特定收看群体的、形成特定通俗文化的并在电视媒体播出的剧集。类型化、民间化、性别叙事构成了我们研究网络小说改编剧的三个视角，并最终达到价值共融、次元破壁的发展方向。

第三节 语境变迁中的网络文艺和影视艺术

既然改编已经不仅仅是文学性质的语言转换，它成为媒介发展中新的经济增长点，那么当代文艺需要在语境变迁的背景下来理解，这同时也意味着我们所建立的三层次互文性只有在正确认识到文化转义机制被新媒介和传统媒介双双认可的前提下，才能在理论高度解释这一融合文化事件所涵盖的美学价值。当网络小说颠覆了印刷文明千百年来的雅俗等级秩序时，网络视频也不断冲击着电视媒体所建立的单向话语体系，可以说这是一场发生在媒介之间的阅读革命，同时它也是网络文化范式转换过程中，各自独立的文化圈在资本力量驱动下尝试建构的意识形态。运行机制是以审美方式完成的，这种审美既包括叙事艺术的内部驱动力，也包括将日常生活审美化的现实世界的想象力，是一种德塞都意义上的日常美学。

---

① 邵燕君主编：《网络文学经典解读》，北京大学出版社 2016 年版，第 3 页。

1953 年，美国文学理论家艾布拉姆斯（Meyer Howard Abrams）在《镜与灯——浪漫主义文论及批评传统》中将文学作品的研究解释范型分成"作家/作品/读者/世界"四个要素，其中作品居于中心位置，其他三个要素通过作品得到实现。1948 年，传播学先驱拉斯韦尔（Harold Lasswell）发表了《社会传播的结构与功能》，提出了传播学"5W 模式"："谁（Who）、说什么（What）、通过什么渠道（in Which channel）、对谁（to Whom）说、取得什么效果（with What effect）。"如果我们把艺术世界的建构作为信息传播效果的话，传播学比文艺学多出一个"媒介"渠道要素。传媒艺术和网络文艺发展到今天，媒介的作用越发凸显。但长期以来，"人们往往重视媒介'内容'的价值和意义而忽视了隐而不显的媒介本身，相比之下，前者涉及人的意识层面的思想、观念等而凸显其具体的意义，后者则关系到人的潜意识层面的思维习惯、感知模式等而更具内在性和本质性"①。艾布拉姆斯的四要素模型一直以来都是国内文艺研究中的重点，虽然它主要讨论的是浪漫主义文学理论，但国内各门类艺术工作者常以其作为理论支持，并且很多文艺理论工作者在此基础上提出了新的艺术阐释框架，比如童庆炳提出的本质论、创作论、作品论、接受论；叶维廉借用在中西比较文学和文论上，并提出东西方具有不同的思维、美学和批评模子的"模子"理论。所以"四要素"是具有强大理论生长性的"解释性的"结构模式。近年来，有学者对四要素模式进行修订、转换后提出"五要素"解释范型。从艾布拉姆斯的文学研究扩大为文学艺术的研究，在加入媒介要素后建立了"艺术家/作品/欣赏者/世界/媒介"解释范型，并且将媒介居于图式的中间位置（如图 1 所示）②。

---

① 彭文祥：《媒介：作为艺术研究解释范型中的"第五要素"》，《现代传播》2016 年第 6 期。

② 同上。

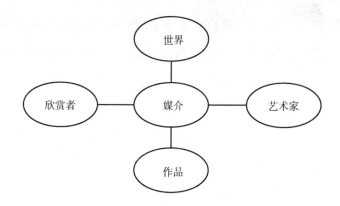

图 1　文学作品"五要素"解释范型

借用这一理论模式，我们看到，在本研究中，传统的"作家/作品/读者/世界"或曰"艺术家/作品/欣赏者/世界/"模式首先要面对的就是改编所带来的媒介变化，只有在这一动态语境下展开文本细读，才能认清作家（艺术家）创作、读者（欣赏者）接受、世界呈现的问题。其次，文化是作为世界的一部分出现在我们的改编研究中的，只有对现实世界的文化变迁洞悉之后，我们才可以更好地理解故事所讲述的想象世界，以及审美表意实践所追求的精神世界与价值世界。最后，在媒介元素介入后，改编的研究就不仅是两个文本的互文，而且是两种媒介的互文，只有这样才能对理论范型做出动态解读。

一　媒介变迁与阅读革命

20 世纪六七十年代，西方思想界出现了两个重要的理论：一个是加拿大学者麦克卢汉提出的"地球村""媒介即讯息"等一系列传播学新概念，从而为媒介环境学派及技术控制论奠定了基础；另一个是法国学者罗兰·巴特等人提出的互文性理论。在本研究中，这两个理论视角的结合具有特殊意义，它使我们看到了媒介之间和文本之间互相掣肘又不断前进的螺旋式上升规律。在传统小说—电视剧—网络小说—网络小说改编剧的文本演变的同时，是更大范围内的印刷媒体—影视媒体—网络媒体—融媒体的媒介发展。麦克卢汉的"后视镜"理论对我们可能更有启发。他认为"我们透过后视镜看现在，我们倒退走步入未来"①。在麦克卢汉的思想视野中，媒介不是单一的外化的存在，媒介是身体的延伸，也是人们精神与思想的延伸。从印刷到广播到电视再到网络，一个处处皆中心的地球村正在形成，用后视镜可以看清过去和未来，而且也是一种人性化的发展趋势。当阅读因为纸媒的式微而日渐衰退的时候，正是电视娱乐至死的年代，这也是尼尔·波兹曼（Neil Postman）在《童年的消逝》中所担心的，文字间的逻辑使抽象思维的能力得到固化，电视正以图像的方式将其扼杀。但如火如荼的电视在 21 世纪后面临着全新的挑战，网络的兴起使单向传播的电视日渐失宠，相对于网络中海量的信息与自由的世界，电视显得无能为力。然而保罗·莱文森（Paul Levinson）认为："在循环往复展开的过程中，存在着实实在在的前进运动——那不是一个封闭的圆圈。因此，更恰当的表述是螺旋形展开。……电视所再现的，实在是过去多种环境的具有原创性的复活体，而且这个复活体具有崭新的性质。"② 在网络的众多功能中，文字的逻辑与想象在互动的传受关系中得到了复活，这时电视再从文学中得到的反哺就不仅仅是艺术想象力，它还包括媒介、受众、作者、交互等一系列全新的命题。

（一）终端：屏幕的冷和热

技术决定论的传播学者认为，媒介的形式决定着信息的内容，当我们以这个视角关注网络小说改编剧时，就会发现，技术进步带来的

---

① ［美］保罗·莱文森：《数字麦克卢汉——信息化新纪元指南》，何道宽译，社会科学文献出版社 2001 年版，第 247 页。

② 同上书，第 272 页。

是互文两端的小说与电视剧各自划时代的革新。"截至 2019 年 6 月，我国网民规模达 8.54 亿，手机网民规模 8.47 亿。我国网民使用手机上网的比例达 99.1%；使用电视上网的比例为 33.1%；使用台式电脑上网、笔记本电脑上网、平板电脑上网的比例分别为 46.2%、36.1% 和 28.3%。"①

一方面，作为改编母体的网络小说在发展中经历过 PC 端到移动端的变化，初期的网络文学基本上是在家用电脑上进行写作与阅读的，2010 年，在类型化的网络小说大范围改编成影视剧的同时，以 iPhone 4 和 HTC 为代表的革命性智能手机开始在中国大陆地区推出，网络小说也正式进入了移动阅读时代。2015 年 12 月，网络文学在日均覆盖人数上，移动端是 PC 端的近 3 倍（3297.5 万人）；在月度浏览时间上，前者更是后者的近 5 倍（8.03 亿小时）。它引起的巨大连锁反应就是带动了一大批正版阅读，通过网络支付或无线运营商的分成，很多运行 VIP 收费阅读制度的文学网站开始真正盈利。同时，移动阅读门槛的再度降低使得网文的内容开始倾向于大量的"小白文"，男频的"玄幻文"和女频的"霸道总裁文"因此获得了更多的机会，反过来观察当初的新媒介而今天略显陈旧的 PC 端成了守护网络小说类型突破的精神家园。

另一方面，电视剧面临着由传统的电视荧屏向多屏时代的转变。麦克卢汉认为书籍、报刊、广播、无声电影、照片等是"热媒介"，而手稿、漫画、电影、电话、电视、口语等属于"冷媒介"。"热媒介要求的参与程度低；冷媒介要求的参与程度高，要求接受者完成的信息多。"② 在电视与电脑的对比中，大屏意味着更加广众的读者，冷媒介

---

① 《第 44 次中国互联网络发展状况统计报告》，199IT 中文互联网数据资讯网，2019 年 8 月 30 日发布，http://www.199it.com/archives/931033.html。

② ［加］马歇尔·麦克卢汉：《理解媒介——论人的延伸》，何道宽译，商务印书馆 2000 年版，第 52 页。

电视要调动感官去弥补信息的不足，但电视观众是以家庭为单位的收看群体。当某一位家庭成员试图以高参与度的方式接受电视时，往往会受到很大的阻碍。麦克卢汉在 20 世纪 60 年代没有对电脑媒介的冷热属性做出判断，但莱文森坚定地认为："电子文本必然获得冷的属性，散发出冷的属性，其冷的程度超过电视不知凡几。"① 我们可以这样来理解：家用电脑屏幕往往小于电视荧屏，以麦克卢汉的方式来说，更需要高参与度。文字媒介出现过两种方式：手稿和书籍，显然，手稿是冷媒介，作品整理出版便成了热媒介。当类似手稿状态的网文刚刚在网络上发表时，没有完结的人物命运和故事走向需要与读者互动配合完成，手稿前甚至附加上许多作者个人的近况，也会迅速被读者回复点评。所以，狭义的网络小说是在周更甚至是日更状态下完成的。同样的是，电视的冷媒介需求在互联网时代有了弥补契机。一是媒介平台延伸，从电视走向网络电视。近几年，电视剧常常选择网/台多个渠道播出，收视率已经不是衡量电视剧市场效果的唯一标准。2015 年《花千骨》是首部网络播放总量破 200 亿次的电视剧，2017 年《三生三世十里桃花》破 300亿次，《楚乔传》破 400 亿次。网络播出也满足了充分互动的意愿，观众可以采用类似文学网站的文字评论方式留言跟帖，或者通过贴吧、论坛再次集中系统地评论。二是将网络评论复制粘贴到电视荧屏，以流码字幕的方式出现在屏幕下方。特别要指出的是，近年来出现的弹幕成为具有二次元特征互动方式。在网络与移动媒体上，观看弹幕视频代表着信息搭载的阅读完整度以及二次元趣味。而许多电视荧屏端也在尝试弹幕式的播出。弹幕与流码字幕为接受电视媒介的内容讯息之一，也就意味着网络同步为电视剧填充了想象空间。在印刷媒体—影视媒体—网络

---

① ［美］保罗·莱文森：《数字麦克卢汉——信息化新纪元指南》，何道宽译，社会科学文献出版社 2001 年版，第 156 页。

媒体—融媒体的发展过程中，如果还只是把电视放在一种孤立的、原子式媒介来考量，而不是置于网络互联世界中的全新融媒体来考量，显然是不够的。

(二) 受众：从读者到粉丝

文学研究和文化研究都有对读者的探讨，文学的读者研究常常是理论化的，多是阅读心理或接受美学的视角，研究基于期待视野发生的品味、共鸣、领悟。文化研究关注读者的生产活动，研究倾向实证主义并可以被记录描述。近年来，读者的文化研究从一般的受众分析过渡到倾向于做粉丝群体的研究。这表现为，对于经典文学作品，读者的兴趣常常围绕着对话交流与欣赏品鉴，而对于通俗文学作品，读者在接受时更容易被作品所控制并引发一系列消费行为，特别是借助网络群体传播可以很快地形成部落联合并采取行动，他们的行为方式就不仅仅是传统文学接受中的欣赏，而是产生新的身份指认，成为一种过度的读者。费斯克指出："粉丝 (fandom) 是工业社会中的通俗文化的一个普遍特征。粉丝从批量生产和批量发行的娱乐清单 (repertoire) 中挑出某些表演者、叙事或文本类型，并将其纳入自主选择的大众文化范畴当中。这些表演者、叙事或类型随后便被整合到一种极其愉悦、高度能指的通俗文化中去，这种通俗文化与那种较为'正常'的通俗受众文化既相似又有明显的不同。"[1] 也就是说，粉丝们迷恋的不仅是明星，也包括故事或类型。大陆地区第一次形成粉丝高潮大约是 2005 年湖南卫视的《超级女声》，比起之前忠实观众或球迷戏迷写信、捧场、追随，她们情绪更加狂热、行动更加系统、组织更加严密。特别指出的是，他们是文化工业体制下的产物，这与之前出于个人魅力或兴趣爱好而引发的追星是不同的。也就是说，他们成为资本运作的一部分，文化工业试图通过他

---

① [美] 约翰·费斯克：《粉丝的文化经济》，陆道夫译，《世界电影》2008 年第 6 期。

们引起更加广泛的消费行为，即一系列的周边产品，游戏、签名道具、玩偶等的销售。改编剧在这个消费模式下就显得尤其突出，多数改编实践选取的小说都拥有大量的忠实粉丝，无论他们喜欢的是作家大神还是故事套路，或是某个类型元素。网络时代的来临给粉丝行为带来了新契机：积极的粉丝越来越多。所谓积极的粉丝就是不单一地在消费模式中购买各种产品与服务，更热衷于生产或自我消费①，他们积极参与小说或电视剧的互动，撰写同人文，制作同人视频，拥有强烈的自我赋权愿望，"虽然一部分粉丝只忠实于单一的节目或明星，但更多的粉丝将单部影剧系列作为进入一个更广阔的粉丝社群的起点，并把各种节目、电影、书籍、漫画和其他通俗材料连成了一个互文性的网络"②。也就是说本研究的粉丝是一个由小说粉、剧粉、作者粉、演员粉组成的一个文本间网络，他们在合力重构了整个媒介文化工业生态的同时，也在内部互相让渡与角逐。需要指出的是，粉丝并不代表所有的读者或观众，但却代表了最有话语权的观众，也说明并非所有的观众都是沉默消极的。

另外，目前国内的粉丝研究出现了新的研究方法，是来自詹金斯所创立的"学术粉丝"研究，他在《文本盗猎者：电视粉丝与参与式文化》中详述了对粉丝身份的自我认同，"既是一个学术界人士（了解一定流行文化理论、一定批评和民族志文献），同时又是一个粉丝（了解粉丝圈这个社群的知识和传统）"③。20 世纪 90 年代初这一理论刚提出时，"学者粉"概念与传统民族志理念中研究者立场必须和被研究者保

---

① ［日］田中秀臣：《AKB48 的格子裙经济学——粉丝效应中的新生与创意》，江裕真译，人民邮电出版社 2014 年版，第 50 页。

② ［美］亨利·詹金斯：《大众文化：粉丝、盗猎者、游牧民——德塞都的大众文化审美》，杨玲译，《湖北大学学报》2008 年第 4 期。

③ ［美］亨利·詹金斯：《文本盗猎者：电视粉丝与参与式文化》，郑熙青译，北京大学出版社 2016 年版，第 5 页。

持距离的准则明显违背，但是 20 多年后的今天，文化研究者对自己研究对象的热情投入早已司空见惯。国内的学者邵燕君、郑熙青等人也公开声明自己的"学者粉"态度。本次研究过程中，笔者在相关领域中也力图以粉丝身份进入优秀网络小说改编剧的阅读中，尝试性地参与网络互动与深度消费，打破惯性的壁垒机械思维，以鲜活体验来抽象概括理论话语。

（三）作者：自媒体与大众传播

网络文学缘起于自由书写，当传统文学发表不能满足文学爱好者们的表达欲望时，网络给予了宽广的平台。在网络写作的人群中，"70后""80后"成为主力军，他们往往生活在二三线城市，这与其他行业精英聚居于北上广深显然不同。而且网络写作中的佼佼者，80% 并非文学专业人士，是网络给予了他们话语表达权。"网络写作对于那些已经在传统媒体上占有一席之地的作家和作者，或许并不重要，但对于刚刚踏上写作之路的文学爱好者和业余作者来说，却是一片神圣的领域。"[1]当这些业余作者最初在个人博客、论坛、文学网站连载时，他们便拥有了一个属于自己的自媒体。2003 年，美国的谢因·波曼（ShayneBowman）与克里斯·威理斯（Chris Willis）最初提出"自媒体"（We Media）这个定义时，偏向知识、新闻的传播。"We Media 是一个普通市民经过数字科技与全球知识体系相连，提供并分享他们真实看法、自身新闻的途径。"[2]但 BBS、博客、手机 App 这些信息平台同样被网络文学写作所利用。如果说微博、直播软件等自媒体，信息发布占据更大的比重，网络作家的自媒体则倾向于个人情绪的释放与人生故事的分享。个体传播具有人类原始的传播冲动，它实际上适合了当下社会日益

---

① 马季：《网络时代的文学变革》，张邦卫等编著《网络时代的文学书写》，中国社会科学出版社 2016 年版，第 19 页。

② 邓新民：《自媒体：新媒体发展的最新阶段及其特点》，《探索》2006 年第 2 期。

"媒介化"的历史过程，是随着科技进步，对以往由上而下传播方式的变革。

自媒体常被称作"全民 DIY"。网络小说作者的进入门槛很低，行业内的竞争却很激烈，当他们的人气积累到一定程度，逐渐跨入"大神"行列后，他们往往拥有了大批的忠实读者。这些读者开始转发、传播作品的故事、价值和作家的观点、秉性，从而使得原本属于自媒体的媒介特征发生了转变，变成一种群体性的传播，一群相同审美趣味、生活习惯的年轻人开始因此而聚拢，与作品内容发酵同时积淀的是网文类型化和生产机制的成形。鉴于群体传播是根据参与者的兴趣点重新对信息编码，作家开始放弃一些自己的原始诉求，而改为对读者示好。2007年，匪我思存成立个人官网并在其中做民意调查，了解读者的年龄构成，倾听读者的阅读心得。并由此延伸出个人微博、匪我思存影视后援会等一系列具有群体色彩的发布平台，提醒读者何时发布新篇、小说番外之类的花絮文章。"《兰陵王妃》的作者杨千紫在听到许多读者喜欢宇文邕这个人物的声音后，便特意多加了宇文邕的戏份。《花千骨》中有关蛮荒那一段的内容，按照 fresh 果果的本意是会写得更长的，但是因为很多读者发帖期待'师父快点回归'，她在连载的时候就大大地压缩了。"① 尽管此时的群体传播对象已经带有了网络大众的特征，但是改编之后的影视剧才真正产生严格意义的大众传播效果。在 2011 年改编元年之后，网络小说进入大众视野。个人性质的作家被更加体制化、团队化、资本化的内容生产者所代替。顾漫、海宴、Fresh 果果、流潋紫都有亲自担任剧本改编的经历，顾漫谈电视剧《何以笙箫默》改编时说："以前写小说，是关在房间里，坐在电脑前，一个人的事；但做

---

① 唐龙飞：《网络写手进阶编剧：与小说捆绑销售同团队合作》，网易娱乐专稿，2014年 6 月 27 日，http://ent.163.com/14/0627/10/9VO6LOK600034R74.html。

编剧，就意味着自己是这部电视剧制作团队的一员，需要面对外界，尤其是和片方沟通磨合。"① 作家一改网络中刻意保持的神秘感，常常为配合改编的市场化而走向前台，2013 年 3 月，唐家三少、我吃西红柿、天蚕土豆、骷髅精灵四位作者参加了湖南卫视的《天天向上》节目，这是网络作者跟知名综艺节目的第一次触电。我们看到网络作家在改编后有个明显被体制化的过程，成为编剧、导演、制片集体创作中的一员。除了孔笙、郑晓龙、滕华涛等个别优秀导演外，作者的个人实力要被东阳正午、于正工作室、慈文传媒等几家擅长拍摄网络小说改编剧的制作公司所代替。虽然也有像南派三叔一样从文学创作到全程跟进的制片人身份转换，但更多的作家仅仅走到售卖版权这一步。当自下而上的传播再次被归化为自上而下的传播，经历了这个过程的传播方式已经失去了当年充足的互动，大量作品在创作之初就被影视改编买走了版权。很多学者担心，网络文学写作会因此失去了鲜活的血液，如单小曦的《"改编热"的虚妄与数字文学性的开掘》，赵光平的《从自由到捆绑——网络小说影视改编困境探析》。因此，这是一场两种传播方式的对抗，也是两种内容生产机制的对抗。

二　网络文化的范式转换

比起传统的改编剧，网络小说改编剧倾向于更加类型化的创作，以及不同文化的融合。网络文化对影视文化的渗透显示了传统影视剧引领媒介发展的不足，这也是网络小改编剧近年得以火爆的原因。改编中嫁接的不仅是网络上的故事、人物、类型元素，更是网络所代表的一种先

---

① 马晟：《做编剧"纠结"更喜欢写书——专访〈何以笙箫默〉作者、宜兴籍作家顾漫》，《江南晚报》"文娱圈"2015 年 1 月 13 日第 A20 版。

导文化。关于网络文化的定义很多，有人从技术方面谈，有人从经济方面谈，我们所说的网络文化更倾向于日常生活方式，"网络文化是以网络为载体和媒介，以获取、传播、交流、创造文化信息为核心，并影响和改变现实社会中人的行为方式、思维方式的文化形式总和"①。这种文化伴随着互联网在中国从科学技术到媒介渠道再到艺术载体的定位中，不断发生着变动，也就是说网络文化本身也是一个变化着的思想、行为、意识形态的综合体。只有捕捉到这种变化的脉络并发现变化中所折射的社会文化心理，我们才能更好地理解当代电视艺术的发展。每年近一半热播剧取材自网络小说，资本运作看中的不仅是市场潜力，更有其被繁华表象所掩盖着的文化领导权。网络文化并非有意取代并成为大众文化，但却一次次引领了大众文化的风潮，当然，这当中也包括主流文化定义下的大众文化对网络文化的收编。

（一）从精英文化到草根文化

互联网技术起源于计算机技术，考察一下网络的产生和发展史，从阿帕网之父的拉里罗·伯茨到互联网之父的文顿·瑟夫，从设计出第一个环球网浏览器的马克·安德里森到苹果公司创始人史蒂夫·乔布斯，我们就不难发现这是一部网络精英史，这些技术精英在将科学技术带给人类世界的同时，也将自己的愿望、情感、价值观赋予了互联网，因此，网络所携带的精英文化基因，比如高深的知识、艰涩的术语、小众的集群等，成为早期电脑网络的行为规范与处世哲学。这种最初的网络文化随着互联网普及并没有彻底消失，因为每一阶段，总有技术作为先导引领着时尚潮流及其所代表的革命性生活方式。从平板电脑到智能手机，从台式电脑到便捷终端，以 IT 精英为身份符号的阶层总是与各种品牌联系在一起。当网络和资本紧密地结合后，形成一种新的具有鲜明

---

① 于文秀：《当下文化景观研究》，人民出版社 2007 年版，第 136 页。

时代特征的文化工业，在资本的带动下，技术精英开始运用现代高科技把网络文化推向了大众文化。于是就形成了第一时间通过技术下沉所产生的文化普及以及科技的时尚化。当技术下沉到社会最底端时，终于为每个草根阶层所拥有；再当大众为某种技术革新所欢呼时，意味着新的生活方式又会再次产生。鲍德里亚（Jean Baudrillard）指出："在以往的所有文明中，能够在一代一代人之后存在下来的是物，是经久不衰的工具或建筑物，而今天，看到物的产生、完善与消亡的却是我们自己。"① 回想一下，传呼机、大哥大，从产生到消亡不过几年时间，这就是消费社会。我们见证了一代代技术更新及电子产品的换代，我们不断学习着新的时尚玩法，又一次次仰慕更前沿的领域，这构成了工业社会的生活方式。

在电子时代，最时尚的生活方式不仅指 CPU 升级或是分辨率提高带来的品质保障，而是指由此而产生的身份象征，因此出现了"果粉""技术控"等伪精英，或是"月光族"及"卖肾换 iPhone"一说。精英文化在网络与在其他领域具有明显的区别，它的身份标识带有极大的流动性，而电子产品也与奢侈品不同，作为普通人，可能永远无法拥有玛莎拉蒂的跑车和限量版的 LV 包，但得到一款高科技智能手机或做个电脑主机升级却是可以实现的。时尚是既定模式的模仿，它满足了社会调适的需要，它总是具有等级性质。德国社会学家西美尔（Georg Simmel）认为："社会较高阶层的时尚把他们自己和较低阶层区分开来，而当较低阶层开始模仿较高阶层的时尚时，较高阶层就会抛弃这种时尚，重新制造另外的时尚。"② 因为接入成本和使用门槛的限制，最早接触网络文学的是都是海外华人，随着互联网使用人群的扩大，网络空间逐渐打上

① ［法］让·鲍德里亚：《消费社会》，刘成富、全志钢译，南京大学出版社 2001 年版，第 1 页。
② ［德］齐奥尔格·西美尔：《时尚的哲学》，费勇等译，文化艺术出版社 2001 年版，第 72 页。

了中产阶级文化的色彩，有知识的年轻人成为网民的主体，对于他们来说，网络空间就像咖啡馆和沙龙一样，为人们提供了精神上的憩息之所。到了今天，互联网已经全面普及，与此相伴随的则是网民知识结构的低学历化和年龄结构的低龄化。但智能手机、掌上电脑以及带有众多功能的电子处理器还是会在这一领域不断推出时尚化阅读与精英化符号。在网络小说中，这种转化体现为"文青"与"小白"的对抗，网络小说的普及同样离不开便捷移动终端的应用，网络的移动阅读使得"小白文"数量增加，而更有深度内涵与文化思考的"文青"则成为带有传统文学色彩的精英读物，小白的粉丝更庞大，文青的粉丝更忠诚，正如都市青春、玄幻仙侠都先后出现过小白文一样，当数量积累到一定程度后，就会发生西美尔时尚哲学式的阶层模仿与迁徙。

（二）从二次元文化到三次元文化

如果精英与草根是由资本与知识所产生的阶层落差，那么在话语权的争夺上，虚拟的互联网世界试图区隔于传统的现实世界，从而形成了二次元文化。二次元原本是来自几何学的概念，后来被日本的漫画、动画、电子游戏爱好者用来指称这三种文化形式所创造的虚拟世界、幻象空间。在华语地区，这三者则通常合称为 ACG，所谓"二次元"就是二维平面的世界，主要指动画（Animation）、漫画（Comic）、游戏（Game），后来又包括了轻小说（Novel）构成的平面世界。[①] 与此相对应，"三次元"指的是现实世界、日常生活，明星、真人版电影与电视剧、传统文学作品。其实，"二次元"又不限于 ACGN，还包括手办（以动漫、游戏角色为原型制作的模型）、COSPLAY，以及同人（用特定文学、动漫、电影、游戏作品中人物再创作）及周边（如海报、CD、

---

① 《"二次元"（ACGN 亚文化圈专门用语）》，参见百度百科，https：//baike. baidu. com/item/% E4% BA% 8C% E6% AC% A1% E5% 85% 83/85064？fr = aladdin；林品、高寒凝《二次元·宅文化》，《天涯》2016 年第 1 期。

服装）等的"2.5次元"衍生产物。

首先，二次元的ACGN有一定特指性，比如动漫指的是以日漫、美漫为代表的海外漫画，国产漫画则指不包括以"喜洋洋"为代表的（低幼向）漫画，而是指以"十万个冷笑话""秦时明月"为代表的（青少年、成人向）漫画。小说指的是属于核心二次元的"轻小说"，以青少年为主要读者群的新兴文学作品，写作手法灵活多变，阅读起来较为轻松。而"网络文学"属于泛二次元，主要指以网络为载体而发表的文学作品。所以，在宽泛的意义上，"二次元"还可以指受到ACGN文化影响的各种网络文化。其次，要考察二次元的阶层特性与社缘捆绑纽带。二次元同样是以故事与画面吸引年轻人，美漫的超级英雄，日漫的萝莉少女，其中不仅有扣人心弦的故事，精彩的画面，而且还蕴含着对人文精神的探求，对世间百态的暗喻和深厚的文化内涵，与三次元（现实世界）相比，青少年的二次元世界相对纯真简单，其搞笑、励志题材的作品又能带给用户很多治愈和温暖，所以二次元的世界也很有爱，很温暖。二次元的故事又是通过特有的方式表达出来的，往往具有"基、腐、宅、萌"的特点，年轻人使用的是一套独立的话语体系，完全不同于主流话语与日常用语的表达。作为独生子女一代的都市学生因此获得了极大的存在感，这使得二次元人群在国内大城市迅速普及蔓延开来，市场调研机构艾瑞咨询集团的《艾瑞咨询：2015年中国二次元用户报告》指出："90后和00后是二次元用户的主力人群，八成以上的二次元用户是学生。近年来，动漫作品的获取门槛降低，90后、00后等主要群体更容易看到更多的动漫作品，接触到更加多元化的二次元文化。"① 最后，我们要考察二次元为什么会发生过渡，即次

① 《艾瑞咨询：2015年中国二次元用户报告》，第13页，199IT中文互联网数据咨询中心，2015年7月17日，http：//www.199it.com/archives/366638.html。

元壁被打破的动因。年轻人原本试图在二次元世界中逃离现实世界的无趣与孤独，试图在一个纯爱的世界里建立个人想象空间。一方面是随着年龄的增长，二次元人类开始不断面对现实的压力，无法继续逃避。1999 年是网络文学的元年，到今天，最早阅读网络小说的"80 后"人群也已经近四十岁。他们会随着成家立业之后的心理成熟与圈层扩大而逐渐远离二次元世界，不再独自一人面对电脑屏幕而更多要举家收看电视。但二次元的基因仍然流淌在其血液中，动漫、游戏所附带的奇幻思维、审美体验需要有一个新的出口，这给网络小说的改编制造了很多现实理由与动机。另一方面，一代新的年轻人又开始进入二次元审美的年龄段，他们比上一代人拥有更加舒适的生活环境和更高的消费水平，可以有更多的时间精力与经济条件去参加 Cosplay，购买更多的手办、玩偶，把二次元的精神投射进现实世界，以显示他们的与众不同。因此，我们看到越来越多的二次元元素出现在现实世界。2016 年里约奥运会上，游泳运动员傅园慧的一句"我已使出洪荒之力了"使充满仪式感的奥运报道格外小清新；依靠好莱坞模式爆红的国产动画电影《大圣归来》《大鱼海棠》《哪吒之魔童降世》屡创票房佳绩；网络综艺节目《拜托了冰箱》《吐槽大会》用弹幕和二次元梗包装屏幕。正如有人所言，"你可能搞不懂什么是'二次元'，甚至不喜欢'二次元'，但是'二次元'文化的元素已经渗透并影响了当下众多人的生活和观念"①。

（三）从亚文化到主流文化

亚文化与二次元文化既有交叉又各自独立，网络文化中的亚文化既包括以 ACGN 为代表的二次元文化和由此延伸出的粉丝文化，也包括由技术精英所引发的黑客文化、自恋主义引发的播客亚文化等。长久以

---

① 吴晋娜：《"二次元"，文化从小众走向大众》，《光明日报·光明视野》2017 年 6 月 27 日第 08 版。

来，在公众认知中，亚文化一直处于被污名的状态，这与亚文化中大量违背社会主流常态、伦理秩序的观念和行为相关。近年来亚文化能进入主流文化视野，与网络小说的影视改编以及其他各种网络消费有着密切的联系。早期的亚文化研究，多集中在实证研究或传播学的使用满足研究，属于社会学和文化政治学的范畴。无论是 20 世纪 20 年代芝加哥社会学学派强调亚文化人群形成的社会原因，还是 20 世纪 70 年代伯明翰学派着力从阶级、种族、年龄和性别等方面揭示青年亚文化群体，它们都侧重于发现亚文化所蕴含的象征性政治反抗意义。21 世纪初，西方学术界出现了"后亚文化研究"，认为"芝加哥学派和伯明翰学派时期有比较明确区分的全球/本地、虚拟/真实、商业/独立、日常/边缘等二元层面，在当下的符号消费时代已经变得更加交错混杂，呈现出愈加高度变异的文化面貌"①。这一点在网络亚文化中特别明显。一方面，社会主流文化在伦理学与价值论的范畴内很难处理好亚文化的合法性问题，特别是处于法律与传统道德边缘地带的色情、同性恋、颓废情绪，常让亚文化变成精英所批判、主流所排斥的对象。另一方面，网络亚文化中也形成了一种与主流文化常常不期合谋的力量，比如"抗日雷剧"现象，它最初的发现与公布者并不是主流媒体或官方话语，而是在网络上以吐槽或恶搞为趣味宗旨的青年群体，这一事件揭露之后，又引起了主流媒体与官方话语的强烈关注。如果说抗日雷剧被曝光是网民不期然的事件，网络民族主义的兴起却充分表明了二次元群体试图突破次元壁，寻求自身合法性的努力。2015 年的网络动画《那年那兔那些事儿》通过设计兔子（中国）与鹰酱（美国）、脚盆鸡（日本）、毛熊（俄罗斯）等"国家—动物"的拟人化形象体现出"每一只兔子都有一个大国梦"的萌化的国家宏大叙事。这类 AGCN 作品为长期处于封闭的亚

---

① 孟登迎：《"亚文化"概念形成史浅析》，《外国文学》2008 年第 6 期。

文化群体提供了转换契机，将二次元爱好者与网络民族主义者（"自干五""四月青年""爱国小粉红"等）连接在一起，引发了共青团中央的官方微博账号在内的各种代表官方意识形态社交媒体与粉丝文化的良性互动。所以"随着'80后'乃至'90后'日益成长为社会中坚力量的有机组成部分，对于因年龄增大和社会地位提升而部分地获得主流话语权的不少二次元爱好者来说，'次元之壁'这样一种自我边缘化的对策终究不是解决矛盾的长久之道。对于这些追求主流化的二次元爱好者来说，寻找一条与社会主流话语的有效对接路径，完成 ACG 爱好的自我合法性论证，就成为当务之急"①。在很多网络小说的改编中，原著《择天记》《琅琊榜》《浮沉》中所蕴含的励志、家国、正义被改编者所发现并扩大，删改掉原著中的宿命、耽美、权谋，使之成为主流意识形态的新代表作品，这不能不说是亚文化与主流文化接合的崭新文化事象。

或许，在网络文化的范式转变中，资本的力量扮演了更重要的角色，这种新文化现象未必是一个主动的建构，其实是一个不期然的"共谋"达成，但在这种不期然的"共谋"达成背后，是不是有一个新的主流价值在当中形成呢？总之，在网络文化到影视文化的大众文化置换过程中，网络大众与影视大众发生了一次身份互换。前网络时代的大众由掌握话语权的精英所定义，网络时代的大众将精英与权贵在虚拟空间中抗拒并自我赋权。随着媒介融合时代的到来，新的融媒体大众既代表了前网络时代与网络时代的大众，又因为全球化网络时代的虚拟社群身份和消费主义弥漫下抵抗意识的消解兼并了二次元与亚文化群体。正是互文性所带来的主体间性使其可以以收编网络大众话语权的方式重新定义大众。

---

① 林品：《青年亚文化与官方意识形态的"双向破壁"》，《探索与争鸣》2016 年第 2 期。

三 新旧媒体的冲突地带

与传统改编不同的是，网络小说改编是在媒介融合的语境下进行的艺术实践，此时的作者、读者已经不同于精英写作时代下建立的传/受关系。首先，在网络时代，作者写作是高度自由化的，同时，在电子写作与类型书写要求下，作者往往是在相似的结构与人设中完成故事搭建，所以电子克隆所引发的小说抄袭现象比之前印刷时代更加明显，影视化所带来的利益之争使得网络小说在改编之后仍然余波不断，这种有争议的写作使互文性有了新的含义。其次，读者阅读的心理体验开始外化为行动，改编作品在动意之初就引起粉丝群的关注并导致了期待视野的变化，改编是资本方作者团队的一次文化实践，也是读者群对于阅读体验的新的审美挖掘。这关系到新的互文性究竟能为读者建立一个什么样的想象世界？它在美学互动上是如何发生的？最后，创作对于个体是一次主体情感的投入，同时也是时代背景下的意义生产，融合文化的时代与媒体各自独立的时代最大的不同在于，在新旧媒体的冲突地带搭建了一种互动的世界，借助这个世界，那些玄幻的、新都市下的影像才能附丽于这个时代的审美想象。

（一）电子时代的克隆

无论是类型化小说，还是类型化电视剧，都在形式上具有一定的重复性，在内容上固化某些情节设计和人物形象。在通俗阅读成为今天文化消费的主要方式的背景下，小说与电视剧都在模仿前人的成功经验并遵循有效的写作套路，这正是两个或两个以上文本的互文关系。一方面，布鲁姆强调后人对于前人的抵抗式修正，从布鲁姆意义上来理解后人对于前人的借用，可以发现后人力图超越前人的尝试，比如穿越文之于红楼，仙侠文之于金庸。另一方面，在网络写作中，这种影响的焦虑更多地表现为电子时代的克隆现象，在深度上浅尝辄止和广度上的泛泛而谈带来了阅读快感，却也导致了法律及道德范围内的回击。近年来，很多高收视电视剧往往来自有抄袭嫌疑的网络小说，杂糅了多部前人作品的原著提高了改编的预期效益，但也增加了被读者指责的可能性。《三生三世十里桃花》《花千骨》《甄嬛传》等都被网友指出存在抄袭。网友们往往列举多处细节对比，通过对比图和调色盘①进行查证。比如《三生三世十里桃花》涉嫌抄袭《桃花债》；《花千骨》涉嫌抄袭《花开不记年》《箫声咽》；更有网友指出秦简的《锦绣未央》抄袭了200多本小说，全书294章仅9章未抄袭。电子时代使得抄袭与揭露抄袭都更加方便，但在法律范围内进行界定并做出相应处理，则难度较大。影视领域内对抄袭的确定更有难度，因为电影是没有语言系统的语言（麦茨语），镜头序列之间的模仿难以受到法律意义的保护，更多情况下，影视剧对于抄袭的确定仍是围绕文学性剧本的情节抄袭进行定论，以连带责任起诉改编制片方。因此，很多改编剧，比如《醉玲珑》，选择将问题对白全部重新配音的方式回避原著的抄袭嫌疑。近年来最著名的案例是2015年琼瑶诉于正《宫锁连城》案并胜诉，但多数网络小说的侵权案却未能胜诉或立案。一方面是网络作家对抄袭行为在自媒体或个人官网上进行公布曝光，另一方面是大量的抄袭行为难以在法律框架下进行维权。我们在媒介的范围内检索抄袭现象，正是出于对改编中数据库元素的重视。抄袭往往集中在三大领域："文字、情节、人物。"对于直接抄文字这种低级简单的方式，如果超过了一定数量，是可以在现行法律体系下讨回公道的。流潋紫曾在回应晋江文学城对《甄嬛传》的抄袭判断时回应，虽有借鉴，但大部分为自己原创②。而网络文学的桥段、典故、人物设定、世

---

① 调色盘是指将抄袭文与原文进行对比的表格，其中雷同的句子采用鲜艳的颜色进行标明，是解释一篇文章是否抄袭的利器，因与现实中的调色盘在某种意义上相似而得名。

② 夏奕宁：《匪我思存说〈甄嬛传〉作者涉嫌抄袭，连错别字都抄了》，澎湃新闻，2017年8月10日，https://www.thepaper.cn/newsDetail_forward_1759070。

界设定却很难判定是否属于某一个人的专利。

网络文学界将抄袭他人情节与人设的行为称为"洗稿"或"融梗"，抄袭者还引用唐人皎然将偷诗行为分为"偷语""偷意""偷势"三重境界来为自己辩解，将其视为一种文学实践的进步。有学者也提出了如何评价电子时代下的书写抄袭问题："我们已经从纸媒时代进入了互联网时代，如果把来自纸媒时代的版权观念直接套用到网络写作，会面临许多无法清晰界定的灰色地带；而网文圈内约定俗成的'圈规'，一定程度上也带着纸媒时代版权观念的浓重痕迹——尤其是近年来圈内'反抄袭'标准的严格程度，已经到了近乎矫枉过正的地步。面对数据库时代的网络写作，无论对'文字'、'情节'还是'设定'，无论对'版权'、'作者'还是'作品'，都应该有新的理解方式。"① 改编剧制作方往往只能把版权费交由小说一方，却很难对其原著的来源进行检索。在电视节目制作领域，近年来对于综艺节目常常出现的版权问题的争议，同样难以进行法律维权。一方面是流程、镜头、人设属于只保护"表达"，不保护"思想"的著作权司法实践的前例在影响，另一方面是网络媒介带来了互文本新的写作方式。今天的文学、影像已经被裹挟进一个巨大的"数据库"当中，纸媒时代或电视单机时代的"作者"和"作品"观念已经不那么适用于网络化的艺术生产。我们必须正视知识共享时代互联网带来的便利，也必须反对将共享作为抄袭借口，借鉴同样有其边界，越出底线的借鉴就变成了抄袭。

（二）跨媒介审美体验

网络小说与传统小说的区别在于题材的新颖性和故事的爽感化，而网络小说改编剧与传统电视剧的区别在于将网络小说的新的审美体验转

---

① 肖映萱：《数据库时代的网络写作：如何重新定义"抄袭"？》，《文艺理论与批评》2017 年第 3 期。

移到了电视剧中，从而形成了不一样的期待视野。这种审美体验除了来自故事内容之外，也包括媒介的感知。

首先，媒介之间存在互补。电视剧以小说的情节与人设作为基本叙事框架，小说中的意象与意境可以在电视剧中视觉化。詹金斯说："跨媒体叙事最理想的形式，就是每一种媒体出色地各司其职、各尽其责。"①如果我们从媒介的角度而不是故事的角度理解改编，就会发现，在艾布拉姆斯的艺术四要素中故事往往只是集中在文本即作品的层面，在将媒介置入后的五要素框架中，作品中心便转换为以媒介为中心。今天通俗小说的读者已经不是早期文学读者那样从属于某个单一媒介，他们是经过影视阅读训练的年轻人，经过了游戏、VR 等新艺术形式的充分熏陶；相应地，被网络文学复活了的文字已经不是《童年在消逝》中那种简单的抽象字符组合，读图时代不会由文字叙事来独立建构艺术想象的世界。一部文字作品在阅读时，网友会自动脑补画面。不管有没有被改编，网络小说先在地纳入跨媒介叙事的组成部分之中，只有所有媒介叙事联合起来，才是一个完整的故事世界。

其次，美国叙事学家玛丽－劳拉·瑞安（Marie-Laure Ryan）在强调故事世界作为一种心理模型的属性时认为："改编（无论是成功的还是失败的）都意在于不同的媒介中讲述同一个故事，而跨媒介叙事则是围绕一个给定的故事世界讲述不同的故事。"② 对于奇幻文学而言，作品总是要致力于搭建一个自洽的附合设计的故事世界，但这并不意味着故事世界就只能是高度假定的幻想世界，非奇幻的故事同样要建立世界，依靠的也是想象力。不同的媒介讲述的是彼此互文的同一个世界，

---

① ［美］亨利·詹金斯：《融合文化——新媒体和旧媒体的冲突地带》，杜永明译，商务印书馆 2012 年版，第 157 页。

② 李诗语：《从跨文本改编到跨媒介叙事：互文性视角下的故事世界建构》，《北京电影学院学报》2016 年第 6 期。

它们不但相互指涉，而且相互补充，通过文字、影像、VR、游戏等不同载体的感性体验来组合，最终完成想象世界的达成。这些综合的感性即是融合媒介下的新的美学体验。玛丽－劳拉·瑞安曾做过精妙的比喻："整个黑客帝国系列可以比作一块瑞士奶酪。电影所提供的故事世界图景就像这块奶酪一样充满孔洞。而其他文本的功能就是填补这些孔洞。"① 我们同样可以将《陈情令》《花千骨》的小说、电影、电视剧、网剧、网游等系列产品视作互相支撑的故事世界。

最后，跨媒介叙事也可以从接受美学角度来重新理解。伊瑟尔（Wolfgang Iser）的隐含读者是针对传统文艺作品而言的，那个作家本人设定的能够把文本加以具体化的预想读者只针对一种媒介作品。但是，资本介入后的网络小说往往是全产业链产品的组合体，那么，这个作家预想出来的作品，其问世之后可能出现的或应该出现的读者就不再仅仅是一种媒介的使用者，而是一系列媒介的多类使用者。同样，姚斯（Hans Robert Jauss）的期待视野是指在文本阅读之前及阅读过程中，作为接受主体的读者，基于个人和社会的复杂原因，心理上既成的结构图式。在媒介融合的语境下，这种个人和社会的原因便包括了跨媒介故事世界的建立。一部作品的跨媒介审美想象的发生时间甚至可以比姚斯的期待视野的发生时间还要早。期待视野是在即将阅读某个文本之前的心理准备，而融合媒介可以在尚未进行新的创作时，提前使读者对互文本产生期待，这也成为网友阅读文字作品时，自动脑补画面或发布改编建议的心理动因。

（三）融合文化

艺术作品中的世界，既可以等同于作者的创作整体，也可以等同于

---

① 李诗语：《从跨文本改编到跨媒介叙事：互文性视角下的故事世界建构》，《北京电影学院学报》2016 年第 6 期。

艺术文本所传达的一切意义之和，如果媒介发生改变，世界将是一个不同的世界。玛丽－劳拉·瑞安提出了叙事作品的三个维度，X 轴代表世界性，Y 轴代表情节性，Z 轴代表媒介运用，X 轴和 Y 轴组合的故事世界会在媒介的维度上变化，故事世界的兴起与"增生美学"的当代文化领域中的趋势相吻合①。它与詹金斯的跨媒介叙事异曲同工："跨媒体叙事是指随媒体融合应运而生的一种新的审美意境——它向消费者施加新的要求，并且依赖于其在知识社区的积极参与。跨媒体叙事是一种创作世界的艺术。"② 詹金斯并不满足于在技术层面谈跨媒体叙事，而是敏锐地指出其重要意义在于文化转型。

所以，20 世纪 80 年代的文学改编与今天网络文学改编的根本差别在于文化的转型，即是否包含了媒体融合下的参与文化和集体智慧。这一时期的改编是围绕"忠实性"的小说与影视剧之间的博弈，无论是代表文学派的人物塑造、现代演绎，还是代表影视语言派的画面叙事、视听独立性，它们所讨论的往往是如何忠实地再现同一个故事，新旧媒体之间是冲突的、互斥的。20 世纪 90 年代的改编尽管有了不同的个性表达，以及通俗文学带来的观众意识和市场意识，但仍然是局限在两个媒介之间的单向借力。到了 2005 年，《一个馒头引发的血案》的出现是网络恶搞文化的兴起，它同时也预示了传统媒体在文化事件营造上的势单力薄，所以，今天我们看到融合文化生产出来的是将各种媒介通盘考量的产品矩阵。

能够称为跨媒介叙事的改编，是把改编作为一种媒介事件来运营的，这当中有资本所带来的主动建构，也有粉丝自发力量所形成的文本

---

① ［美］玛丽－劳拉·瑞安：《文本、世界、故事：作为认知和本体概念的故事世界》，杨晓霖译，《第四届叙事学国际会议暨第六届全国叙事学研讨会论文集》，上海外语教育出版社 2015 年版，第 33—41 页。

② ［美］亨利·詹金斯：《融合文化——新媒体和旧媒体的冲突地带》，杜永明译，商务印书馆 2012 年版，第 53 页。

盗猎。从首映礼仪式化的媒介事件，到播映过程中读者与作者通过各种渠道的角力争辩，传统的以官方媒体为代表的舆论场已经退居到了专家学者圈内小范围的研讨会，代之以在新媒体上展开的话题营销与议题设置。一方面，普通观众用智能手机搜索着前一天晚上的热播影视剧，App、社交平台根据该用户的浏览记录大数据适时地推送相关信息；另一方面，深度解读者——粉丝用媒介事件进行消费，积极补充叙事中的空隙，其中忠实剧粉在微博、微信和明星的官网留言点赞，资深文青在论坛、豆瓣、知乎、公众号撰写长文表达观点，追星族们则等待路演、宣发的通告等。比起传统的单向传播，新的参与方式如众筹、弹幕、打赏等带来的不仅是商业利润分成，而且是时尚符号编码。跨媒介事件将不同区域、性格、学历的年轻人整合到一起，这成为都市人的日常生活。德塞都认为阅读方式和生活方式息息相关，人们对文化艺术符号的消费其实也是一种生产，"它是四处分散、无所不在的，它不通过产品显示自己，而是通过使用产品的方式来显示自己"[1]。国内现代性社会理论学者刘晓枫也认为，作为感觉至上的审美现代性已经超出了文学艺术领域进入了日常生活当中，与西美尔的现代性相似，是一种心理体验和感觉结构。这是共享经济与参与文化的时代，作为当代都市生活常态的一部分进入市民日常活动。

从媒介形态的角度来考察，电视、报纸等传统媒介在 21 世纪之后面临着极大的挑战及生存压力，国内的大量电视机构、出版机构也在新媒介的冲击下一次次被"唱衰"。一方面，没有融合文化的思维方式，仅凭传统的艺术生产方式和信息分发方式，电视和纸媒的生存将难以为继。1990 年尼葛罗庞蒂（Nicholas Negroponte）就提出了被动的旧媒体将会被互动性的新媒体所取代。另一方面，我们也应该看到互动概念渗

---

① 陶东风：《粉丝文化研究：阅读—接受理论的新拓展》，《社会科学战线》2009 年第 7 期。

透进传统电视领域，电视剧采用了周播剧、网台联播等新的传播方式来
吸引大众参与。"如果说数字革命范式是假定新媒体会取代旧媒体，那
么正在凸显的融合范式则假定旧媒体和新媒体将以比先前更为复杂的方
式展开互动。"① 网络小说改编正是在这种融合文化浪潮下的一次媒介
事件，而不仅仅是传统的从文字语言到视听语言的一次转述。

---

① ［美］亨利·詹金斯：《融合文化——新媒体和旧媒体的冲突地带》，杜永明译，商务
印书馆2012年版，第34页。

第二章 选题与定型

——网络小说改编剧的类型互渗

网络小说改编为我们打开了研究电视剧的新视野，类型化作为网络小说改编剧的典型特征是对之前电视剧类型研究的推进。类型同样可以用互文性理论解读。因为，传统的电视剧类型研究常常围绕着形态或内容上的鲜明特色做出美学意义判断，但互文性关联的类型研究中，无论是由题材引起的分类方式，还是分类引发的文化意义，观众欣赏趣味所决定的市场化艺术实践处于电视剧类型研究诸因素的首要位置。我们从中可以探求不断演化的类型种类、内在规定性及生成原因。菲斯克认为电视文化研究的互文性包括两部分：纵向互文与横向互文。"水平关系指的是或多或少有明显联系的初级文本之间的关系，这些文本通常是沿着类别、人物或剧情的水平轴发生联系。垂直文际性指的是一个初级文本（比如一个电视节目或系列剧）和直接提到它的不同类别文本之间的关系。"[1] 因此，改编互文性产生的类型研究集中在两个方面。一方面，网络小说的介入使传统的类型发生变化，并且出现了某些新类型，

---

① ［美］约翰·菲斯克：《电视文化》，祁阿红、张鲲译，商务印书馆 2005 年版，第156 页。

它们丰富了电视荧屏的表现领域与世界设定，也使电视剧的类型之间发生着相互渗透，某种类型将其模式化的情节、人设转移进了其他类型之中。另一方面，网文原著更加自由，更具幻想性的题材转换到电视剧领域时，风格、趣味必定发生相应变化。类型不同于题材，但常常由题材所引发并定型，在文学类型与影视剧类型的双重作用下，网络小说改编剧的类型成为大题材之下产生的细小新分支，这使得网络小说的类型与电视剧的类型发生了交叉与变形。网络小说的改编常常围绕着三大题材领域：都市青春、历史古装、奇幻玄幻，在这三大领域下产生了职场剧、总裁剧、家庭剧、穿越剧、宫斗剧、传奇剧、仙侠剧、盗墓剧等众多类型。而在对其进行类型化研究时，我们不得不面对两个问题，一是这些剧能否并且在多大程度上可以按类型研究的方法进行分析。类型研究是影视艺术商业化中的一种特殊的研究方法，当它的理论框架从类型电影套用到电视剧时，必然面对着适用性的转移。我们关注这些类型所确立的某种视听语法，更意图洞悉类型产生的文化动因与文化迁移。二是改编剧中网络特色的去留问题。在网文原著和其改编剧之间，保持引人入胜的情节与天马行空的故事可以帮助网络受众妥善转移到电视领域，但网文也将被电视的叙事规则重新编码。其结果极可能是：某些类型因题材原因，无法在电视平台播出，只能作为网络剧出现，比如盗墓剧；某些类型曾经在荧屏上引领类型狂潮，但也掀起了轩然大波，在种种力量的制约下，已经消失，比如穿越剧；而某些类型，正在因类型的独特而快速生长，比如总裁剧。

第一节　网络小说改编剧的基本题材及类型研究框架

网络小说改编剧的类型来源于两个领域，一是传统电视剧所建立起来的常规类型，二是网络文学网站的文章分类标准。在双重影响下，网络小说改编剧形成了辨识度极高的类型剧，从而为电视剧领域建立起了更符合类型化的研究范式。文艺作品中广义类型理论与好莱坞制片厂制所形成的类型电影理论既有区别又有联系，前者侧重美学标准，后者侧重商业模式。对于电视剧的类型研究，美国学者简·傅尔提出了三种方法：美学的方法、礼仪的方法、意识形态的方法。"美学方法包含把类型界定为传统性规则的全部内容，该系统允许艺术表现，特别是涉及个体作者的艺术表现。礼仪方法把类型视为电影电视工业与观众之间的交换，通过这种交换文化证明自身。意识形态方法把类型看作控制工具。在影视工业生产层面，类型能向广告商保证一定数量的观众收看到广告信息。在文本层面，类型意识形态的意义在于它繁殖资本主义制度的主宰意识形态。"① 因此，我们要看到电视领域所独有的工业运作和受众行为，厘清电视剧类型理论与文学和电影类型理论的关系。首先，文学类型延续下来的分类方式、美学原则是艺术作品内在的价值标准，这对于文学、电影、电视剧中的叙事艺术规律无疑是相通的。其次，影视艺术作为更加商业化的艺术使影视剧类型日益远离"纯文学"的批评方法，特别是把影视剧看作作者个人情绪的理论不再被认可，从而使电视剧类型与类型电视剧因此得以定义。再次，前者提到的纯艺术或个性艺术到商业艺术的变化与网络小说 20 年来从自由书写到分类定制的生产机制变化非常相似，这给我们的网络小说改编剧类型研究以极大的启发。

一 文类与类型——文学类型化研究

类型（genre）是个法语词，指规范或体系，是从一组作品中总结

① ［美］罗伯特·艾伦：《重组话语频道》，牟岭译，北京大学出版社 2008 年版，第 130—131 页。

概括出相同的特征，这些特征可以是结构、情节、表达技巧，也可以是选题、主题等。中国文学批评中的文学类型研究，更接近文学的形式研究，无论是《文心雕龙》还是《昭明文选》《文赋》等文学理论专著，谈论的是文体研究或文类研究。比如，中国古代第一部系统的文论专著——陆机的《文赋》，在论及十种文体的特征时指出："诗缘情而绮靡，赋体物而浏亮。碑披文以相质，诔缠绵而凄怆。铭博约而温润，箴顿挫而清壮。颂优游以彬蔚，论精微而朗畅。奏平彻以闲雅，说炜晔而谲诳。"该文论看到了文学不同类别的形式与内容的关系，但都是停留在文体类别的层面，并没有把作家、创作、作品、读者用类型联系起来。而在现代一般的文学理论中，其所涉及的文学作品的类型和体裁也是另有所指。文学作品的类型是指文学作品反映现实的方式；体裁是指文学作品话语系统的结构形态。前者的分类是现实型文学、理想型文学、象征型文学，后者的分类是诗、小说、剧本、散文与报告文学。

在西方的文艺理论中，亚里士多德较早谈到了文学类型，但只是一种宽泛意义上的文学类型，比如喜剧、悲剧、史诗，这当中有诗人的理想与行动，却没有历史或文化的特别含义。亚里士多德在《诗学》中分析了三种"行动中的人"（比一般人好，比一般人差，形同普通人）以及两种悲剧结构（由顺达之境转入败逆之境和由败逆之境转入顺达之境）。它们可以相互组合成为六种不同的情节类型。西方现代文学批评家弗莱（Northrop Frye）承继了亚里士多德的观点，进一步用模式细化了文类，按照主人公的行动力量进行划分，将情节模式分为五种：神话、传奇（浪漫故事）、高模仿模式、低模仿模式、反讽模式。亚里士多德为我们建立了基本的情节逻辑，弗莱则将这五种情节模式用于考察欧洲文学史的发展历程，以求找出情节演变的历史规律，进而提出了四种文类的叙述结构：喜剧、传奇（浪漫故事）、悲剧、反讽。我们可以看到，这些传统的文学类型观点明显不同于影视剧的类型，分类过于宽泛，更多是理论家所制造出来的分类，而不是通过文化接受而产生的分类。韦勒克（René Wellek）和沃伦（Austin Warren）在 20 世纪 40 年代末提出了文学的"外部研究"与"内部研究"的分野，不仅描述了分析个别艺术品的方法，而且探讨了文学类型、文学评价和文学史等问题，"我们认为文学类型应视为一种对文学作品的分类编组，在理论上，这种编组是建立在两个根据之上的：一个是外在形式（如特殊的格律或结构等），一个是内在形式（如态度、情调、目的等以及较为粗糙的题材和读者观众范围等）"①。这一理论引发了心理结构与文本结构的同构对应的思想。不仅使得"文类意识""文类期待"成为文类规范并对文学创作产生制约，也使得作家向文类规范靠拢并依赖妥协。所以说，市场导向与文化消费主义的兴起，是导致文学类型不断产生的重要原因。"经济市场化的深入发展带来了社会的阶层化，社会的阶层化导致了文学审美趣味的阶层化。审美趣味的阶层分化是小说创作类型化的直接动力。"20 世纪 80 年代以来，中国小说创作出现了明显的类型化趋势。"新的小说类型不断产生，比如打工族小说、校园小说、仙侠小说、奇幻小说、幽默小说等等。"② 显然，当下的网络小说是这种潮流的延续，因阶层化而产生审美趣味变化进而导致独特的文学生产机制出现。

二 电视剧类型与类型电视剧——影视类型理论研究

类型研究真正形成一种批评范式，是由于好莱坞类型电影所产生的商业模式及其引发的反思与讨论。早期类型批评提出的背景是好莱坞

---

① ［美］勒内·韦勒克、奥斯汀·沃伦：《文学理论》（修订版），刘象愚等译，江苏教育出版社 2005 年版，第 274 页。

② 葛红兵、肖青峰：《小说类型理论与批评实践——小说类型学研究论纲》，《上海大学学报》2008 年第 5 期。

20世纪30年代到60年代的古典时期，制片厂制度下大批量地生产与发行某一种类电影，那些最为流行并且最为挣钱的电影建立了统一的故事类别或惯例。

（一）类型电影阐释框架

类型电影"都是由熟悉的、基本上是单一面向的角色在一个熟悉的背景中表演着可以预见的故事模式"①。非类型电影则成为好莱坞电影中极小的部分。与之相对应的是强调艺术家个性的"作者论"，可以说是法国《电影手册》的作者论和对好莱坞的类型批评共同支配着电影的研究。商业化的影视艺术生产更适合类型理论与实践，一方面是通过类型建立更加安全的商业模式，沿用过去的成功案例；另一方面又为观众建立可供消费的审美预期，同时类型也成了一种批评框架。陈犀禾等人认为类型研究的理论框架包括：分类方法、产业策略、认知、隐喻四个层面。② 当电影类型从宽泛的类型——叙事电影、实验或先锋电影以及纪录片——逐渐延伸出细化的分类时，那些共同的主题、风格和图像、视觉便带来了产业策略的特定快感及经济回报，建立作者和读者之间的约定，为观众提供理解影片乃至认知优先。很多类型电影研究者都试图将类型与其文化内涵联系起来，通过对类型元素的解读透视阶层文化的变迁。当新类型产生或传统类型变化时，类型又能作为隐喻，通过寻找不可预知的相似、令人惊讶的关系和意想不到的联系，拓展了文化的表达。在类型研究中，必须处理好类型电影与电影类型的关系，二者既有联系又有区别，"电影类型本质上是一个叙事系统，它可以按照它的基本结构成分来考察：情节、角色、场景、主题、风格，等等。……

---

① ［美］托马斯·沙茨：《好莱坞类型电影》，冯欣译，上海人民出版社2009年版，第11页。

② 陈犀禾、陈瑜：《西方当代电影理论思潮系列——连载三：类型研究》，《当代电影》2008年第3期。

当类型作为一种在电影制作者和观众之间的默认的'契约'而存在，类型电影就是一个给予这样的契约以荣耀的实际事件。"①

沙茨（Thomas Schatz）以语言学来讨论电影类型，电影的类型元素就像是言语，当其元素逐渐形成固定语法之后，也就建立起了语言。但语言与电影又是不同的，麦茨（Christian Metz）认为电影语言与口头语言并不相同，电影语言是一种没有语言结构的语言。"1. 电影语言不是一种通信方法。2. 电影语言主要是依赖于类似性的编码原则，而不是按日常语言中随意性的编码原则。3. 电影语言中的离散单元与语言系统中的离散单元是不同的。电影中找不到类似于音调、语素、字词这类基本的离散性的单元成分。4. 基于电影的基本表意因素呈现为一种连续性形态，使人们难以找到它的逐级构成的表意体系。"② 也就是说，普通语言是绝对的、静态的、无意义的，而电影语言是相对的、动态的，但类型使电影语言中的图像、角色、场景、情节结构都有着特定的组成意义，沙茨认为这些惯例机制使没有固定语法结构的言语有了自己的语法，也即麦茨所说的"日常语言的说话者是一群使用者，电影制作者却是一群创造者"。类型电影的形成是将这些意象与意义逐渐定型的结果，相比较而言，电视剧的类型化研究起步较晚，难以在历史与理论之间建立起论证关系，而且电视剧松散的接受环境也不利于某一种固定的语法结构产生。简·傅尔、简森·米特尔（Jason Mittell）等人都认为电影与文学类型化在进入电视剧时要做出一定的修改，这当中类型电影与电影类型的关系就可以很好地解释电视剧的类型化问题。

（二）电视剧类型研究的观念演变

电视剧尽管也建立起了固定的收视人群，但是开放的收视环境更加

---

① ［美］托马斯·沙茨：《好莱坞类型电影》，冯欣译，上海人民出版社 2009 年版，第 24 页。

② 贾磊磊：《电影语言学导论》，中国电影出版社 1996 年版，第 41 页。

中性化，以对白建立的情节推进在风格上会损失掉崇尚奢华、唯美、精致的奇观性美学类型要素。传统的电视剧已经产生了诸如谍战剧、家庭伦理剧等类型，它们在情节画面上也会建立起某种惯例，比如谍战剧地下工作者出现时的画风，家庭伦理剧乡村/都市二元的婆媳关系。我们可以大体总结出诸如武侠剧、青春偶像剧、警匪剧等电视剧类型元素，但却很少用"契约"的形式考量某一种电视剧。目前国内电视剧的类型研究，没有形成统一的说法，陈晓春是较早进行电视剧类型研究的学者，他认为电视剧类型是单本剧、连续剧和系列剧，古装戏与现代戏，从题材上看，能够称为类型的有伦理剧、言情剧、武侠剧、警匪剧、校园剧等。虽然他提出了"电视剧类型是一种现实的存在，它从分类中脱胎出来，并形成独特的表现形态和观赏趣味，电视剧类型一旦成形，便会从原有的分类中剥离开来，成为一种独立的存在"①，但这种分类法更多地是考虑表现形态和观赏趣味，只停留在理论分类和美学研究层面，没有将类型研究中的叙事惯例考虑进去。

21 世纪之后，随着电视剧艺术的繁荣，相关著作也不断增加，郝建的《中国电视剧文化研究与类型研究》（中国电影出版社 2008 年版），吴素玲、张阿利的《电视剧艺术类型论》（中国传媒大学出版社 2008 年版），蔡盈洲的《中国电视剧类型研究》（江西高校出版社 2009 年版），魏南江的《中国类型电视剧研究》（中国传媒大学出版社 2011 年版），秦俊香、鲁峡主编的《中国电视剧类型批评》（中国传媒大学出版社 2015 年版）都是其中的代表著作，这些文献都对电视剧类型进行过分类，比如郝建的分类包括青春偶像剧、家族伦理剧、警匪电视剧等；魏南江列举的类型则包括都市言情剧、青春偶像剧、家族剧、民工剧等。这些分析具备了与类型电影相似的情节、画面、人物的惯例研

---

① 陈晓春：《电视剧类型研究》，《艺术广角》1999 年第 4 期。

究，但是却与"契约"仍有一定距离，更多的是电视剧类型的研究，而不是类型电视剧的研究。当然，这些研究中已经有一部分从文化研究的角度阐释类型现象，比如郝建以意识形态和话语权的方式重新在电视剧类型研究与文化研究之间建立关联，这与菲斯克所提倡的研究方法是极为相似的。"类别（即类型）是一种文化实践。为了方便制作者和观众，它试图为流行于我们文化之中的范围广泛的文本和意义建构起某种秩序。"① 菲斯克对于麦当娜音乐电视的多义性进行了研究，认为其全部意义在于麦当娜对梦露式女性主义的重新解释，郝建也对战争类题材中女性的自我牺牲形象做出穆尔维式的视觉消费意义解读。这些研究都拓宽了电视剧类型研究的深度与广度，为更加严谨的类型电视剧研究打下了基础。

三 网络小说影响下的电视剧类型化

网络小说的大量生产对类型剧的理论和实践提供了新契机，早期网络小说写作的类型化并不强，这种现象与电影作者论的观点非常相似。自由写作、个性写作凸显了作者本人的性格与文风，2000 年前后的网文《第一次亲密接触》《悟空传》《成都，今夜请将我遗忘》都很难列入类型小说的范畴，每一部作品都独成一派。随后，网络小说作家从写手到"大神"的成长中，一种相对固定的程式开始显现，但这种惯例系统仍是针对个人的，六六的家庭伦理题材小说凸显的便是城乡二元导致的生活习惯、文化意识的差异，从《王贵与安娜》《双面胶》到《蜗居》都是如此。这些小说被改编后与家庭伦理题材剧《咱爸咱妈》

①　［美］约翰·菲斯克：《电视文化》，祁阿红、张鲲译，商务印书馆 2005 年版，第162 页。

（1995 年）、《新结婚时代》（2006 年）的情节模式基本一致。2003 年，起点中文网的 VIP 付费制度成为类型小说的一个转折点，我们可以认为，这时小说的类型化逐渐形成。随着网络文学的商业化生产机制的日渐确立，与作者论观念相对应的类型论观念开始成为网络小说理论与实践的主要特征。比如，2003 年萧鼎在起点中文网连载的《诛仙》，顾漫在晋江原创网连载的《何以笙箫默》，2005 年桐华在晋江文学城连载的《步步惊心》，2006 年南派三叔在起点中文网连载的《盗墓笔记》，2009 年菜刀姓李在新浪读书连载的《遍地狼烟》，这些作品共同形成了类型小说的格局，并且都被改编成电视剧或网剧。

（一）"梗"与契约

网络文学的类型化离不开各种文学网站的设立，比起早期在天涯论坛、百度贴吧、个人博客发表的个人化的网络小说，今天读者更喜欢在各种文学网站上搜索心爱的读物。在 17K 小说网、创世中文网、云起书院、起点中文网、网易原创、飞卢小说网，我们可以看到类型小说的详细分类，无论是来自西方的类型——奇幻、侦探、悬疑，还是源自中国古典小说的玄幻、武侠、修仙、官场，以及网络原创的"盗墓""宅斗/宫斗"等。如果说网络小说类型的繁荣只是纸质通俗小说在互联网的延续，代表类型研究的新分类概念则更有说服力，契约、快感、商业模式等与网络小说及二次元文化中的"梗"、粉丝群、资本融合在一起。"类型，在某种意义上成为了一个'超文本'，一个类型中所有单个文本都可以看作是这个'超文本'的一部分，在不同文本中重复了千百次的'梗'也可以看作是这个'超文本'中的同一个'梗'。每一部重复了同一个'梗'的作品之间形成了'互文'关系。"① 如果说，抄袭

---

① 肖映萱：《数据库时代的网络写作：如何重新定义"抄袭"？》，《文艺理论与批评》2017 年第 3 期。

现象是类型小说在互联网时代的极端产物，那么，当这些小说及其中某些元素进入影视剧后，就更符合类型电影所建构的读者与作者长期互动的惯例机制，让我们暂时抛开遗留在原著里的尚未解决的法律与道德层面问题，重新看待这种高度相似现象，那些有版权争议的类型电影、类型剧《三生三世十里桃花》《甄嬛传》《花千骨》等往往成为玄幻剧、宫斗剧、仙侠剧的典型作品，保证了票房大卖、收视飘红的利润与收益，同时也强化并固化了与之相符合的情节模式、世界设定、人物设定。

网络小说的类型元素在进入电视剧之后，还要面对新的规制。一方面是从个人化生产到集体化生产的规制。网络小说尽管有了网络文学网站的上架目录的制约，但其在具体创造中的发生、构思、撰写仍然是一个个人化的过程，市场约定下的通俗小说或畅销小说仍然是个人意识的产物，它的美学价值必须通过个人的媒介化来表达。相反，好莱坞类型电影既是集体生产，也是集体消费，电视剧更多沿用后者的这种规律。在某种意义上，导演可以视作具备作者身份的创造性力量，但电视剧制作与出品公司用市场经济的量化判断极大地影响着导演个性的发挥，编剧、摄像、剪辑等力量的平衡过程必须中和进更多的类型元素。另一方面是从网站编辑的粗放式管理把关到电视剧主管部门的严格审核。电视剧生产是多级把关下的审核，从选题、成品、播出都要由广电管理部门及电视台播出机构进行层层筛选。穿越剧、玄幻剧在类型生产中不断被相关规定所制约必定将导致这一类型剧元素的变化，电视剧制作者与观众之间的契约要受到其严格的限制。2017 年的《将军在上》、2018 年的《如懿传》都是原定电视平台播出，突然中途撤档改为网络平台播出，这不仅说明了"大 IP + 流量明星"的"金律"失灵，更是在政策性解读过程中没有准确判断新的类型契约。

（二）题材与类型

目前，国家广电总局制定了详细的《电视剧题材的分类标准》，

2006 年，有关部门首次执行《电视剧拍摄制作备案公示管理暂行办法》，将题材划分作为电视剧拍摄申报时的类型参考，其中规定了题材分为五个大类：当代题材、现代题材、近代题材、古代题材、重大题材。明确提出"各省级广播影视行政管理部门和申报机构须严格按下列划分的题材种类填写备案公示材料，不得自行设立题材名目"①。比如当代题材是指年代背景为改革开放以来的各类电视剧，可根据具体的故事内容分为：当代军旅题材、当代都市题材、当代农村题材、当代青少年题材、当代涉案题材、当代科幻题材、当代其他题材。古代题材是指年代背景为辛亥革命以前的各类电视剧，可根据具体故事内容分为：古代传奇题材、古代宫廷题材、古代传记题材、古代武打题材、古代青少年题材、古代其他题材。当我们把电视剧拍摄中的题材分类与理论研究中的类型剧相关联时，会发现二者具备相似的内在规定性。题材不等于类型。"广义的'题材'是文艺作品所反映的社会生活的某些领域、社会现象的某些方面，狭义的'题材'则是指构成一篇或一部'叙事性'文学作品内容的一组完整的生活现象。所以'题材'往往不能完全满足'类型'所能指代的在人物设置、场景安排以及某些镜语风格上的要求。"② 但题材又为类型的形成指明了相应表现区域，我们试图在电视剧的题材框架下进行类型剧的研究，这当然会涉及传统电视剧沿用的情节、人物设定，但更多的是将商业运作所热衷的题材比如当代青春、古代传奇作为研究对象，并挖掘寻找网络小说中可以使粉丝爱好者们提前进入艺术想象世界的"梗"。我们在题材与类型之间建立起网络小说改编剧的类型研究框架，力图揭示这些类型化的电视剧背后的文化意

---

① 参见国家广电总局（时称国家新闻出版广电总局）《关于印发〈电视剧拍摄制作备案公示管理办法〉的通知》，2013 年 10 月 9 日，http：//www. sapprft. gov. cn/sapprft/govpublic/10553/333005. shtml。

② 刘誉：《新世纪以来中国电视剧类型化创作及叙事演变》，《现代传播》2012 年第 4 期。

义。从二次元世界进入三次元世界的转变中，网络小说改编剧既承载了网络文化和网民的价值观，也借助主流文化对其进行修订整改。在当代都市、古代历史、奇幻题材三大类题材领域之下，深度挖掘与网络小说关系极为密切的职场剧、穿越剧、仙侠剧。与此同时，我们也看到，在官方指定的题材分类外，还有学界与业界特指的某些处于变动中的电视剧类型，比如年代剧，从逻辑角度和学理角度都无法找到其准确的定义范围，但却在艺术实践中被反复采用。它在传统电视剧类型中与家族剧相通，在网络小说类型中与宅斗文相似。所以说，网文有自己的类型，电视剧有自己的类型，我们可以按照网站上的小说分类结合电视剧分类得出一种网络小说改编剧的分类：都市、历史、玄幻……它们产生出的新类型在官方规定与业界操作的边界间游离，从而也为我们的研究提供了类型剧与电视剧类型的研究空间。"我们研究类型不是为了类型的定义，而是研究这一类型所发挥出的文化效应。"① 所以我们确定了都市青春改编剧、古代题材改编剧、奇幻改编剧三种主要类型剧进行研究。虽然这当中，改编"穿越剧"自 2012 年起基本无法获得播出牌照，但却一度为电视观众所追捧；改编"总裁剧"概念并不严谨，但却能很好地说明次元间的勾连；而改编"军事剧""盗墓剧"因剧目过少无法归纳出电视媒介规律，不在我们的研究之列。

第二节　都市青春改编剧：网生代的现实空间

改革开放以来，中国最大的变化就是在现代化过程中政治、经济、文化的发展。一个改革开放的时代生活，我们可以从农村题材、军旅题

---

① ［美］简森·米特：《电视类型理论的文化路径》，罗闻儿译，《电视研究读本》，上海交通大学出版社 2014 年版，第 206 页。

材、公安题材的表意系统来观测它的变化，包括物质丰富、生活提高的辉煌成就以及国人精神、伦理情爱的心理轨迹。但这一切更集中地反映在都市题材电视剧里面，在电视剧生产领域中，当代都市剧所占比例显然更多，每年国家广电总局的电视剧备案公示里，当代都市剧数量总是最多的。当我们把目光聚集在当代都市题材中的网络改编剧时，其精选与过滤后的故事可以代表这个时代的两种文化交集。当代都市题材电视剧的大分类下，是大量与之相关的电视剧类型：都市言情剧、青春偶像剧、家庭伦理剧、职场剧。网络小说中的都市故事与电视剧里的都市题材交织之后，发生了两个方面的变化。一方面是阅读人群的转移和世界设定的焦虑。网络小说读者从"80后"到"00后"，一直是以年轻人为主体，他们的网络成长经历使得他们的人生阅历与性格偏好充满了幻想性与不确定性。他们倾向于构造出玛丽苏的都市童话、凤凰男的爱情故事与废材们的成长故事。网生代的经历注定在主角人设年轻化的同时，想象性架构出另外一种都市人群，为他们孤独的童年弥补情感缺失。另一方面是传统电视剧力量对网络小说的改造。那些孤单的个体常常被重新放置进一个更大的血缘关系圈当中。这不仅使故事的展开有了更多的可塑性空间，也是大众文化对网络亚文化的拥抱。事实证明，类似《何以笙箫默》那飘零的身影在网络里可以虚构精神家园，但在电视荧屏上，却单薄可怜得难以支撑叙事，其不仅是叙事技巧上的，也是剧情内容上的先天不足。

另外，作为现实题材作品的代表，都市改编剧充分延续了现实主义格调。从五四新文化运动以来，无论是民族革命时期还是十七年文艺时期，以及改革开放的新时期，现实主义都成功地实现了其文学功能和意识形态功能的诉求——"真实客观地反映世界"。21世纪之后的当代中国，面临着启蒙主义的消散，现实生活压力的松绑，而当代青春剧能指中的爱情、求职、家庭看似规规矩矩，按部就班，但其所指青春文化却在顺理成章的生活里被脱离了年轻人生活趣味的传统观念束缚着。新的现实题材意图反映的是无法在现实生活中得到满足的欲望与激情，为此网络小说的都市中出现了全能学生、商界巅峰、霸道总裁、玛丽苏少女等被夸大了的极品青少年，如同 20 世纪 80 年代渴望创业复兴的青年一样，他们将 20 世纪 90 年代以来的经济图强化作没有生存压力下个人价值的实现与爱情彼岸的愿景。这些新现实题材给改编后的现实主义创作提出了更高的要求，如何才能真实客观地反映他们的生活及所处的时代？

网络一代是读图一代，也是孤独一代，这不仅指他们大都是独生子女，更是指他们在文化上像是孤儿，从而导致了这部分都市题材改编剧主人公大都是新人：职场新人、婚姻新人、家族新人。在类型研究上，都市剧与好莱坞的家庭情节剧非常相似，它的叙事程式包括：相互联系的角色的家庭、压抑的城镇环境和对于社会群体内性的道德的关注。① 同样，类型化的都市电视剧聚焦于这些新人在面对新的生活空间、社会人际、亲属关系时的无措和焦虑，进而折射出每个年轻人的梦想与愿望，在他们的生活与工作的两个空间里，出现了三种类型化的改编剧：以《杜拉拉升职记》（2010）、《浮沉》（2012）、《欢乐颂》（2016）为代表的职场剧；以《泡沫之夏》（2010）、《杉杉来了》（2014）、《何以笙箫默》（2015）、《亲爱的翻译官》（2016）为代表的总裁剧；以《婆婆来了》（2010）、《裸婚时代》（2011）、《小儿难养》（2013）为代表的家庭剧。

一　职场剧：都市残酷与时代脉搏

当下中国社会的"80 后""90 后""00 后"他们的童年时期是在

---

① ［美］托马斯·沙茨：《好莱坞类型电影》，冯欣译，上海人民出版社 2009 年版，第 231 页。

相对完整的生存环境和较为宽裕的生活条件下度过的，这与成年后异常激烈的社会竞争和残酷的就业现实形成了强烈的心理反差。职场往往是他们迈入社会后首先要面对的挑战，他们盼望快速成功与确立自我价值，同时，来自前辈们的职业精神也极大地感召着他们。在现代社会，都市人成为现代人的代表因素之一就是职业精神的建立，马克斯·韦伯（Max Weber）认为现代职业精神的建立来自宗教契约精神。在都市中，这种精神意味着必须去从事某项工作，而且要将工作做"好"，韦伯将这种现代资本主义精神核心归结为天职观的新教伦理，它构成了一系列的工作行为、商业行为等现代结构。"天道无一例外为每个人准备了一项他应当从事、应当付出劳动的职业。"① 传统职场剧对于这种职业精神的确立倾向于操守与自强的事业主题，以建立职业伦理与励志奋斗为价值导向。网络小说对类似题材的处理更加务实直接：或者提供一个简单的职场操作手册，或者提供一个看似可信的职场晋级案例。在改编时，这些网文中的爽点必须有所转移，但更为重要的是将现实主义风格赋予小说相对悬置的时空中，将原来单一的个人情绪与时代的大背景相结合。国企改革、中产阶层的兴起这些话题是保证一部优秀的都市题材改编剧是否成功的要素，在看到都市残酷的同时还要看到都市的希望。正是有了都市空间的想象性建构，职业宝典的人性化才能有现代科层制里更加完善的阶层对话。

（一）时代大题的小作

优秀的都市改编剧往往从单纯的情感故事中发现当代中国的文化现代性，这种现实主义文风来自时代风貌折射与现实职场搭建。从时代、空间、人物的真实性上给予观众以来源于生活的质感。网络职场小说是

---

① ［德］马克斯·韦伯：《新教伦理与资本主义精神》，彭强等译，陕西师范大学出版社2002年版，第150页。

网文中现实感较强的一种类型，电视剧把现实职场搬到文艺世界，经过一种过滤，替换了其中的非现实主义因素。首先是强化时代的真实性。在 TVB 职场剧影响下，国内一度出现了《律政佳人》（2004）、《心术》（2012）等讲述律师、医生等职业故事的剧种。近年来也有几部职场剧突破了单纯通俗小说改编的窠臼，充分借鉴利用网文原著中的时代命题，体现了现实主义文风，承载了主流价值导向，形成了弘扬社会正气的氛围。这一变化从官方评奖中可以看出。《浮沉》获得了第二十八届"飞天奖"，《欢乐颂》获第三十一届"飞天奖"现实题材优秀电视剧大奖，《大江大河》获第二十五届"白玉兰奖"。网络小说能不能代表时代来发言？在众多类型中，职场小说最有话语权。当然，即使是高幻想类型也一定是与时代同步的，谍战剧《潜伏》、宫斗剧《甄嬛传》也都被认为是影射了当下的职场。但真正紧扣时代脉搏，折射了当代社会变迁的还是现实主义作品。小说《浮沉》以一个职场新人的成长为视角描写两个大公司商场竞标的鲜活案例，将一笔晶通电子厂改制的七亿元大单置于国企改革和资本运作的迷局中。电视剧同样设立了国企改革与外资贸易的大背景，浓缩了几亿中国产业工人所面对的生活境遇。在全球金融危机压力下，急需中国订单拉动增长的全球 500 强企业赛思公司和 SC 公司，为争取这单七亿元的合同明争暗斗。将故事背景从原著中提炼并放大，是《浮沉》成功代言主流话语的关键所在。讲述时代大命题可以采用多种写法，有情节结构大开大阖的作品，比如《车间主任》《人民的名义》。网络小说改编剧则巧妙地以类型化的特征去凸显细部转折，由此体现出文学艺术的另一核心命题：人性的真实。从《第一次亲密接触》开始，小说的主人公就是一个个具有网络特征的都市新人，"痞子蔡"与"轻舞飞扬"将虚拟世界里的聊天记录转换为现实世界里两个孤独个体的相互依偎。《欢乐颂》中，五个本属于不同阶层的职场女性巧合并且合理地住到一起。这些戏剧化的情节又极恰当地吻合了当下人们追求个性自由的心理特征，将网络文化跳脱的审美趣味体现在作品当中。小说《浮沉》里的王贵林其实着墨很少，但他神情可笑猥琐、作为七亿元大单的负责人，处处体现出心机与城府。当职场新人乔莉初次见到这位关键人物时，原著是这样描写的：

> 她再看王贵林，见他圆圆胖胖的身体上顶着一个圆圆胖胖的脑袋，圆圆胖胖的脑袋上睁着一双圆圆胖胖的眼睛，不知怎的，活像昨晚梦中那条飞奔而去的胖头鱼，乔莉死命咬住嘴唇，生怕自己忍不住，扑哧一声笑出来。①

但是电视剧完全改动了这一人物设计，将其塑造成一名国企改革的中坚力量，正直坚定。演员张嘉译擅长拿捏中年男人的成熟与稳健，特别是将落魄之中却不失霸气、性情中人却不失冷静演绎得恰到好处。剧中，作为厂长的王贵林自知在国际化市场大潮中，自己已然落伍，为了工厂利益，他甘愿放弃各种权力，将其交给年富力强的副厂长于志德，只图工厂的未来发展与工人的稳妥归宿。履历光鲜的于志德貌似想通过市场手段轻装上阵，重新规划发展前景，实则意图将钱财占为己有，在个人利益与集体利益面前，二人对比高下立判。王贵林的无私、大度使得原本只是将合作视为本职工作的职业女性乔莉对王贵林产生了爱恋之情。故事的结局，一个放弃了厂长的位置，一个放弃了七亿元大单的业绩提成，却相互拥有了对方的真心，这种"罗莉"配"大叔"的二次元画风使用得巧妙自然，也为未完结的原著小说画上了圆满的句号。"艺术的本质永远是以小见大，所以大题小作是最好的表现方式。"② 在

① 崔曼莉：《浮沉》，陕西师范大学出版社 2011 年版，第 32 页。
② 废墨：《"大题大做"与嘴上的绒毛——也说电视剧〈浮沉〉》，《大众电影》2012 年第 15 期。

职场中，乔莉获得的不仅是销售的经验、谈判的技巧和处世的果断，更是做人的道理与品行的阳光。这一切看似是职业之外的能力，但却是中国传统美德的现代性继承与发挥。通过网络文化的植入，这一情感线变得生动可信。

（二）职场宝典的审思

不同于传统小说专职作家的身份，网络职场小说作者常常来自金融界或商界，崔曼莉是著名外企高级副总裁，阿耐是民营企业高管，李可也是有十余年外企生涯的职业经理人，从事过销售和人力资源工作。她们与传统的文学作家不同，拥有充分的商界经验，写作的戏剧性、技巧性与商界的实用性、操作性常常融合在一起，这使得文中的案例更有说服力。《杜拉拉升职记》原著作者李可在小说出版的自序中说："可以把它当经验分享之类的职场使用手册来使用"，并认为《杜拉拉升职记》能够使职场经验具有实用性，变得"容易理解和记忆……以便于人们达观的遵从及现实的获益"。① 改编剧看中的正是原作高度实用而建立起来的庞大读者群体。通过将商场、职场的实战技巧与读者寻求捷径快速致胜的心态结合，职场小说变成了可以"即插即用"的第三方软件，就像游戏中的外挂"宝物"。网络职场小说的这种阅读快感在《杜拉拉升职记》中最为明显，其叙事结构以功能单元的形式出现。在小说的章回目录上，每一章都是一个技巧环节，"忠诚源于满足""管理层关心细节吗？""受累又受气该怎么办？"章节标题就是职场问题，它与杜拉拉职务的晋升互相嵌套在一起。在职场技能修炼的基础上，人物的命运线、感情线完美编织，而故事则沦为工具书的附属，如同在游戏中打败了怪兽，解决了一个个任务后，得到的额外奖励。相比较，《浮沉》的体例更接近传统小说，以线性的组合为主，但阶段性的职场小贴

---

① 李可：《杜拉拉升职记》，陕西师范大学出版社 2008 年版，第 2 页。

士（TIPS）也是不断出现。"卖软件与卖冰棍的区别?" "同事不是朋友，也不是敌人。" "要打败一个人，一定要比他快!"以至于有人认为职场小说其实就是"功能文学"，但这恰恰是小说引起网络关注的原因之一，它实现了艺术作品娱乐、认知、教育、审美的综合功能。

在改编后，以上各种职场技能叙事有所退后，取而代之的是情感线与偶像叙事，在不同的媒介上，职场所展现出的世界是不同的。杜拉拉在小说中的冷静被转换成电视剧版里的莽撞、电影版里的自傲。电视剧在制定杜拉拉的人生起点时，将其放置在一个全面的低谷，失业、失恋、呆萌、毫无心计，这为她的后期转变提供了更大的生长空间。但必须注意的是，电视剧在全面缓解个体心理压抑时，经常通过加大反面人物的力量营造一个更加矛盾的场景。比如，同样是反一号，《杜拉拉升职记》小说中的黛西是作为职场对手出现的，她的所作所为是商战中的常用伎俩，但电视剧却将她设计得心地险恶，处心积虑地陷害对手。也就是说，小说中的人物行为底线并不触及日常伦理，只在商业伦理的边缘上徘徊，而电视剧中却在道德上设计人物缺陷，黛西从优秀的销售经理改编为王伟的前妻，这样的人设为黛西的设局欺骗提供了行为的合理性，也为黛西最后的醒悟提供了有力的说辞。《浮沉》里的车雅尼、《小儿难养》里的昭仪都是新增加的职场对手，其作用都是如黛西一样衬托主角的道德优势。

另外，在职场技巧的理解上，通常小说所确立的职场技能是带有实战意味的，而电视剧的职场技能则试图渗透更多的人文思想。小说《浮沉》中陆帆教会了乔莉如何做销售，如何去利用软件专利迫使晶通参与合作，但并没有对叙事动力中改革的阵痛进行正面回答。这一点在剧中进行了弥补。职场新人乔莉与美国派来的（改编后为：从对手公司跳槽而来的）陆帆产生了工作之外的感情，乔莉并不清楚这种情感与工作有多大的关联，但她用陆帆所教的方式成功拿下七亿元合

同。陆帆在与乔莉谈到为什么人们会在职场中聚在一起，世界500强企业赛思与濒临破产的老国企晶通有何不同时，乔莉对一直以来得心应手的职场宝典产生了怀疑——

　　陆帆：在外企上班，不仅是挣钱而已，除了薪水，还能够获得一种认同感。基本上学历跟你相当，兴趣爱好也有可能差不多，对于生活标准态度基本上也和你相近。无形当中，你就会获得一种认同感。这种认同感会建立起一种保护屏障，让你尽可能地生活在一定水准之上。这是在薪水之外，同样值得你去追求的一种东西。

　　乔莉：我们赛思的人是为了赚钱，为了职业前景聚到一起，晶通的人是为了什么？到了月底，他们领的薪水，在我们看来是匪夷所思的，在我看来，晶通的人可能更有情怀一些。

　　陆帆（轻蔑地一笑）：乔莉，你的想法有时太简单，晶通的人到现在为什么还没有散，我只能说，物以类聚。大家都是以月薪的名义聚在一起，并且在有钱赚的前提之下期待更好的发展机会，从这点来看，晶通跟赛思没什么区别。①

　　这段原著中并没有的对话是乔莉与陆帆感情破裂的分界线。其实，职场剧可以追溯到1990年的《外来妹》，赵小云/江生与乔莉/陆帆构成互文关系，同样是香港经理人到深圳进行现代企业管理，同样是赵小云对江生产生了爱恋之情，但当时讨论的核心是"情感投资"是否恰当，赵小云对江生那种超过一般同事的友情产生误会，却没有看到这是现代管理制度常用的伎俩，是对市场竞争无情与苛刻的描写。20世纪90年代初的文化环境曾经对这种竞争产生论争："不带功利色彩的友爱固然

----

① 2012年电视剧《浮沉》，第15集。

是美好的，带有正常功利的友爱也并非就不是真诚和有意义的。这种感情投资，对我们倒真不失为一种有利于国家建设的方法。"① 二十多年过去了，职场恋情不再是焦点，而一套套高效的职场宝典却给网生代以迅速致富的法宝，职场的历练一直伴随着年轻人的成长，《杜拉拉升职记》里的杜拉拉、《奋斗》里的陆涛都是在失败中学会了老练，在欲望的促使下攀登。如果说教训是市场中个体在公平竞争中成长的必经之路，而都市也会在历练中逐渐成熟，那么与健康的市场发展相伴的信用缺失则是工具理性被扭曲后对都市的变相折磨。小说《浮沉》是未完结的文学作品，或许原著作者崔曼莉本身就留给了我们思考职场宝典的空间。

（三）科层制下的阶层对话

职场的残酷对于都市年轻人来说也是一种动力，促使了现代社会以发展的态势前进，职场的层级关系意味着不同级别的不同利益与待遇。马克斯·韦伯认为这是一种科学合理的现代行政（管理）体制，在韦伯总结的传统型统治、"卡里斯马"型统治和法理型统治当中，第三种科层制所产生的"命令—服从"类型最为有效。它包括"在明确的权力等级制基础上组织起来的各级办事机构；以书面文件为基础并按照需要特殊训练才能掌握的程序来进行的行政管理；根据技术资源来任命的人格上自由的行政人员；行政管理人员的职位根据资历或成绩而晋升……"② 等一系列内容。内部分工、职位分等、专业能力保障了社会功能体系的有效运行和现代社会的有序发展。因此，职场剧在某种意义上承担了现代社会的启蒙作用，新人的成功法则为未来升职加薪提供了合理想象。杜拉拉与上司玫瑰、行业精英王伟的身份落差通过电视剧

---

① 宋鲁曼：《寻求道德与时代的契合》，《中国电视》1992 年第 4 期。
② ［英］G. 邓肯·米切尔主编：《新社会学词典》，蔡振扬等译，上海译文出版社 1987 年版，第 32 页。

更加清晰地体现出来，穿着、谈吐差异的背后是消费主义的彰显，落差才能带来动力。但杜拉拉阶层跨越的升职叙事又过于顺畅，它要借助女主的细致缜密外加运气眷顾才得以成立，这种主角光环又显得过于玛丽苏了。乔莉同样是职场宠儿，在刚刚入职之后就拿下了七亿元大单，对于多数职场新人来说这是不可想象的。职场剧所带来的成功史，将职场阶层的对抗进行了有效的缓和，这也是通常励志题材所体现的魅力。

相比较，《欢乐颂》就没有那么强行拔高升华人物命运。它以职场剧出现，但并不是单一传递职场宝典和技法，更多的是将不同阶层人的性格设计进同一个空间，形成了貌似和谐的乌托邦景象，但令人感到遗憾的是它却以不断打破乌托邦作为故事发展的动力。原著中的五个女性的鲜明性格被完整地保留了下来。在职场经验上，安迪对曲筱绡、樊胜美、关雎尔、邱莹莹的指导可以看作典型的教科书式的经验之谈。但与之前职场剧不同的是，看似代表上层职位的安迪、樊胜美和代表职场新人的曲筱绡、关雎尔、邱莹莹所进行的职业女性组合中，暗含了职场身份与阶层身份的错位。曲筱绡原本是职场新人，同时又是一个富二代。在如何定义个人成功上发生了分裂，是通过职场经验证明自己，还是直接用出身证明自己；樊胜美是个企业资深 HR，有着充分的职场经验，但她受家庭与出身所累，在这个城市中难以立足；安迪也面对着"我是谁？"的身份悬置。五位都市女性当中，关雎尔、邱莹莹与杜拉拉、乔莉等人最像，但前者显然没有后者职场那么幸运。五位女性居住在同一个小区的同一个楼层，这种地理位置的相似掩盖了实际身份的差异。只在进入各自的生活空间后，才会发现差距。当代社会以伪中产的方式试图制造一个虚空的时尚都市。当高仿包、月光族、代购无法再弥合实际差异后，文学想象便设计出一个趣味共同体：不同身份的人是可以在兴趣爱好、性格处事上进行一体化设计的。尽管曲筱绡的行为最为怪异，难以相处，但却多次在最困难的时候帮助樊胜美、邱莹莹解决了难题。

因此，故事如此残酷地告诉我们：逆袭才是真正的制胜法宝。

二　总裁剧：甜宠文与霸道爱

总裁剧并不是一个严格意义上的类型剧，而是具有与网络小说"总裁文"相同特征的一类电视剧。网络文学在传播的过程中形成了很多独特的审美趣味，从而带来了大量专有名词，这种"土著语言"是读者们在阅读中共同达成的默契，并自发地流传下来。它们并非用条理性、系统性、思辨性的学术方式来命名，但是在对网络小说及其改编的分析中，是离不开这些圈子内的"黑话"的，它们所代表的话语表达方式具备了将这一文学类型以及文学阅读独立开来的特质，从而形成这一阶层群体的趣味与想象。比如"宠文""甜文""总裁文""玛丽苏"等词语往往用来标示这样一种类型文学：故事中的男主角多是相貌英俊、家庭背景优越、身份地位显赫，他们喜欢上了一位出身平凡的普通家庭的女孩，并且对这个女孩用情专一，能够在任何时刻解决女孩遇到的困难，在物质和精神上满足女孩的所有要求，即使身边有门当户对或是特别优秀的其他女性也不喜欢。这种文风也极大地满足了年轻女读者对于爱情的奢望，它在早期网络小说范围内本属于低龄、低收入阅读者的"小白文"，随着移动阅读的出现导致阅读群体日益增加，特别是几部改编剧极大地扩充了这一类型的读者群，比如《来不及说我爱你》《千山暮雪》《泡沫之夏》《何以笙箫默》《佳期如梦》《杉杉来了》等大批作品。同时"霸道总裁"更多地显示为一种类型元素，除了当代都市题材外，也向古装题材、近代民国题材蔓延，使这种性格特征又赋予了皇帝、将军及军人、少爷，产生了广义的总裁剧。但"总裁文/剧"作为类型小说或类型剧来看待时，多是狭义地理解为当代都市题材剧。在我们揭示其类型特质的发展变化轨迹的同时，也将这种偏执的爱所代表的文化内涵予以探讨，特别是要将这种爱情故事置入空间、阶层分析后，才能看出当代女性的爱情焦虑。

（一）霸道的多面性

强势男主的身份设定并不是中国网络文学专属，霸道总裁也不是近年才出现的新事物，2015 年美国电影《五十度灰》，2005 年美国作家斯蒂芬妮·梅尔的系列小说《暮光之城》、台湾言情作家席绢 20 世纪 90 年代的小说《罂粟的情人》都有过相类似的人设，从而与今天的网络小说形成互文关系，那些强势的、孤傲的、富有的男性通常是带有不同程度的变态心理或另类行为，在他们略显诡异的举止与毫无征兆的表白之间存在着同一性，并充分诠释"霸道"一词的含义。网络小说借鉴这种类型元素的初衷是为了编织一个无法拒绝的爱情幻想，但改编在重新选择"霸道"含义时有了微妙的变化，电视剧有对于强势男主的独特理解。首先，将总裁式的人物呈现出个人修为的优越性。这一点在《何以笙箫默》中最为明显，何以琛原本是个自幼丧失父母的孤儿，改编保留了小说中其孤僻的性格，并强化了他学业上的奋进与专注。某知名大学法律系就读、出众的外形、优异的成绩，这一切引来大批追求者，赵默笙便是其中之一。大学毕业之后，何以琛与人合伙成立律师事务所，又因其认真刻苦敬业，成为当地有名的大律师，拥有了令人羡慕的生活。除了何以琛这类白手起家者，在"富二代"角色身上也有着类似的特点，《杉杉来了》中的封腾是家族企业的掌管者，但并非甘守祖业的平庸之辈，他同时拥有资产阶级领导者在经济领域内的头脑与能力。这一点在小说原著中着墨不多，改编后则通过连续的商战行为，如并购 KM 集团，与柴瑞集团争夺智能手机知识产权等情节，设计出积极向上、聪明能干的"上等阶层"形象。其次，这些总裁身上往往带有内敛、克制、冷酷的色彩，以形成与"霸道"二字相符合的精神气质，这也常常在改编成影视作品时被诟病为"面瘫式"的表演。这种贬低评论或是源于对表演艺术的认识差异，或是源于不同粉丝群对原著与明星的各自拥趸，我们则试图用社会学的思路来看待这种上等阶层人物的心理，它同样与韦伯所说的新教伦理与资本主义精神相关。韦伯、涂尔干等德国学者在市民道德中发现并试图认证生活习惯与商业行为具备某种关联，并且建立了与此相关的功能主义社会学。"启蒙运动后的德国市民道德体系被实施了一次功能化的手术，法国大革命中的自由、平等、博爱等政治诉求未被接纳进德国市民道德体系，取而代之的则是秩序、勤奋、守时等工具性的次级美德。"① 内敛克制与面无表情也因严谨的态度获得了相似性的依据，并进一步导致了文艺作品中对重塑人物的尝试。最后，我们要思考媒介能否承担以上所说的将生活行为与商业行为关联的功能。其实，网络世界泥沙俱下过程中，也对公俗伦常进行考验，它未必成为一种刻意的意识形态导向，但文风的演变却的确向着某种带有"启蒙"色彩的方向去努力。在"霸道"式人物的发展中，琼瑶、席娟作品中的男主，《流星花园》中的校霸，身上或是淡化了其社会经济色彩，或是一味夸大其"恶"的特征。而网络小说改编剧所选择的总裁则体现出了资产阶级的某种修为：努力、刻苦、敬业。以至于有文章认为这是一种霸道总裁的"新启蒙"想象。当然这种霸道的男权色彩，及封建文化的残留，则是我们更应该警惕的。"大众文化在对'霸道总裁'形象的塑造过程中极力撇清经济活动与情感世界关系的背后，一方面呈现出其忠诚、善良、谦让的品性；另一方面，在对底层女性的追逐过程中，其利用经济资本、社会资本对情感的操纵，无意中又透出阶层优势为追逐异性所带来的便利。"②

---

① 李伯杰：《美德是怎样炼成的》，《读书》2013 年第 12 期。
② 李超：《"霸道总裁"形象：当代大众文化中"上等阶层"的想象》，《天府新论》2017 年第 3 期。

（二）偏执的爱

网络作家普遍用设定代替逻辑，包括情感逻辑或理性逻辑。在总裁剧中，通常的设定就是不去探寻他们为什么相爱，而是设定为他们必须相爱。总裁们爱的偏执性来自设定的强制性，女主通常其貌不扬，呆萌天真，既然无法寻找到爱情产生的缘由，就直接放弃这一环节，对相爱后的叙事展开讲述。首先，这种偏执会带来强烈的阅读快感。女主人公通常是刚进入职场的小白，面对英俊多金的男性领导，基本无法招架，只有服从。而那些强行加诸女主身上的命令性语言往往形成了金句和流行语。"只有在我面前，你才可以把头发放下来。"（《泡沫之夏》）；"我要让所有人知道，这个鱼塘被你承包了。"（《杉杉来了》）；"从现在开始，就算我们一辈子相互折磨，我都不会放过你。"（《何以笙箫默》）这种强加之爱最后得以成功，原因是没有拒绝的理由，为什么总裁爱上了无比平凡甚至不算漂亮的女主，这样的想象非常适合一般读者的代入。"霸道总裁爱上我"这句网络流行语的视角显然是女性的视角，它为故事的开端发展奠定了读者心理快感，改编后又将文学想象中的男性主人公帅气俊朗的形象直接塑造成视觉快感，从而形成了女性观众欲望窥视的对象。其次，总裁叙事是建立在男权主义观念基础上的，在强调男女平等的社会氛围中，介入了一种"三从四德""男尊女卑"的传统性别等级观念。于是，这种服从的原因便在于"霸道总裁"总是利用经济和社会资本相结合的隐蔽方式逼迫女性就范。《杉杉来了》的故事起因于稀有血型的献血事件，封腾为了照顾妹妹，对员工的血型登记在案，这种故事在猎奇之余，强化了某种对个人隐私的侵犯。之后作为总裁的封腾又强行要求杉杉和自己一起共进午餐，并以辞退威胁。电视剧版《何以笙箫默》里，冷傲的何以琛被"霸道"化，作为艺人萧筱的代理律师，他也是利用自己的社会资本对赵默笙所在的杂志社百般刁难，从而对赵默笙的离开进行报复。当然，我们也看到，这些所谓的辞退、刁难并非真正意义上的压制行为，但这种带有"虐恋"的爱情满足了女性潜意识中的"被征服欲"。受虐倾向与封建传统的意识形态绞合在一起，"加剧了男权社会'男尊女卑'的现实秩序，在'女性向'创作中，可以看作是一种女性主义的倒退"①。最后要指出，电视剧在改编时，也看到了这种文类的严重缺陷，试图通过女性的某种自立进行摆脱。《杉杉来了》的原著《杉杉来吃》只是一部中篇小说，电视剧增加了很多封腾与薛家见面后的戏份。最大的改写就是薛爸说出"我们是嫁女儿，不是卖女儿的"之类的语言，执意在还清对封家的欠款之后才能让杉杉结婚。但可惜这种努力只是女性意识的短暂苏醒，最终结果仍然是让薛家轻松地还完了 3000 万元的欠款，并没有呈现完整的独立女性主义。所以正如总裁文网络小说在 2014 年之后就较少再出现有影响力的作品一样，这一类型也在《杉杉来了》达到顶峰之后，迅速降温，而代之的新类型弥补了这一缺憾。比如 2016 年《亲爱的翻译官》，它兼容了总裁剧与职场剧的特点。将总裁身份换成行业杰出代表，缓解了霸道的非理性，也给了双方以更多对话空间。先以"翻译"这项专业性极强的职业切入故事，再在叙事展开的过程中设定程家阳这个高级翻译官爱上乔菲这个职场新人的情节，最后让女主在职场道路上不断进阶。原著作者缪娟专业法文翻译的出身为这部剧增加职业领域的魅力，程家阳与乔菲在情感纠葛中分分合合，观众尤其是女性观众更多地思考这样的问题：当霸道总裁爱上"我"时，"我"是否必须接受这种爱。

（三）逃离后的空间幻象

职场剧与总裁剧有很多交叉相似的地方，以至于我们有时很难判断这两种剧的类型差异。职场剧重在职场经验的呈现与模仿，在爱情的书写上，职场剧往往是以共同的职业爱好产生恋情基础，比如，杜拉拉与

---

① 邵燕君主编：《网络文学经典解读》，北京大学出版社 2016 年版，第 286 页。

乔莉都是因为工作的努力，才与上司产生办公室恋情，但《杉杉来了》的爱情解释却仅仅是因为她"特别下饭"，"就是喜爱独处的时候鲜活的杉杉"，显然前者情感逻辑比总裁剧严密，这更显示出不问缘由的爱是女性主义的后退。在原著中，对女主角常常用"我并不漂亮"来形容，而电视剧出于视觉接受心理的考虑，也会以精致的妆容，变换的服饰包装女主角，只是会采用角色自述或旁白的方式，不断强调"我并不漂亮""我不知道爱情会为何产生"的心理疗伤。另外，职场剧的总裁与"我"相爱的结果未必能走到最后，但总裁剧的结局通常是"甜宠文"式的大团圆。互联网给中国带来了剧烈的媒介变化，也在改变中国内部社会的结构，当传统媒体借鉴网络力量时，也在将二次元与传统文化互相弥补。总裁剧为年轻女性提供了爱情幻想，它的"虚假性""白日梦"特性填补了少女们对于未来的恐惧与担心，职场剧又为这些青年在步入社会的关键节点上提供着阶层跨越的想象。但在阶层差异上，职场剧的消费主义特征所带来的残酷是甜宠文所一直回避的。《泡沫之夏》《杉杉来吃》的小说中没有对于物化社会的详细描写，难以在消费主义语境下建立起更加真实的阶层意识。比如职场剧《浮沉》对于消费主义的描写是细致的和刺目的，用它代表着上层社会的种种生活方式与态度。车雅尼是"她个子很高，而且苗条，一只手闲闲地搭在 chanel 黑皮包上"。琳达是"她背起 LV 最新款大皮包，扭身走了"。而小说《杉杉来吃》则少有类似细节，当杉杉拿到封腾送的高级化妆品，也仅仅是"BOSS 大人不愧是大资本家"，大棒加金元的手段运用得如此熟练，寥寥一笔，匆匆带过。

与细节的虚幻性相伴而生的是空间的虚幻性。职场剧往往建立起一个有着真实地理位置依靠的故事空间，并试图通过这种空间植入文化地理学意义上的都市特征，比如北京的多元，上海的繁华。网络小说的阅读群体比起电视观众更为年轻，所以从小说到剧之后，受众试图在故事空间中能够找到更多真实空间的幻象。越虚幻越甜蜜，越真实越残酷。与很多总裁剧、偶像剧架空都市不同，职场剧的都市往往是以北上广为代表。可见，都市剧试图为中国都市发展建立一种模板。小说《杜拉拉升职记》中杜拉拉曾说过："上海人管外地人叫乡下人，所有上海以外的人，都是乡下人。"空间错位是当代都市的一大症候，北上广代表了中国一线城市，但更多的青年生活在二三线城市以及小镇。在小镇青年成为文化消费主力军的情况下，他们所处的职场承担着中国都市更多的社会经济发展任务。20 世纪 90 年代早期都市职场剧《公关小姐》《外来妹》的都市设定在广州，21 世纪后北京、上海成为代表职场的最终空间，特别是海派文化所蕴藏的国际化大都市格调，使这类故事常常选择在上海。《浮沉》原本是一个有关北京的故事，在改编后也放在了上海。这种置换所带来的更大的问题是，观众心理空间与荧屏空间对位。爱德华·W. 索亚（Enward W. Soja）将"第一空间"称为"真实的地方"，把"第二空间"称为"想象的地方"，"第三空间"就是在真实和想象之外又融构了真实和想象的"差异空间"。[①]"出走"和"逃离"便成了时下都市文本中一道奇特的风景。每个职场新人都有着北上广焦虑，试图去奋斗去生存，很多人最后无奈选择离开，但逃离了北上广之后，他们发现已经不能适应乡土的甚至小城镇的生活，再想回归北上广已无可能，这现实中的北上广是年轻人向往又逃离的地方，荧屏上的北上广是想象中的真实的"第二空间"，每一个二、三线城市青年/小镇青年以自己所生活的空间融构着心中的大都市梦。

三　家庭剧：都市物语与乡土中国

家庭伦理剧是电视剧中的大类型，也是最完备的类型电视剧。好莱

---

① 汪民安主编：《文化研究关键词》，江苏人民出版社 2007 年版，第 47 页。

坞类型电影中的家庭情节剧在 20 世纪 60 年代进入了商业电视领域，它的叙事模式与流派风格更适合电视剧的传播环境。以婆媳家庭关系为主要表现对象的国产家庭伦理剧基本上形成了惯例化的情节设计，观众已经与作者达成了一定的"契约"。而在网络小说领域，家庭伦理小说并不是文学网站的上架书目，但是很多都市小说在改编后都出现了家庭伦理化倾向。我们可以看出从网络都市小说到家庭伦理剧的改编过程中所出现的类型过渡，它反映出不同阅读群体对于故事结构的偏好。第一，网络小说中青春密语式的个人讲述向着更大的社会关系网延伸，两个人的故事背后往往是两个家族的结合。这可以从不同时代的婚姻叙事中看出来，同样是讲述城乡关系与婆媳关系的故事，风格从早期严肃的、纪实化的描写向着轻喜剧的风格过渡，同时，也从文学写作中悲剧式、极致化的情节向着剧中和解式、折中化的叙事进行过渡。这隐喻了家庭伦理剧所带来的城乡对抗/和解关系。第二，从二十多年来类似网络故事的变化，可以看出青年人试图在自己的圈子内解决问题的努力，比起传统叙事中家庭力量的介入，网生代以个人之力摆脱家族社会圈的尝试非常困难，很多可能是假想式的、无效的。第三，在家庭伦理剧的拍摄中，一直把"幸福"主题作为突出的核心诉求，但对幸福的追求却体现了网络小说及电视剧与人们真实境遇的差异。

（一）言情文的家庭伦理化

能产生较大影响力的早期网络小说改编剧多是家庭伦理题材。六六的系列家庭剧最具代表性：《双面胶》讲述城乡观念的矛盾；《王贵与安娜》讲述两代人的婚姻变迁。家庭作为社会的基本组织形式，是由婚姻、血缘或收养关系所组成的社会生活的基本单位。[①] 以家庭收视行为为主要传播方式的电视剧，自然会选择与家庭内容有关的文学作品进行

---

① 《中国大百科全书·社会学卷》，中国大百科全书出版社 1991 年版，第 102 页。

改编。当都市家庭成为故事的核心时，其叙事动力看似家庭成员个体行为，实则来自阶层文化的相互作用。好莱坞家庭情节剧的类型研究可以给我们更多的启发，"在理论上，家庭代表了一个'自然的'同样也是一个社会的集体，一个自足的社会。但是在情节剧中，这种想法被在高度结构化的社会经济环境中的社会社区所决定"①。与好莱坞家庭情节剧多发生在小城镇不同的是，中国的家庭伦理剧多发生在都市中，从而形成独属的类型电视剧特征：一是城市女与农村凤凰男的夫妻组合；二是乡下婆婆进城后带来乡村价值体系与都市观念对抗；三是冲突和解形成了与小说截然不同的结局。首先，城市女与农村凤凰男的组合是都市题材家庭伦理剧的常见人物设定。《一地鸡毛》（1995）、《咱爸咱妈》（1995）、《新结婚时代》（2006）都是如此，这种人物设定类型化后通常具备以下特征：城市女生活条件优越，向往浪漫纯真爱情，爱情的种子产生于同学、同事等小圈子内的长久相处，而男方则在婚前携带了忠厚、踏实、有前途等优秀基因，使得这种组合在情侣二人看来是充满希望的。但是，二人的结合面对着家庭和社会的种种阻力，在阻力的解决方面，家庭伦理剧常常采用私自领证、假装怀孕等方式，以长辈们的无奈收场。其次，当两个家庭组合在一起后矛盾冲突才真正展开。现实家庭存在的婆媳矛盾与现代社会中的城乡矛盾交织在一起，成为当代电视剧家庭类型叙事的常态推动力。比起传统小说，网络小说在这类题材的处理时更加极端，从小说题目《双面胶》《婆婆来了——玫瑰与康乃馨的战争》中就可以看出，"胶""战争"中所涵盖的撕扯、纠结，甚至在出版方的宣传中都夸大利用着这样的字眼。如果说 20 世纪 90 年代《咱爸咱妈》中的乔父乔母是作为农村质朴、勤俭的代表出现在家庭伦

---

①　［美］托马斯·沙茨：《好莱坞类型电影》，冯欣译，上海人民出版社 2009 年版，第234 页。

理剧中，2006 年《新结婚时代》侧重于为两种价值观的冲突寻找出路，那么 2010 年《婆婆来了》则走上了绝对对立式的家庭矛盾之路，以展示乡下亲属的无知、愚昧为主要叙事动力。网络都市家庭小说，为追求离奇，把扭曲、丑恶的人物性格赋予了日常生活中的普通百姓，借新闻报道中的某些极端个案，重新演绎成婚姻中可怕的悲剧。为什么从"70后"到"80后"的城乡家庭故事会越来越走极端，其影射出城乡关系发展的某种不平衡。作为都市群体的网络小说读者，宁愿相信不断凋敝的、退步的当代农村，也不相信《乡村爱情》式的现代化的农村。乡村的进步是有目共睹的，但是在物质上进步的同时，观念的落后越发凸显了，于是它的结局方式也是极端的。小说《双面胶》中李亚平为了婆媳的口角活活打死了当初那么爱他的丽鹃，小说《婆婆来了》中何琳用法律武器复仇式地将传志母子赶出家门。这些讲述"80后"城市媳妇与乡下婆婆间日常争执的故事，最后变成了发人深省的婆媳关系灾难片。改编后的《双面胶》让夫妻互相谅解了对方，其代价如同早期都市家庭剧婆婆最后返回农村一样，以一方退场结束战争。尽管结局总是略显仓促，但电视冷媒介的属性可以留下更多的思考空间。网络小说改编剧到了阿耐系列作品之后，婆媳战争更多的被改为兄妹战争，《欢乐颂》《都挺好》中啃老无用的兄长像极了当年的乡下恶婆婆，自强自立的妹妹则扮演了通融体恤的现代女性，这种城乡身份的重新配对仍然将家庭矛盾作为都市叙事的第一动力。

（二）"80 后"的新结婚时代

网生代可能更关注"80 后""90 后"的婚姻故事。《裸婚时代》《小儿难养》都因为紧贴都市热点话题而成为当年收视率最高的电视剧。这些都市青年之间的婚姻故事同样是围绕家庭展开的，而一旦进入家庭伦理范围，传统与现代、感性与理性，情与法、义与理这些现代性命题便会凸显，从小说到电视剧可以看到改编中的明显变化。小说《裸婚时代——80后的新结婚时代》《小儿难养》基本是围绕着小夫妻的故事来写，其中《裸婚时代——80后的新结婚时代》讲述的是刘易阳与童佳倩所经历的未婚先孕、闪婚、孩奴等一系列裸婚后的生活，表达了当代都市青年男女高速生活节奏下的茫然和短暂激情之后的爱情消隐。从婚前的肆意潇洒到婚后的柴米油盐，它折射出网生代群体从孤独青年到负重成年过渡转型中的无措。小说更多的是从童佳倩的角度来书写婚姻，美好的家庭刚刚开始却预兆着结束，充分体现着年轻产妇的焦虑与担忧。而刘易阳显然尚未做好抚养家庭的准备，不仅仅是指物质方面，更多地指精神与心态方面。他自认为无愧于妻子，却缺少了上一辈人的成熟稳健与成熟男性的宽广胸怀。故事所呈现的状态是每个即将或刚刚步入结婚生子日程的网生代能深刻体会到的。这部都市言情小说在改编之后被家庭伦理化了。如果将城市中代表乡土价值的人群也归入凤凰男系列的话，《青衣》（2002）、《金婚》（2007）、《裸婚时代》（2011）的夫妻组合也应属于这种二元结构。电视剧《裸婚时代》将刘易阳与童佳倩的家庭分别设定在传统与现代、贫与富、乡土与城市的阶层范围内。在表面上，刘易阳玩赛车，用Macbook电脑，似乎与童佳倩没有区别，但其实他内心中充满了下岗家庭出身面对大学教授家庭时的自卑。从小说中夫妻二人间的矛盾延伸到剧中家庭之间的矛盾，"裸婚"所带来的自由感、新鲜感很快便荡然无存。"80后的新结婚时代"里青年人试图在自己的圈子内解决问题的努力证明是失败的。中国都市家庭结构仍然无法摆脱的是传统的社会关系，每个独立的个体一旦进入了家庭中，就融为家庭的成员，而在更大的亲眷关系网中，每一个个体都是这个关系网中的节点，牵一发而动全身。正如"70后"的故事《新结婚时代》里顾母对小西反复所说的：

　　你嫁给了他，就等于嫁给了他们家全部社会关系的总和。你们

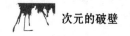

俩的结合就是两个家族的结合。他娶了你，就等于娶了你的一切，包括你的社会关系和你的父母。①

中国城市经济已经足够现代化，但其基本构架仍是乡土社会的。都市人潜意识的乡土情结常常生成一种双重的牵动力，它在现代性的发展中可能会成为羁绊，也可能会化作促推。所以"中国人是心中有祖宗、有子孙而把自己作为上下相连的环节来看的……这种传统精神文化表现在社会细胞的构成上的就是亲子关系的反馈模式"。它形成的均衡互惠的原则是一个社会经济共同体能长期维持下去的关键。② 在强化亲子关系的同时，"80后"独生子女的身份设定使得这些家庭关系中还缺少了兄弟姊妹关系。电视剧尝试以不同的方式补充人们对于长姐长兄的想象。《我的青春谁做主》《北京青年》将堂亲、表亲组成大家族下的兄弟/姊妹关系，使得这种亲情得到了一定程度的弥补。小说中着墨不多的刘娇娇在《裸婚时代》里设定为童佳倩的表姐妹，二人分别代表追求精神或物质的女性。"85后"童佳倩追求精神感觉的初衷与上一届"80后"的追求自由的感觉具备相似性，但与钱小样、夏琳们放飞自我不同的是，这一代青年正在被两极化分类。物质女通常会在婚姻之路上率先落败，但一味停留在精神世界里也不再像前人那样可以轻易获得幸福。

（三）幸福在哪里

以家庭伦理剧为代表的当代电视剧艺术不断尝试着在欲望与守望的向往、拥有和失去中领悟"幸福"的秘密。仅从剧名上来看，既有《老大的幸福》《老马家的幸福往事》《守望幸福》的直呼其名，也有《金婚》《父母爱情》《嘿，老头！》的风格化表达。毫无疑问，拥有财

① 2006年电视剧《新结婚时代》，第2集。
② 费孝通：《论中国家庭结构的变动》，《天津社会科学》1982年第3期。

富、成就可以得到"幸福",但不能否认当代中国人也有更加朴素与简单的生活追求,艺术往往通过"想象的表现方法诠释世界的意义,尤其是展示那些从生存困境中产生的、人人都无法回避的所谓'不可理喻性问题'"①。既然幸福观念本身拥有深刻的审美价值和思维逻辑,我们可以借用幸福观的产生与演变来关注电视剧人物的审美表意和审美理想,进而折射出改革开放以来,中国现代社会进程中究竟有多少幸福的密码和时代的祈祷。网络小说改编剧对于幸福的诠释总是来得太突然,功成名就、皆大欢喜使得电视剧中对"幸福"的定义简单化了。

对网络都市小说中偏于灰暗的色调,电视剧在改编时有矫枉过正的倾向。《裸婚时代》里的刘易阳在前几十集都一事无成,突然在最后两集体现出高超的商业头脑与冷静的市场判断,并且得到了富家女的青睐与无私的捐助,从而走上了事业的巅峰,也拥有了重新面对童佳倩的资格,敢于提出再续前缘的要求。同样,《都挺好》中40多集都无法释怀的苏明玉在最后一集突然冰释前嫌,大幅度调整了原著的结局,苏明玉莫明其妙地放弃了高管职务,只为追求一个最后的大团圆。电视剧在给我们大团圆的美好想象的同时,也把人生的幸福价值扁平化与简单化了。事业的成功、生活的富足是人类的普遍心愿,人也要为那个彼岸而奋斗,文艺作品建立这样的精神追求是无可厚非的,但电视剧是否能够在这一类型上增加更深刻与多元的思考空间呢?《双面胶》《婆婆来了》用老一辈的离世作为和解的条件。《嘿!老头》《北京青年》的结局中,都是主人公事业有成才家庭美满,但这是不是人生的最终选择和唯一选择呢?十几年前的《贫嘴张大民的幸福生活》可以给我们另一种回答。张大民下岗后过着清贫的日子,他没有放弃,一直在努力,妻子也默默

---

① [美]丹尼尔·贝尔:《资本主义文化矛盾》,赵一凡、蒲隆、任晓晋译,生活·读书·新知三联书店1989年版,第30页。

地支持着他，但生活依旧平淡琐碎、烦恼不断。这种生活不是以成败论英雄，而恰恰是普通人的真实写照。剧中结尾有段一家三口屋顶上看鸽子的场景，改编精简后保留了以下对话：

儿子：人活着有什么意思？

李云芳：有时候觉得没意思，刚觉得没意思，又觉得特别有意思了。

儿子：没意思了怎么办？

张大民：没意思，也活着，别找死。

儿子：为什么？

张大民：我给你打个比方，有人枪毙你，你再死，没人枪毙你，你就活着。①

李安曾经说过："电影不是把大家带到黑暗里，而是把大家带过黑暗，在黑暗里检验一遍，再回到阳光底下，你会明白该如何面对生活。"或许中国青少年永远听着这样一句话长大："这件事如果没有（干不成），你就彻底完了。"于是《小别离》中，中国家庭倾尽所有供孩子出国，终于成行；《裸婚时代》中，只有事业有成才能重新复合。现实愿望过于直白地反映在艺术作品上，会给我们留下狭小的空间。每个人，都是唯一，而对他人最大的暴力莫过于树立一种"正确的标准"，剥夺他选择的权利。在保持纯真的本心和自由表达的基础上做真实的自我应该成为今后艺术作品的价值诉求。《欢乐颂》是一个按季播出的电视剧，每一季都会给我们留有思考的余地，比如《欢乐颂》将美好的生活安排给了安迪、曲筱绡、邱莹莹，将遗憾与无奈安排给了樊胜美、

---

① 2000 年电视剧《贫嘴张大民的幸福生活》，第 20 集。

关雎尔。对于这部尚未完结的改编剧，我们正在等待其最终的结论。可以说，这正是在影响的焦虑下，后文对前驱艰难的超越。每个人能否带着些小烦恼生活？还是必须将日常的一切都升格为完美无缺后才能终老一生？

第三节　古代题材改编剧：历史时空的仿写与背离

在电视剧题材分类标准中，古代题材指的是年代背景为辛亥革命以前的各类电视剧，可根据具体故事内容分为：古代传奇题材、古代宫廷题材、古代传记题材、古代武打题材、古代青少年题材、古代其他题材，而从文艺创作的理论上来看，它们又常常被称为历史题材电视剧。传统的历史剧有正剧与戏说剧的区别，分别担负着传播官方意识形态与娱乐大众的不同功能。当网络小说与古装历史题材相结合时，网络小说对于历史的重新诉说会对传统历史剧造成观念上的变动。通常情况下，网络文化无法再像历史正剧一样承担厚重的家国历史观与大国崛起的艺术想象，而更多的是将当代人的价值观与现实境遇借助古代时空加以表达。网络文化所带有的后现代特征往往将宏大叙事解构并反讽。但不可否认的是，当以现代意识进入历史时空后，重新讲述某个历史时期或建立一个虚构的古代社会也是借古喻今的过程，在以史为鉴中照射出我们今人的境遇。因为经典网文的狂欢化历史重述也能够为我们确立起大国想象、现代职场、爱情启蒙以及个人与历史碰撞中的个体命运感。海登·怀特（Hayden White）认为，史学家运用历史策略把历史"事件"变成历史"事实"，这质疑了小说与历史编写的体裁界限。在文学与历史的互文中，我们更需要看到的是文学文本与社会文本的关联，正如琳达·哈琴所说的："一切文化实践都有一个意识形态的亚文本，为制造这些实践意义的可能性确立了条件。在艺术领域，它是通过揭开自我指涉性与其历史根基之间的矛盾做到这一点的。"① 能够被改编的历史小说多是在古典文化、文学意境、现实投射等方面满足了大众对于中国传统文化或历史典故的审美想象，同时又能在主流文化的引导下可以再次纳入宏大叙事当中去的作品。这使得我们看到了三种典型的历史题材的类型电视剧出现在荧屏上，而且由于政策原因，某些类型已经被限播或禁播，但在电视剧史上曾经的收视高峰使我们不得不正视它并探讨其存在的基因，才能更好地面对不断发展的历史改编剧。

历史小说的出现经历了传统历史小说、新历史小说、网络历史小说三个阶段，传统历史小说主要通过对历史资料的整理、选择之后，表达作者对历史的理解与看法，在他对历史的"正确"解读中，我们可以了解到作者及其所处阶层、时代的历史观。海登·怀特等新历史主义则认为"历史的存在"和"历史的本文"之间，永远不存在一种真正的对应关系。这在从新历史小说到新历史演义小说再到网络历史小说的演变中体现得非常明显。新历史小说如陈忠实的《白鹿原》、余华的《活着》、莫言的《红高粱》，作品的言说主体多是地主、商人等非"工农兵"的边缘人，主要描写他们的家庭兴衰等生活的日常性、世俗性甚至卑琐性的一面。作品往往重视通过历史反思，关注已被遗弃的人性。新时期的历史演义小说作者如二月河等人则注重从内心视角分析历史人物，在注重主角帝王功勋意识的同时，也展开历史配角女性的心理世界，如《康熙大帝》中的苏麻喇姑、孝庄太后。早期网络历史小说注重历史话语模式，当年明月就认为，通俗文化中越来越多关于历史的"戏说"，这些历史叙事常常对大众读者造成误导，甚至会让有的人误以为《还珠格格》确有其事，他认为这种现象正是因为专业的史书过

---

① ［加］琳达·哈琴：《后现代主义诗学：历史·理论·小说》，李杨、李锋译，南京大学出版社 2009 年版，第 6 页。

于枯燥，所以"产生了用流行方式来写正史的念头"①，进而出现了天涯论坛的《明朝那些事》。

网络文学付费制度后的小说在个人化叙事上向着类型化和幻想性迈进了一步，它的特征就是架空、穿越、幻想。有学者认为它们都应该属于广义上的架空历史小说或历史幻想小说，可以细分为：仿历史小说：模仿历史演义的语体语貌，叙说王朝兴废、帝国征战、宫廷斗争、政治风云故事；反历史小说：虽然选择的背景是正史记载的真实历史，主要角色也是正史上或经典历史小说中的知名人物，但是他们却主要作为被影响和被改造的对象而存在；狭义架空历史小说：现代人主人公以某种方式回到一个正史上不存在的历史时空，充分发挥现代人的文明积累和智慧优势，改变了既定（或者说设定）的"历史"轨迹②。我们看出网络历史小说的类型化特征非常明显，它为电视剧生产出新的类型并提供了读者与作者共同遵守的约定。"文类既是读者的——期待视野，也是作家的——写作模式，换言之，文类如同一种契约拴住了作家和读者。"③ 在历史题材剧与网络文化的结合中产生了三种比较有代表性的作品：穿越剧：《步步惊心》《宫锁心玉》《太子妃升职记》；宫斗剧：《甄嬛传》《芈月传》《如懿传》；传奇剧：《琅琊榜》《楚乔传》。

一　穿越剧：以个人名义重读历史

网络文学在一段时间内会呈现出集中于某个题材或风格的特征。2004—2005 年，晋江文学城出现了三部女主角在不同时空下身份变换的小说：《梦回大清》《步步惊心》《瑶华》。从而带动了穿越小说大量

---

① 《"当年明月"叫板易中天：我才是草根》，《武汉晨报》2006 年 8 月 18 日。
② 许道军：《〈新宋〉：一部优秀的架空历史小说》，《中国图书评论》2009 年第 4 期。
③ 南帆：《文学的维度》，上海三联书店 1998 年版，第 273 页。

连载、出版。2007 年被称为"穿越年"，当年通过各种综合指数评出了穿越四大奇书：《木槿花西月锦绣》《鸾，我的前半生，我的后半生》《迷途》《末世朱颜》。也出现了穿越小说的不同分支，根据穿越的朝代不同分为："清穿""明穿"（《回到大明当王爷》）、"宋穿"（《大宋之风流才子》《新宋》）、"架空穿越"（《11 处特工皇妃》）；根据读者性别爱好不同又分为"女性向"穿越小说（清穿系列）、"男性向"穿越小说（明穿系列）。穿越文的大量出现带动了电视剧中的穿越剧的火爆，并且在 2011 年达到顶点。当穿越成为读者与观众收视心理的强烈愿望时，我们就不能仅仅只看到它娱乐化的外表，还应看到这一网文类型背后的时代心理变迁，我们又是如何通过"穿越"阅读历史、解读当下的呢？正如当年的新历史小说、戏说剧、琼瑶剧曾引起青年人群的关注，这一次以个体青春的名义重新翻开的历史，寄托了网生代们别样的情感。

（一）作为类型元素的"穿越"

穿越类型元素早在 20 世纪 80 年代末期就已被搬上了银幕，根据李碧华小说《秦俑》改编的《古今大战秦俑情》是中国内地穿越题材影视作品的开山之作，它穿越了"三世"，从秦朝到民国，再从民国到现代，在当时建构了全新的时空想象。20 年后，电视剧版的《古今大战秦俑情》成为 2011 年中央电视台一套的开年大戏。其实，电视剧范围内更具标志性的穿越剧是 21 世纪初香港 TVB 拍摄的改编自黄易同名小说的《寻秦记》，剧中主人公项少龙乘坐时光穿梭机，从 2001 年的香港穿越到了公元前 251 年战国时期的赵国，并参与和见证了一系列重大历史事件。在文艺创作中注入穿越概念由来已久，中国古代传说及佛教思想的六道轮回、生死循环的观念提供着穿越节点和发生机理；《聊斋志异》中的死而复生，《牡丹亭》中的为情还魂，给中国传统文学增添了无限想象力。现代文艺作品借助科幻小说中穿梭时空的奇思妙想为穿越后的世界提供了合理性逻辑，在现代穿越发生机制上，物理学家们的时空观为穿越剧提供了理论基础，从而使故事设定里的心理活动与处世方式更加奇特。这种类型元素产生了相应的叙事模式及价值取向并日渐固化，穿越剧形成了观众接受时的巨大收视惯性。一方面，我们要看到，影视改编实践选择穿越小说是看中其高幻想性的世界设定，从而为传统线性叙事增添阅读快感。德勒兹（Gilles Deleuze）和瓜塔利（Felix Guattari）在《反俄狄浦斯》中把历史模式分为原始社会的"规范形成"时期，专制帝国时代的"过量规范形成"时期，资本主义时代的"规范解体"时期，詹姆逊认为科学技术和理性主义的来临"把世界从错误和迷信中解放出来，使它成为一个可以被科学说明、衡量，挣脱了一切旧式的、神秘的、神圣的价值的客体……把一个较早的、充满神秘的、异质的宇宙归纳为一个同质的、不断延伸的、可以衡量的、可见的暴政"。文学艺术中重新神秘化的世界被德勒兹和瓜塔利认为是对当代社会的补充，"恢复那一小片神奇的、圣洁的，具有鲜明个人性质和主观色彩的领地"[①]。穿越、玄幻、魔幻类的文艺作品都具备这样一些颠覆认识的类型元素。它使网络小说充满瑰丽与魅力之处，在进入影视艺术之后，视听语言的逼真性与仿真性更加丰富了这种功能。

另外，我们也要看到媒介属性对穿越类型的整合与变动。网络小说个人化的接受与电视剧开放的观看环境不同。某些"穿越"所带来的宿命论、反科学性对于电视机前潜在的未成年人会带来负面影响，同时，对于历史随意的个人书写也使其面临着题材收紧的命运。2011年12月1日，国家新闻出版广电总局（时称国家广播电影电视总局）在"电视剧拍摄制作备案公示管理工作培训班"上宣布了对于穿越剧、宫

---

① ［美］詹明信：《晚期资本主义的文化逻辑》，陈清侨等译，生活·读书·新知三联书店1998年版，第228页。

斗剧的禁令。2011年之后，新的网络穿越小说改编剧都去掉了穿越之前的现代段落，而代之以开场的古代部分讲述。如根据《11处特工皇妃》《回到明朝当王爷》改编的《楚乔传》《回明之杨凌传》都已经归入了古代传奇剧类型范围，《楚乔传》中的身份设定不再是来自现代社会的特工，只是含蓄地暗示其特殊的出身与家世。穿越剧的精神内核其实比起奇幻世界更能体现现实意义，它往往是在古今对照中诠释某种当下年轻人对世界、历史、爱情的观点，于是穿越剧所包含的古代与现代价值的冲突在改编后必然有所保留。比如《楚乔传》是小女子为了实现前世的报国梦，《回明之杨凌传》是为了弥补道德与事业未能两全的遗憾。这种想象服从于两个原则：一是要起到一般言情小说的娱乐作用；二是能够反映现代人需要减压的特殊心理。

（二）从何来，去何处

传统小说在涉及和"穿越"有关的情节时，将穿越的时间节点视作主人公的行动动力，并赋予多种阐释功能以及价值负载。《牡丹亭》中杜丽娘是为了了却前世一段情，并且在重生中实现了爱情的复活。《胭脂扣》中如花痴情幽魂重返人世间是为寻觅失散的爱侣，但最后伤心地选择离开。《古今大战秦俑情》中韩冬儿从秦朝到民国，再从民国到现代，展示出现代与古代的爱情价值观念的不同。可以说，传统"穿越"情节在追求形式新颖的同时，或是设定男女主人公有一段前世未了的情缘，要在后世得到弥补；或是展示现代与传统文化间的激情碰撞。但网络小说中的"穿越"情节常常与此不同，在"为何穿越"上没有太多设计，多是因为偶然的机会被突发事件带入了时间隧道；或是按生死轮回的法则再入人世。《回到明朝当王爷》的郑少鹏是"九次死亡，八次转世"，每一次都在成功人士与道德功业的悖反中不得善终，这与其回明朝参与历史事件没有太多联系。《步步惊心》作为穿越剧的代表作品，几乎放弃了穿越前后的因果关系。小说中是因为在出租屋中换灯泡被穿越，电视剧中改编为与男友争吵时被高压电线击中而穿越。这种突发事件改变个体命运的设计更像是一种"被抛"，与主体被外部客观世界所决定的"被决定性"不同，海德格尔所说的"被抛"是指一种状态，"只要此在作为其所是的东西而存在，它就总是在抛掷状态中而且被卷入常人的非本真状态的旋涡中"①。人"此在"地不得不去存在，不得不"存在在此"。在穿越所产生的时间向度之下，是"为何穿越"的无解之感。杜丽娘、如花的穿越都是为了投向一种可能的希望，一个前世的约定，在这两个世界里可以实现爱情命运的转变，而张晓的穿越意义并不大，她也没有因此而改变其微小的命运与孤独感。在小说《步步惊心》中，张晓是一个在深圳打工的财务白领，朝九晚五地工作着，领取微薄的薪水，这与穿越之后马尔泰·若曦的锦衣玉食是天壤之别，所以这种穿越的意义在于满足了网生代的 YY② 情结。改编之后的《步步惊心》将开端放在了前世的爱情上，失恋的无助显然与穿越后被几大皇子所追捧的感觉是截然不同的。通过世界的偶然"被抛"，"我"的"此在"发生了翻天覆地的变化，若曦现代思维方式与知识结构只是古代生存的小伎俩，她可以用大型晚会的方式来设计康熙的满蒙结亲大会，可以用现代会计的记账方式帮助雍正管理国家大事，但却不能用已知的历史结局为自己寻求一个安全妥当的归处。"无家可归"是在世的基本方式，这种被抛感比穿越那一刻的惊奇感更加真实。上一世遭受生活困窘或情感漂泊时，没有选择的余地，会感到欲望的满足那样简单，而真正拥有了一切时，养尊处优，身居华府，集万千宠爱于一身，却依然感受到无望。这与"80 后"一代的成长经历是如此相似，失去了父

---

① ［德］马丁·海德格尔：《存在与时间》，陈嘉映、王庆节译，生活·读书·新知三联书店 1987 年版，第 217 页。

② YY 是意淫的拼音首字母组合，本意为精神层面上的"淫"，在网络语境中，泛指一切超越现实的想望，即"白日梦"。参见邵燕君主编《破壁书》，生活·读书·新知三联书店 2018 年版，第 224 页。

辈们的宏大叙事之后，小时代的我们靠什么前行，又去往何处呢？小说中若曦在清朝的世界里香消玉殒，电视剧改编为张晓重新回到现代社会，她在努力寻找这段如梦似真的经历证据时，遇上了后世的雍正，但与汤显祖、李碧华设计的故事结局不同的是，后世的雍正显然已经没有了前世的记忆，二人只能形同陌路擦肩而过，在妥善解决了官方政策限定后，剧作者仍将这种梦幻的肥皂泡吹破。

（三）新历史主义、戏说与穿越

历史题材电视剧中的"历史题材"这个概念暗示了这样一个事实：历史成为一种写作材料，要经过剧作家的加工和改造，在历史题材电视剧的创作中，对历史采取何种态度是史学家关注的问题所在，而艺术家则关心假定性创作规律应该在何种尺度范围之内。几十年历史正剧的创作演变中出现的各种风格，我们都可以对其做出互文性解读。从 20 世纪 80 年代的新历史主义到 20 世纪 90 年代的戏说之风到网络小说改编所带来的架空、穿越、传奇，历史叙事发生着转变。首先，新历史主义剧与穿越历史剧不同，"新历史主义特别强调着眼于现代视界，运用文本与文化历史语境的互文性关系来解释过去的文本"①。新历史主义剧对传统历史的解构采用的是私人叙事，而穿越剧对历史宏大叙事的解构策略是青春叙事。新历史主义不同于新历史主义小说《白鹿原》《活着》等，后者"新"在迥异于"十七年文学"中革命历史小说的书写模式。新历史主义更倾向于像新时期历史演义小说那样，构造一个进入历史的他者，比如二月河去歌颂封建帝王的文治武功。网络历史题材虽然也有一个他者，但是作用却微乎其微，《回明之杨凌传》中的"他者"是抱着游戏的态度试图改变历史，而《步步惊心》中的"他者"最后干脆被同化消失了。其次，20 世纪 90 年代的戏说剧与穿越剧不同，戏说剧

① 黄念然：《当代西方文论中的互文性理论》，《外国文学研究》1999 年第 1 期。

《戏说乾隆》《还珠格格》主要体现为大量运用诙谐幽默、机智风趣的人物设定，这与 20 世纪 90 年代后现代主义文艺作品带有的戏仿、拼贴之风是同时产生的，比如《大话西游》《三毛从军记》。其实，同一阶段的网络文学创作也充满戏谑之风，以宁财神、李寻欢等人为代表的早期网络文学是以调侃嘲讽为风格的"戏仿型"。但同样是青春叙事的《还珠格格》与《步步惊心》的不同之处在于，《还珠格格》并没有将自我意识放置在历史感之下，只是借用了康熙的名义在写现代故事，格格们生活在封建王朝，但追求的是现代自由爱情，并且实现了自由。《步步惊心》中的若曦向往的只是单纯的男女之爱，而非现代爱情观，比如她大方地接受了一夫多妻的传统夫妻制度，她的历史观没有前进，我们在其中看到的多是无望与妥协。小燕子追求个性解放和自由，皇帝、阿哥、格格在她的影响下也具备了现代意识，而若曦这个真正的现代人却越来越古代化了，所以，守旧的故事必定会走向被禁拍、禁播的命运。在对"历史题材"的想象中，电视剧会有自己的媒介文化尺度，"哪些方面不能假设？历史发展趋势、民族精神、重大事件和日常生活细节，即历史最大的和最小的方面，所有那些时间的流逝冲刷不掉的东西都不能假设"[1]。《步步惊心》等穿越剧不像新历史主义作品，意在重新书写历史的真实性，也不像后现代主义的戏说作品，借用历史素材拼贴当代故事，它更愿意停留在自我世界里想象历史，格局的狭小常常导致其历史价值立场的偏颇。最后，我们看到，2011 年之后，穿越剧的发展采取了两个方向，一是将网络小说中的穿越小说改编成传奇小说如《楚乔传》，或是将穿越后的历史变成架空剧及玄幻剧，如《醉玲珑》《扶摇》；另一个方向是通过在网络传播渠道内重新演绎穿越，网剧《太子妃升职记》讲述了都市花花公子穿越成古代太子妃，雌雄同体的

---

① 韦陀：《历史剧的大胆假设和小心求证》，《中国电视》1997 年第 6 期。

女主人公，凭借着男儿心女儿身从"太子妃"开始热血闯荡皇宫，一路顺利地升职为"太后"的故事。与《步步惊心》和《宫锁心玉》所建立起来的宫廷穿越剧不同，《太子妃升职记》出现了某种意义上的叙事回归，风格重新倾向于20世纪90年代的戏说剧，轻松、劲爆的情节与另类爱恋的故事走向"大话"风格，高度娱乐化使其不再有历史感的焦虑，情节令众人大跌眼镜的同时也给了它更加宽松的舆论环境。

二 宫廷剧：正剧式微后的历史想象

宫斗剧是一个网络民间的称谓，其官方分类是古代宫廷题材。中国历代王朝的更替往往是政治势力在朝堂上的角逐，以历史真实性为创作准则的传统历史正剧通常是对于某个帝王将相的书写，进而表达唯物主义历史观与家国意识形态的建构。电视剧在完成帝王伟业艺术想象的同时，也将前朝与后宫作为人物性格塑造的二元式结构拓宽了正剧的表现空间。如《努尔哈赤》(1986)、《唐明皇》(1992)、《雍正王朝》(1999)、《康熙王朝》(2001)、《汉武大帝》(2005)，都有宫闱嫔妃相关情节参与主体叙事。这些作品往往能得到观众与官方的双重认可，多次在"飞天奖""金鹰奖"获得荣誉，导演陈家林、胡玫等人被认为是坚持历史唯物主义观点，遵循历史真实性的优秀艺术创作者，因此成为拍摄历史正剧的代表性人物。同时，在中国历史上的具有治国安邦能力的女性群体也多次被强化为大国想象和历史进步的完美结合体，如《武则天》(1995)、《吕后传奇》(2003)。她们也使得对男性王权的关注视线从前朝移至后宫。特别是进入21世纪之后，对于历史正剧的书写常常在戏剧性与历史性中难以寻找到完美结合点，经历了20世纪90年代戏说风潮对历史正剧的冲击后，严肃题材的历史正剧就很少能再现当年的文化热度。于是，对于封建帝国后宫生存中的利益争斗、权力角逐、人性撕扯成为进入 21 世纪后荧屏上的一种类型化的文本，历史剧爱好者通常称之为宫斗剧。宫斗剧的鼻祖一般认为是 2004 年香港电视广播有限公司出品的古装剧《金枝欲孽》，该剧以清嘉庆十五年的后宫为背景，讲述了妃嫔为争宠而钩心斗角的故事。它使得同一时期的网络文学创作寻找到新的方向，出现了宫斗文的类型。自 2010 年起先后有多部此类网络文学被改编，2010 年根据瞬间倾城的《未央·沉浮》改编的《美人心计》、2011 年流潋紫的《甄嬛传》，2015 年蒋胜男的《芈月传》，2018 年流潋紫的《如懿传》。这些电视剧满足了观众在正剧缺席下的历史想象和去政治化的宫廷想象，同时这也体现了网络文化中的带有升级、逆袭意味的现实处境隐喻。

（一）绮丽镜语与现实处境

宫斗文常常模仿历史演义文学的语体语貌，叙说王朝兴废、帝国征战、宫廷斗争，但更关注的是女性群体的复古想象与言情文的伤感基调。流潋紫曾坦言写"后宫"是向《红楼梦》致敬[1]。当哀伤与权欲纠结在一起并影像化后，就形成了从《金枝欲孽》到《甄嬛传》等多数宫斗剧所产生的清丽炫目的独特画面美感。宫斗剧所以成为类型，其画面感与人物的复杂性往往是融合在一起的。与早期宫廷戏中正反对立的人物设定不同，宫斗中的嫔妃往往都有着难以言说的苦衷，在为主角设定道德高度的同时，也为反面人物给予情感辩解。甄嬛从早期的无知懵懂到后来的铁石心肠，是对爱情从向往到失望到绝望的蜕变，网络语言称之为"黑化"，而宜修皇后的处心积虑、心狠手辣，则同样是生活在爱情阴影下的狰狞。与宫斗相类似的网文还有"宅斗"，也是以大户人家的妻妾争宠为主要叙事动力，从而写出某种生存境遇的无奈。伽达默

---

① 《流潋紫接受本报专访用"后宫"向〈红楼梦〉致敬》，《齐鲁晚报》"文娱" 2012 年 2 月 4 日第 A12 版。

尔（Hans-Georg Gadamer）说过："真正的历史对象根本就不是对象，而是自己和他者的统一体，或一种关系，在这种关系中同时存在着历史的实在以及历史理解的实在。"① 伽达默尔将这种历史称为"效果历史"，历史的叙述投射着现实的境遇，也是当代与古代的对话。《甄嬛传》其实就是写今天，只是借用一个雍正年间的外壳，甄嬛就是今天的人，只是给了一个清代嫔妃的幻象而已。当代通俗文学流行不仅意味着资本对意识形态的控制力，也是现实处境的隐喻。嫔妃不断攀升的权欲和封建帝宫森严的等级——无论是清宫中的皇后、皇贵妃、贵妃、妃、嫔、贵人、常在、答应，还是汉宫中的皇后、夫人、美人、良人、八子、七子、长使、少使——与现实职场的科层等级形成了互文关系。只不过职场升级是通过合法渠道的个体竞争，后宫升级却只能依靠钩心斗角，这种封建王朝的奴化思想成为生存之道，为个人的阶层流动注入了过于浓重的权谋色彩。如果说网络小说改编的职场剧提供的是合法方式的教科书实战攻略，那么宫斗剧则是非法方式的向上谄媚与内部倾轧。如同警罪剧满足了弗洛伊德的双重冲动一样，宫斗"能够同时满足观众的安全感（快乐原则）和侵犯欲（死亡原则），使人的生命原动力中这两种本能欲望得到释放和宣泄"②。职场剧与宫斗剧也是网络文化的两种心理投射。宫斗的游戏化将职场体验与升级体验相结合，通过数字媒介使虚拟体验更加真切：原来，正常渠道之外的旁门左道是必备的生存武器。当女主在复仇的过程中学会了这种阴险，观众满足了越界的快感；当无知少女从卑微到巅峰成功过渡，观众也体会到如同游戏中打怪升级的成功感；在嫡与庶、妻与媵的对抗中胜出，观众更如同屌丝逆袭般地酣畅。但在这种围观中，他们是否还有意愿去寻找除了"一将功成

---

① ［德］汉斯－格奥尔格·伽达默尔：《真理与方法——哲学诠释学的基本特征》（上），洪汉鼎译，上海译文出版社1992年版，第384—385页。

② 彭吉象：《影视美学》，北京大学出版社2002年版，第346页。

万骨枯"的其他方式呢?

（二）去政治化后的历史

新文学运动以来，占中国主流文学地位的一直是启蒙话语支撑的精英文学，而新时期以来，对于历史的态度也是以真实性和理性主义作为主导思想，在这种思潮影响之下的历史剧与帝王将相的励精图治、雄才伟略有关。这些思想如果想融入网络世界中，需要借助全新的话语模式，网络读者更喜欢当年明月那种随情恣意娓娓道出的《明朝那些事儿》，这种网络连载历史小说将王公权贵和小人物的命运进行全景展示，原本在历史中陌生、模糊的人物变得鲜活起来。从二月河到当年明月，其历史小说的语言从现代性到后现代性，经历了话语表达的精英化与大众化，都是试图以自己的视角与方式解读历史，阐释个性化的历史文化。其政治意识虽然与严肃历史不同，却仍然在唯物史观框架之内，只是所涉知识点的传播是个人化的。

《金枝欲孽》的"宫斗戏"影响了网络文学中的一种全新的类型，在这里，历史仅仅是她们写作人性的背景符号而已，瞬间倾城、流潋紫在古代寻找到了一种在宏大历史架构之外的小空间——后宫，那个封闭却奢华、内敛又张扬的地方满足了复杂人性的自我寄生与虚幻向往。去政治化的历史叙事在宫斗剧、宫斗文的发展过程中为虚构叙事提供了背景，也一度让出生于八九十年代的年轻人沉溺于历史终结的假想中。小说《甄嬛传》以架空的大周后宫展开叙事，我们只能看到等级森严危机四伏的宫闱秘事，没有任何历史观与历史性。电视剧《甄嬛传》从架空变成设定为清雍正年间，并增添了隆科多、年羹尧等历史人物作为影响情节发展的"后宫—前朝"结构要素，但这种变化仍不足以弥补作品在对于历史解读中的空洞，年羹尧是华妃从高位到失宠的言说对象和影子，隆科多在皇位争夺过程中的意义仅限于后宫的太后掌权。没有了政治与帝国的《甄嬛传》只是围绕一群女人的言情剧、爱情剧。二月河笔下设计出来的励精图治、胸怀伟业的爱新觉罗·胤禛不复存在，有的只是爱情专断、阴鸷多疑的性别征服者"四郎"。《未央·沉浮》以西汉孝文窦皇后为描写对象，历史一度再次进入读者视野，但以第一人称叙事的原著更像是穿越文，特别是历史事件被私人化、心理化，王权与天下也更像是一场假想的幻觉，缺少了历史厚度。改编后的《美人心计》对原著进行了大幅度的修改，试图突破宫斗戏中的阴暗自私，也用多视角叙事再现了西汉初年的各种战火纷争，但在人物塑造上却将窦漪房改造成了集真善美于一身的完美女性，重现了20世纪90年代琼瑶剧《梅花烙》中的白吟霜、《还珠格格》中的紫薇。该剧在弱化女主角工于心计、诡计多端之后，将那些极度阴暗的性格赋予反面人物锦墨，使之成为反派，如《梅花烙》的兰公主、《还珠格格》的纯帝继皇后。这种善恶分类无疑也是历史的简单化，缺少了被宫斗遮蔽的人性之苦。可以看出，改编后的宫斗剧试图改变《金枝欲孽》淡化历史的倾向，却仍然无法实现戏剧性与历史性的有效统一。

（三）"斗"的格局

狭义上的宫斗局限在后宫嫔妃之间的尔虞我诈，《甄嬛传》就沿用着《金枝欲孽》的情节，只将视角对准男女情感、宠幸权位与等级攀附。广义上的宫斗包括与后宫纠缠着的前朝风云，后宫权势的施诈斗争、厮杀角逐同样在政治权势上展开，特别是历史上那些怀有政治抱负的强势女性成功之路。《未央·沉浮》《芈月传》就分别以西汉孝文窦皇后和秦宣太后为主要角色展开叙事，使宫斗原本空洞的故事背景因为治国涉政而增添了宏大历史感。特别是2011年对于宫斗戏的相关限制政策出台后，单一架空历史或扁平历史的后宫剧难以在电视剧创作中进一步拓展。历史归位后的后宫叙事虽然不能像20世纪80年代对历史还原到真实性与严肃性的高度，却让宫斗中的人物设定得到了历史的空间感，既保留了宫斗剧所涉及人物的多样性、复杂性，如《金枝欲孽》《甄嬛传》的波诡云谲、惊心动魄，又能有格局上的视野宽度和历史厚度，如《雍正王朝》《康熙王朝》的治国安邦、大国想象。《芈月传》就提供了这样的二元架构的叙事张力。《芈月传》初稿题为《大秦宣太后》，2009 年晋江原创网首发，作品尚未完结就引起了电视出品方的注意，最后完整书稿与电视剧同步推出。芈月在后宫的争权夺利是出自生存欲望的无奈所为，但其帮助秦国强大过程中所带来的步步为营、权欲谋略则充分显示出个体在历史中的进步力量。但在宫闱与天下的权衡中，原著给出了明示，使芈月具有了先天的政治家能力，而电视剧将其改编为从无知少女到历史强者的成长蜕变。故事中最主要的争斗双方是一对姐妹——芈月与芈姝。秦楚联姻，芈姝嫁至秦国做新皇后，而芈月以媵人身份陪嫁。二人从楚国到秦地，从后宫至前朝，一路相伴也相爱相杀。芈姝和芈月最后有一场对手戏，芈月去看望已经沦为阶下囚的芈姝。在原著中，芈月少年老成，因担心留在楚国会因母亲的失宠难以存活，而假意与芈姝陪嫁。经过一番争斗，芈月笑到了最后，但她内心深处却根本不屑后宫的争宠：

> 芈月摇了摇头，肃然道："我要斗的从来不是你们，我不屑斗，也不会斗。我一直想离开，小时候想逃离楚宫，长大了想逃离秦宫。最终我回来了，因为我领悟到，夫唯不争，故天下莫能与之争。我不与你们争，我要与天下的英雄争，与这个世道争，与这个天地规矩争。"①

改编之后，芈月与芈姝跳出了上辈人的嫔妃争宠，是一对少女时代的真心玩伴。芈月是心甘情愿地共赴秦国，只是在进入秦宫才与芈姝渐

---

① 蒋胜男：《芈月传·五》，浙江文艺出版社 2015 年版，第 318 页。

生嫌隙，进而不共戴天。这场最后的见面戏也就改成了围绕童年的甜蜜回忆与芈姝的执迷不悟展开：

> 芈姝：不，你不敢杀我。我是嫡，你是媵。你不敢杀你的主子。
>
> 芈月：你希冀你永远为主，我永远为奴，你高高在上，我沦落尘埃。可如今世道变了，我与你之间的一切，到此，已经全都结束了。①

原著芈月为求生存，对芈姝多年隐忍，只为有朝一日，实现抱负。出于情感的外化的考虑，改编后的芈月与芈姝是童年好友，共同从楚国联姻到秦国，逐渐因争宠而反目，在塑造芈月白莲花式形象的同时，也弱化了"斗"的高度。原著作者认为自己写的不是后宫小说，而是历史小说，电视剧导演郑晓龙则认为自己塑造的是一个令人信服的女政治家，她从宫斗中学会了与命运抗争的勇气与方法。所以宫斗作为类型剧的成立基因可能具备多重叙事模式，既可以让权谋完成人物悲剧式结局，也可以让争斗成为政治角逐的某种试验场。权力斗争本来就是一场只有输没有赢的比赛，无论是天生好斗，还是不战而屈人之兵，让每个人的个性和命运都自成逻辑，展示人性真貌或历史之必然，这本身就是一种成功。不同媒介的特点使得这段历史在不同载体上各有千秋，小说《芈月传》经上海阅文信息技术有限公司和腾讯读书推荐后，成为2015年国家新闻出版广电总局推介的21部优秀网络文学原创作品之一，而电视剧《芈月传》也在上海电视节和金鹰电视节斩获殊荣。

三 传奇剧：乱世江湖与家国天下

中国小说自唐代始见成熟，并以唐传奇为代表发展成为一种叙事性

---

① 2015 年电视剧《芈月传》，第 72 集。

文学体例，"传奇之名，实始于唐。唐裴铏所作《传奇》六卷，本小说家言，为传奇之第一义也"。王国维在《宋元戏曲史》中，也曾较为详尽地描述了传奇的演变过程：宋则以诸宫调为传奇，元人则以元杂剧为传奇，至明则以戏曲之长者为传奇。在西方，传奇往往作为一种风格或类型，弗莱的四种文类的叙述结构就包括：喜剧、传奇、悲剧、反讽，这里的传奇指的是浪漫故事。韦勒克和沃伦在《文学理论》中谈道，"叙述性小说的两个主要模式在英语中分别被称为'传奇'与'小说'。里夫（C. Reeve）在 1785 年将二者做了区分：'小说是真实生活和风俗世态的一幅图画，是产生小说的那个时代的一幅图画。传奇则以玄妙的语言描写从未发生过也似乎不可能发生的事情。'小说是现实主义的；传奇则是诗的或史诗的，或应称之为'神话的'"①。"传奇"一词在现代汉语中从文学体例过渡到一种情节模式，指的是情节离奇或人物行为超越寻常的故事。网络小说在近现代通俗小说的发展中，延伸了市井小说的传奇叙事，更加侧重于有意识地创造想象世界，这与传统电视传奇剧以真实人物为创作基础的定位产生了矛盾。传统的古装传奇剧多是以某个历史人物为原型，讲述主角一生充满想象力与奇异性的经历及成就，如《狄仁杰断案传奇》（1996）、《兵圣》（2008）、《北魏传奇（胡笳汉月）》（2009）、《李冰传奇》（2015）等，它将真实性与想象性结合为一体，将民间传说与现代演绎融合为充满戏剧性的连续剧或系列小故事。之所以选择某个历史人物为原型，是因为传奇演绎的基本故事框架常常是观众所熟知的，才能在故事底本与叙事前传的交待上省却周折，并且充分利用原有的传播效果。网络小说带来了同人文写作的兴起，我们可将传奇剧剧本看作一种同人文，将曾经在网络上有着广泛阅读基础

---

① ［美］雷·韦勒克、奥·沃伦：《文学理论》，刘象愚等译，生活·读书·新知三联书店 1984 年版，第 241 页。

的人物进行改编，之前的故事再次演绎便具备了新的传奇性，并且成为一个新的电视剧类型。网络文学将历史小说与穿越小说结合起来时并未明确标示出传奇的类型，更多地是将传奇性作为网络奇思妙想的一种手段渗入各种类型的小说写作中。所以古装传奇剧应该算作未能并入穿越剧、宫斗剧中的其他历史剧。一方面，传奇剧保留了网络改编剧中的高幻想性，另一方面传奇剧也突破了网络小说书写历史时在真实性与戏剧性左右摇摆的束缚性。因此，此类剧常常涌现出被观众收视与官方评论中双重认可的作品，比如《琅琊榜》《楚乔传》。这种双重认可也使其越发的类型化，并逐渐定型后使作者与读者达成契约共识。这类剧的创作规律如下。一是要为古装剧建立一个全新的历史时空。这一点在改编中常常是历史观与真实性最大的挑战，既要符合中国封建王朝的文化风俗社会礼制，又不能与真实时空对位过于贴切而被历史缜密爱好者认出破绽。二是当传统的武侠剧正在打造贴合今天观众口味江湖世界时，网络改编传奇剧却在积极重建传统的侠义精神。三是当传统历史剧中的正剧缺席后，观众流失导致了家国意识、功业意识的艺术表达匮乏，而古装传奇剧实现了家国意识的重新在场。

（一）架空与乱世

网络小说在处理古代题材时，借用小说的古风古韵来讲述更具想象性的情感故事，其传奇性体现在人物的多重身份与历史感的交织上，特别是把"穿越""耽美""玛丽苏"等网文的爽点植入其中，形成了古风与网趣的结合，而往往不注重历史史实的设计与考证，作者可以不负责任地设计某个时空里的制度、风俗、行为。这种"架空"历史的方式提高了年轻写手们阅读历史、想象历史的兴趣，也增加了文学创作的新途径，具有很强的游戏、娱乐特征。《琅琊榜》在这一点上就颇耐人寻味，一是时空背景设定为南朝梁大通年间，这与南北朝时期南朝萧姓梁国十分相近，兴兵南下的北魏，欲以结亲的燕国也与东晋十六国相同，但涉及的南楚国是五代十国时期南方的割据政权；二是故事中谢玉的谢姓家族是东晋时期南方的豪族，但沐王府是明清时期云南势力很强的土司；三是故事里的户部、刑部类似隋朝开创的三省六部制，大理寺是南北朝时的北齐定制的官署名，但悬镜司则是完全虚构的官僚机构，相当于明朝的东西厂和清朝的粘杆处。可以说《琅琊榜》是把不同时期或真实或虚构的史事糅合在了一起。这种设定有一定的历史价值，一方面使年轻的读者通过一部架空的《琅琊榜》可以了解到大量的历史知识，但也诉诸大众对秘闻、野史的窥视欲。之后的很多架空小说，或穿越小说，改编时都选择了以南北朝或者五代十国的历史时期作为故事的年代背景。《锦绣未央》《孤芳不自赏》《楚乔传》《醉玲珑》设定在南北朝、《倾世皇妃》设定在五代十国，中国历史上的这两段时期，王朝更迭较快，史料记载相对较少，可以更好地处理历史考证爱好者们对于电视剧真实性的追问。另一方面在于乱世之秋带来了英雄出没的豪情想象。陈平原认为中国文学有两个传统："史传"传统与"诗骚"传统。"'史传'之影响于中国小说，大体上体现为补正史之阙的写作目的，实录的春秋笔法，以及纪传体的叙事技巧。'诗骚'之影响于中国小说，则主要体现在突出作家的主观情绪，于叙事中着重言志抒情。"① 在网生代的眼中，当一切都已经固化之后，他们对于世界的设想是构建一处自由成长及秩序重建的时空，网络历史小说的任意性使个人化书写完成了这种世界设定，而电视传媒则需要更多地考量这种随意组合的现实性与历史观的合法性。比如《楚乔传》将穿越后的架空时代改编为北朝的西魏王朝，将诸葛玥改名为宇文玥，指代历史上的宇文泰。鲜卑族的宇文泰是西魏王朝的实际建立者和权臣，也是北周政权的奠基者。因此架空的历史小说可以与历史文献达成有效互文，解决了原著中没有史料根基的人物缺憾。同时

① 陈平原：《中国小说叙事模式的转变》，北京大学出版社 2003 年版，第 212 页。

将女奴楚乔与乱世草莽宇文玥的情感升级为废除奴隶制度、建立王朝的伟业功绩，使得原著中虚空缥缈的楚乔个人复仇线和情感线提高到人类文明进展与历史进步的层面上，小人物能够参与历史进程、改变历史发展的观念，在某种意义上让网生代的年轻读者感觉到个人与历史的亲近。

（二）江湖与身份

与言情线相辅相成的还有江湖传奇线。传奇剧的类型特征还常常借助视听语言的暴力美学及中国古代的侠义精神为改编剧增添新的时空设计与人物内蕴。"传奇"二字所包含的离奇、蹊跷、怪诞、特异与天马行空、珍闻趣事的混合可以在江湖中得到彻底呈现，而网络也为这种高幻想性的创作提供了原始底本。传统武侠剧中真正的强者往往是隐居江湖的，身怀奇功却并不显山露水，从而满足普通读者心理投射中世外高人的自我想象。江湖在天下的格局中是处乎其外的，有着独立的一套行为规范与共识条例，在金庸、古龙的武侠世界里，拥有功夫与内力的侠客是作为一种可以争权夺利的筹码成为利益团体竞相拉拢的对象，他们很少紧密贴合在皇权的统治之下，即侠义的精神内核在于隐士风度，不争功夺利，可以路见不平拔刀相助、扶弱济贫除暴安良，但并不臣服于帝王，完全服务皇权的武林中人往往被塑造为江湖败类或朝廷鹰犬。武侠电影研究专家贾磊磊认为：江湖"是类型影片中极为特殊的一个'文化地带'。这是一个与庙堂、与宫阙相互对立的空间，是功名之地、是非之地"①。这为江湖的独立自足建立了叙事的合法化依据，即使是郭靖这样的大侠抵抗外侮也是自立团体，以民族的而不是以王权的身份行侠义精神。但网络小说选择的江湖却常常是服务于王权和朝廷的，网生代读者对于江湖的解读要么以玄幻的方式彻底脱离现实世界，要么在现实世界中服务于建功立业的历史英雄。无论是《回明之杨凌传》还

---

① 贾磊磊：《武舞神话：中国武侠电影纵横》，中国人民大学出版社 2014 年版，第 281 页。

是《琅琊榜》《楚乔传》，无论穿越回的真实是历史还是架空的时空，当江湖出现时，它常常与王权交织在一起。《琅琊榜》中的梅长苏身为江左盟盟主，势力超强，但这个江湖从建立的那天起就是为重返朝堂、洗刷冤屈。《楚乔传》原著中本无江湖的位置，小说中人物更注重格斗技巧和沙场争战而非电视剧的武侠类型。改编重新为之建立起江湖色彩，将穿越的超能力特工改编成了禀赋过人的江湖奇侠，其中谍纸天眼、风云令、大梁谍者等组织的谍报高手皆怀绝世武功，他们存在的目的是为各自效忠的王朝搜集情报，至此，传奇剧将江湖与朝堂紧密结合在了一起。"60后""70后"在阅读金庸、古龙时所想象出来的诗和远方、仗剑天涯，已经很难在20世纪填补"80后""90后"内心中对于独立行走江湖的侠客想象。在网生代的世界里，已经没有所谓的世外桃源，他们也曾想过有一片属于自己的世界，但武侠小说已经不能再说服他们相信这个世界，只有彻底的玄幻化、传奇化才能独立于过去与现代的时空，而武侠世界则最终将归化在帝王框架之下。与江湖相伴而生的还有身份之谜，梅长苏的江湖盟主、门客谋士的身份掩盖着他赤焰军少帅的身份，楚乔的女奴荆星儿、秀丽军主帅的身份掩藏着她风云令传人的身份。江湖只是他们掩饰真实目的的一个伪装，他们渴望的是回归主流社会与大一统的国家去有所作为，也许这正映射了网生代们被忽视了个体价值之后，他们更愿意去设定一个拥有特殊技能的自我和一个亟待拯救的世界。

（三）家国的重置

古装传奇剧常倾向于将历史的横断面重新划分，从宫斗剧的前朝/后宫的二元结构，或早期琼瑶剧的宫廷/民间的二元结构演变为"庙堂/宫闱/江湖"的三元结构，在某种意义上，它成为港台新派武侠小说和言情小说以及大陆新时期的历史小说的综合体。既有金庸、梁羽生、古龙等人描绘的江湖险恶、世态炎凉，又有琼瑶、亦舒、席娟等人诠释的情意绵绵、刻骨铭心，以及姚雪垠、高阳、二月河等人演绎的家国一统、皇权伟业。古装传奇剧常常有以下特征，它们原著小说类型不一，比如《11 处特工皇妃》是穿越小说，《琅琊榜》是耽美向小说，《孤芳不自赏》是古风言情小说。这些剧在改编时着力点放在了家国意识的重新架构，并且把原著中的相关元素提炼并放大，比如《11 处特工皇妃》中的楚乔是现代社会的一名特工，本想报效国家却在一次爆炸事故中穿越至古代，当她附身于一名女奴之身后，凭借着自己的毅力与前世未尽的决心在古代重上战场，成为杰出女将。改编之后将穿越的情节去除，重新为楚乔设定了一个古代女强人的形象，她有着如原著一样的特工潜质，也有着如原著一样的为国捐躯、浴血沙场的抱负与信念。言情线同样如此，楚乔原本是为保护荆家妹妹接近宇文玥，以"侍寝婢女"身份相处，而宇文玥为掩人耳目，假意同房，实则对楚乔进行谍者潜力的开发，由此，楚乔与宇文玥逐渐相爱。如果说情投意合、患难与共本是言情剧中的情感设计的惯常手法，但在之后的发展中，楚乔与宇文玥日渐隔阂却是因为楚乔帮助燕洵逃避魏帝追杀，而宇文玥却依然忠心于腐朽没落的魏帝，当看到宇文玥的"愚忠"，楚乔日益觉察到二人的理想信念的根本不同。因此，无论是将架空的背景改为西魏的真实背景，还是从命如草芥的底层奴隶成长为心怀苍生的巾帼将军，这些都与她跟宇文玥、燕洵、萧策三者之间的情感故事是交织在一起的。网络文化的"玛丽苏"类型元素与主流文化的忠诚、正义等元素相结合，完成了媒介融合视野下的家国意识重置。

《琅琊榜》更是成功地将正剧笔法与二次元审美联姻。"主创团队从电视艺术的角度重新审度小说原著，并为其充盈历史正剧的底蕴，缝合了历史正剧和二次元文化之间的审美鸿沟。"① 原著中，梅长苏与萧

---

① 张成：《正剧笔法联姻二次元审美——论〈琅琊榜〉的电视剧改编》，《中国电视》2016 年第 1 期。

景琰的角色关系是承载着观众"自我投射"的"汤姆苏"叙事，在二次元文化中，通常将男性之间的亲密关系称为"耽美"向的 CP 组合，改编后保留了这一对投射女性观众欲望的人设，梅长苏的敏感多思、文弱体虚与靖王的忠肝义胆、孔武有力继续着强/弱或攻/受的"耽美"意味的组合，却在价值观上再次细分为内部对抗。梅长苏利用霓凰郡主被太子所害一事，成功提升了靖王的地位，并提出夺取天下可能会损害某些善良之人的感情，成大业者应不拘小节，靖王却坚决为之反对："有些人不能伤害，有些事不能利用，如果连那些血战沙场的将士都不懂得尊重，我萧景琰决不与你为伍。"至此，建功立业的文韬武略与人物之间的细微情感构成了传奇叙事在两种媒介跨越时的独特审美气质，并贯串着之后多次情节线的冲突解决：靖王执意营救幸存的赤焰军将领卫峥，而梅长苏无奈之下耗尽心力为之解决，进而带出夏江反击等一系列剧情。经过家国重置的传奇剧重新复原了历史正剧的气魄与厚重，而从网络小说中所吸取的热血、情义、惊奇为这种家国故事的再次回归主流叙事提供了新的类型基础。美国媒介研究专家罗杰·菲德勒（Roger Fidler）在谈到媒介形态变化时曾说："传播媒介的形态变化，通常是由于可感知的需要、竞争和政治压力，以及社会和技术革新的复杂相互作用引起的。"[①] 在当前这个媒介融合的时代，创作者应该学会如何从新媒体取材并驾驭原有的故事、读者"为我所用"。

第四节　奇幻改编剧：寻找现实落点

在网络小说中，玄幻、仙侠、修仙小说成为最具网络特征的一类网

---

① ［美］罗杰·菲德勒：《媒介形态变化：认识新媒介》，明安香译，华夏出版社 2000 年版，第 19 页。

文，它充分体现了网络文化中的高度幻想、自由书写的媒介优势，使得传统通俗小说类型发生了结构性转变。以玄幻、奇幻、魔幻为文化表征的一系列读物很快占据了原来的神魔小说、武侠小说、言情小说的文学阵地。而以这种类型文学为蓝本的改编剧也成为当下年轻人争相收看的文艺消费宠儿。如果从《仙剑奇侠传》算起，最早的玄幻剧文本原型来自网络游戏，之后的玄幻剧多改编自网络小说，在重新设计世界规则、时空逻辑的方式上与玄幻小说的想象性及自洽性更具相通性。从发生学的角度去追溯玄幻小说的起源，可以在明代神魔小说中找到依据，其实在先民的蒙昧意识及上古神话传说中，就存在着各种超自然的想象与宗教故事的雏形。

在神话传说、神魔小说的电视剧改编中，86 版《西游记》可以说是经典案例，它为小说波诡云谲、奇怪荒诞而又至情至性、真切动人的文学世界提供了最初的梦幻视觉呈现。21 世纪之后，以哥特小说、魔幻小说为底本改编的好莱坞电影大量出现在影像消费中，它为幻想世界的设定又提供了新的视觉参考。无论是明代神魔小说，还是 20 世纪 80 年代国产电视剧，以及西方魔幻大片，它们在专注于神异性的展示，体现作者求新逐异娱乐读者之外，这些类型化的艺术作品深植于不同时代的文化土壤。越是高幻想性的作品，越是需要寻找现实的落点，从而支撑起作者和读者对文本的信仰。首先，我们要辨析高幻想性的小说类型，及其与相应文艺类型的关系，并从与魔幻、奇幻、神魔的对比中寻找玄幻小说的生存根基。其次，通过玄幻剧的世界设定原则，分析仙侠、修仙、练级等亚类型的结构原则、叙事语法、类型特征，进而解读社会价值结构与观众心理机制。最后，通过观察仙侠剧与武侠剧的异同，来寻找江湖重建及侠义精神再造的方式，并重新看待几十年来武侠影视剧所经历的复魅过程。

一　幻想文化的演变

自现代以来，中国文学艺术一直以现实主义为创作原则，它的想象、幻想、虚构是基于对现实逻辑与真实生活的体验之上的。但进入21世纪之后，幻想类作品已经占据越来越重要的地位，特别是在影视艺术中，好莱坞科幻电影、魔幻电影为我们打开了重新思考世界与想象未知的大门，这不仅是商业模式的成功，而且是人类对世界的探索与感知进入了一个新的阶段，写出《霍比特人》《魔戒》的英国作家 J. R. R. 托尔金（John Ronald Reuel Tolkien）称之为"第二世界"，是人们因不满足于第一世界的束缚，用幻想创造一个新的世界，它也使中国传统文化中的神话传说、玄妙故事焕发出新的活力。这些艺术的想象又常常借助网络萌芽、传播、发酵。

首先，围绕文学艺术的魔幻、奇幻、玄幻的由来及相互之间的互文性共同建立了一个幻想的世界。这些概念看似相近，其实为不同的读者群所喜好，也建构着不同的世界设定。而网络小说作者如此热衷于幻想性文学的写作，也与他们追求自由与天马行空的想象更为接近，在西方幻想文学影响下网络写作逐渐形成了自己的风格，从而使玄幻作品在网文中日渐凸显。其次，当幻想文学作品进入改编领域后，不仅面对如何再现作品主旨并使之影像化的问题，也是在不同媒介语境下的观众适应性问题。

（一）奇幻与魔幻

对于魔幻、奇幻、科幻与玄幻的关系，学术界没有明确的统一界定，多是从西方文论、产业研究、网文惯例中得出各自的结论。我国较早从事科普科幻创作的作家、世界科幻小说协会理事叶永烈认为，幻想文学分为两大类，即幻想小说与童话。就幻想小说而言，又分为三大

类，即科幻小说、魔幻小说和奇幻（玄幻）小说，"科幻电影的时空多
为未来或当下时空。魔幻电影多为过去时空，如《指环王》中对中古
世纪故事的描绘"①。"奇幻电影世界里一般会拥有两个不同的世界，现
实世界和非现实世界。"② 魔幻、奇幻、科幻的概念中，奇幻文学起源
最早，是欧美文学中重要的一种文学类型，也是西方文学批评界长期关
注的对象之一，相关理论著作和研究成果数量庞大。广义的奇幻文学可
以包括荷马史诗《伊利亚特》和《奥德赛》；英国史诗《贝奥武夫》
《亚瑟王传说》与圆桌骑士的传说；西方中世纪的骑士小说，近现代的
哥特小说；现代的魔幻现实主义小说；以及现代作家博尔赫斯（Jorge
Luis Borges）、卡尔维诺（Italo Calvino）等人的作品。作为一种真正独
立的类型样式的奇幻文学诞生于 18 世纪末的欧洲，并特指 18 世纪末到
20 世纪初这一阶段以悬疑、恐惧为主要基调的欧美小说。从 20 世纪 50
年代起，奇幻文学开始成为西方特别是法国文学界的一个研究热点。比
如茨维坦·托多罗夫（Tzvetan Todorov）从结构主义的角度对奇幻小说
进行解析，他在《奇幻文学导论》《奇幻：一种文学类型的结构研究》
等著作中对经典奇幻小说进行研究，并总结出奇幻叙事的发生机制与读
者心理机制。托多罗夫认为弗莱在《批评的剖析》中所谈论的文学类
型研究缺少系统性与普遍性，仅仅是一种编目与划分，而真正的类型研
究应当从文学作品的言语、句法和语义层面着手。他在比较了俄国神秘
主义者弗拉基米尔·索罗维耶夫（Vladimir Solovyov）、德国学者奥嘉·
黎曼（Olga Rieman）、英国灵异故事作家 M. R. 詹姆士（M. R. James）
及诸多法国学者的研究之后，认为他们的奇幻定义都有着类似的表达：

---

① 叶永烈：《奇幻热、玄幻热与科幻文学》，《中华读书报》"科技视野" 2005 年 7 月 27
日第 014 版。
② 崔辰：《生态幻境 VS 中式夺宝——对比〈九层妖塔〉与〈寻龙诀〉的类型气质以及
视觉效果表现》，《当代电影》2016 年第 2 期。

"'神秘'之物、'无法解释'之物、'怪异'之物，出现在了'现实生活''现实世界'或是'一成不变的日常陈规'中。"① 托多罗夫尤其认为，文学中的奇幻源于读者的一种犹疑感。他以 18 世纪法国作家卡佐特（Cazotte）的小说《魔鬼恋人》（*Le Diable Amoureux*）为样本，指出笼罩在故事主人公身上的重重疑云正是构成奇幻小说的关键因素。"奇幻，就是一个只了解自然法则的人在面对明显的超自然事件时所经历的犹疑。"所以，奇幻必须满足三个条件：在语句层面，文本要迫使读者将故事中人物的世界当作真实生活的世界，奇幻意味着读者必须融入故事人物的角色；在句法层面，小说中的某个人物也会体验到这种犹疑；最后，读者须对文本采用特定的阅读态度，拒绝寓言式和诗歌式的解读。②

魔幻与奇幻、玄幻看似都与幻想或想象有关，但在文学艺术理论中"魔幻"是"魔幻现实主义"约定俗成的简称。在 20 世纪 20 年代，"魔幻现实主义"最初是对德国绘画艺术的理解，到 20 世纪 60 年代出现了拉美"文学爆炸"后，魔幻现实主义逐步被公众关注，并进入研究视野，魔幻现实主义将现实与幻想融为一体。到了 20 世纪 90 年代，詹姆逊（Fredric Jameson）在《晚期资本主义的文化逻辑》中，专门讨论"电影中的魔幻现实主义"，魔幻现实主义电影的特点是：历史片、色彩快感及对性与暴力的关注。而魔幻现实主义是一种生产方式，"要依靠一种表现出前资本主义特征与新生期资本主义特征或技术特征相互重叠或共存的内容"③。至此，"魔幻现实主义"的概念完成从绘画到文学，再到电影的扩散。但在文化消费中的"魔幻"已经与西方文艺理

---

① ［法］茨维坦·托多罗夫：《奇幻文学导论》，方芳译，四川大学出版社 2015 年版，第 18 页。

② 同上书，第 23 页。

③ ［美］詹明信：《晚期资本主义的文化逻辑》，陈清侨等译，生活·读书·新知三联书店 1998 年版，第 463 页。

论中的"魔幻"相去甚远，只能在观众与网友的接受惯例中体会其中
的细微差别。因为在国内电影的引入时，诸如《魔戒》《哈利·波特》
等含有神魔元素的电影被媒体称为"魔幻电影""奇幻电影"。所以奇
幻电影易和魔幻电影混淆，因此，在国内商业类型电影中的魔幻片与奇
幻片被网友约定成俗，形成了一系列贴吧、论坛中常常讨论的概念：
"魔幻片坚持意识第一性，它大多描述的是神魔幽灵之类，这些属于超
自然的，现实生活当中不可见的事物。"① 奇幻电影世界里一般会拥有
两个不同的世界，"一个是我们当前的现实世界（不是绝对的），另一
个是充满魔法或其他非现实存在的事物的世界"②。与此同时，魔幻在
中国武侠类型电影的概念里，也有一个亚类型，特指魔幻神话，贾磊磊
认为："魔幻神话武侠片常常会出现一个人、鬼、妖混合的非理性世界。"③
从《蝶变》到《蜀山传》，从《倩女幽魂》到《青蛇》，从《画魂》到
《无极》，武侠电影的作者常用人的世界与鬼妖的世界来影射善恶、是
非之间的疏离，人性与妖魔之间其实并不是天然具有价值判断的差异，
同时，武侠世界里因为混合了妖魔画面而使得电影的奇观化进一步加
强，将暴力美学推向了又一个巅峰。

（二）玄幻的产生

玄幻小说的产生明显受到了西方奇幻文学的影响，当然也根植于中
国神魔小说及神话传说的素材土壤中。当代西方奇幻小说的代表作当推
英国作家托尔金的《魔戒》三部曲，2000 年中国台湾翻译家朱学恒把
《魔戒》译成中文。作为奇幻文化的引介人，1998 年《大众软件》就刊
登了朱学恒的《奇幻文学的今昔》，首次向中国大陆介绍了"奇幻"这

---

① 《魔幻片》，百度百科，https：//baike. baidu. com/item/% E9% AD% 94% E5% B9%
BB% E7% 89% 87/6764639？fr = aladdin。

② 《奇幻电影》，百度百科，https：//baike. baidu. com/item/% E5% A5% 87% E5% B9%
BB% E7% 94% B5% E5% BD% B1/1680723。

③ 贾磊磊：《武舞神话：中国武侠电影纵横》，中国人民大学出版社 2014 年版，第 75 页。

一概念，并将现代西方奇幻最为成熟的体系"龙与地下城"（Dungeons and Dragons，常用缩写 D&D、DnD）引入国内。"龙与地下城"所带来的桌游、小说、漫画和电子游戏，成为早期中国大陆奇幻文化的启蒙形式，由此产生的网络文学类型也多是西方中古世界背景下"剑与魔法"的故事。比如，17 岁的郭敬明在紧张的高三学习之余，写出了充满奇幻色彩的长篇小说《幻城》。

对于玄幻小说的产生，网文界通常认可的是叶永烈的说法，玄幻小说最早是指香港作家黄易的小说《月魔》。1988 年，香港"聚贤馆"出版商赵善琪在《月魔》的序言中写道："一个集玄学、科学和文学于一身的崭新品种宣告诞生了，这个小说品种我们称之为'玄幻'小说。"① 黄易的《月魔》从 1988 年第一部到 1996 年第十二部《诸神之战》，都以一个名叫凌渡宇的人物为主人公。凌渡宇有着传奇经历，他在西藏长大，然后留学美国，获得两个博士学位。他又修炼密宗，有超人灵觉，因此世界上许多超自然疑案，都邀请他参与探索。"黄易"的笔名"易"出自《易经》"日月为易"，"玄幻小说"的命名也很容易让读者联想到玄学。但是我们应看到这里只是浅层次的"风水命理、占卜星相"而已，并非《周易》《老子》《庄子》的哲学思维及魏晋时期盛行的玄学，玄幻小说的"玄"更多指的是玄想，并杂糅进"科幻、武侠、神魔、宗教、科学、考古学、人类学及超自然力量"，这一系列的名词的堆积，本身就说明玄幻小说在创立之初就具有包容性和多元性。

在托尔金的《魔戒》和黄易《月魔》两种文学类型起源的影响下，网络小说中的幻想文学创作开始逐渐形成自己的风格，他们面临着两条创作道路的选择，一条是沿着西方奇幻文学设定的世界，加上

---

① 叶永烈：《奇幻热、玄幻热与科幻文学》，《中华读书报》"科技视野"2005 年 7 月 27 日第 014 版。

本土想象的微调，一条是沿着中国传统玄学、神魔小说、武侠小说的文学写作方式，设定全新的幻想世界，前者的代表作为陈思宇的奇幻小说《异人傲世录》、烟雨江南的《亵渎》，后者则形成了目前网文中最大的类型——玄幻小说。网络上真正意义的玄幻小说应从 2002 年萧潜的《飘邈之旅》算起，这部作品使"修真"概念深入网络读者心中；2003 年，萧鼎的《诛仙》开始在起点中文网连载，开辟"仙侠"小说类型；2003 年，玄雨的《小兵传奇》开始连载，成为"（伪）科幻小说"的开山之作。这三部小说也被称为"网络三大奇书"，代表了早期玄幻小说。之后，网络作家中最有影响力的"大神"，诸如唐家三少、我吃西红柿、天蚕土豆、梦入神机、辰东等人，都以创作玄幻小说为主，并产生了一系列的子类型：修真、仙侠、练级。如天蚕土豆《斗破苍穹》的练级，梦入神机《佛本是道》的"洪荒封神"修仙。在各大文学网站上可以看到各种玄幻类作品的目录，以起点中文网为例，玄幻的子类有四种，分别是东方玄幻、异世大陆、王朝争霸和高武世界；奇幻的子类有六种，分别是剑与魔法、史诗奇幻、黑暗幻想、现代魔法、历史神话和另类幻想。从子类名称也可以大致概括出，包含剑、魔法、史诗等关键词，为奇幻；涉及东方、争霸、高武等核心词，为玄幻。所以，类型网文中的奇幻、魔幻与类型电影中的奇幻、魔幻既有交叉又有分立，共同建立了中国幻想小说的类型格局。比如托尔金的小说《魔戒》在译介时作为奇幻小说，但是在电影中，因为独立于现实世界的上古世界而被称为魔幻电影，它们在引入中国时，不同程度地影响了中国本土的影视幻想世界。

（三）幻想文学的电视剧改编

将奇幻文学的文字艺术转换成视听艺术，这给幻想文化的艺术想象带来更多感官上的刺激，也把这种架空的、虚构的、神奇的世界以更逼真的方式还原，从而形成更具视听冲击的消费体验。在幻想文学的电视剧改编历史上，不同时期的改编总能形成市场上的观剧热潮。

幻想文学的电视剧改编基本可以分为三个阶段。第一阶段是 20 世纪 80 年代后期开始的明代神魔小说的改编剧，它们奠定了大陆观众最初的视觉奇观启蒙。1987 版《西游记》所产生的影响力至今仍然延续在荧屏，也正是因为改编将原著的精神与当时的文化需求相结合，从面诞生了一代人的文化记忆。无论是之后的同为明代神魔小说《封神演义》的改编，还是民间传说改编的《新白娘子传奇》，其延续的都是将中国传统文学视听化、影像化。在经典文学的改编中，主题精髓被吸纳后已经充分与当时的文化背景相融合。比如，87 版《西游记》虽然存在着视听手段的技术局限，已经尽可能还原宏大瑰丽的天宫和怪异奇特的妖魔造型，但创作者更多的是在对原著精神内核进行改编，作为古典名著的《西游记》，其实是借助神魔佛道的背景讽刺明代的封建社会，而改编后则更多地侧重于去塑造仁义、忠诚、历经磨难矢志不渝的师徒四人，这与百废待兴，踌躇满志的 20 世纪 80 年代社会在基调上是吻合的，在情感上更容易形成共鸣。第二阶段是 2005 年起，以网络游戏《仙剑奇侠传》改编的电视剧所形成的仙侠剧热潮。这时新成长起来的"80 后"电视观众已经不能满足于单一的传统民间故事或是神魔小说所建立的世界，这个与父辈们周知的世界不足以体现出网生代存在的意义，他们渴望去完成一个属于自己的幻想文化，而不仅是依附于上代人框定的世界和价值体系内。五部仙剑游戏改编剧将一个自足的游戏仙魔世界充分想象，也给文字影像化奠定了新的技术标准，即表演上以日常生活态去还原侠客们的超验世界，在造型上以二次元风格的动漫形象去设计人物，比如长发、刘海和充满西方奇幻小说的古剑兵器。第三阶段，近年来在好莱坞科幻片、奇幻片的影响下，观众越发需要幻想文化的视听消费。电影《指环王》《哈利·波特》、电视剧《冰与火之歌》这些西方影视文化里对幻想的设计，也催生了国产影视行业开发中国特色的奇幻作品。在改编时，奇幻类型的小说显然不如中国传统文化意韵的玄幻小说更受市场青睐，郭敬明的奇幻小说《幻城》被改编之后，越发证明，在视听领域，中国投资方与演员很难呈现出类似西方经典奇幻作品风格的作品，而玄幻则可以充分利用中国元素来组建各种意象群，特别是在近代还珠楼主李寿民创作的"蜀山""剑侠"系列小说及"仙剑"系列网络游戏的影响下，玄幻剧中的仙侠剧市场表现尤为突出，《花千骨》《诛仙青云志》《择天记》《武动乾坤》都成为其中的代表作品。

二 洪荒之力与自足的世界

如前文所述，类型网文中的奇幻、魔幻与类型电影中的奇幻、魔幻既有交叉又有分割，共同建立了中国幻想小说的类型格局。奇幻类型电影常常分为现实世界和非现实世界，并且借助一个清晰明确的分界点来将两个世界连接，比如哈利·波特是通过国王地铁站的墙壁可以穿越到另外的魔法世界——霍格沃茨魔法学校，而《纳尼亚王国》通过橱柜得以进入神奇的另一世界。网文《佛本是道》亦是如此，普通大学生周青因机缘巧合闯入了日常生活之外的修仙世界。如同穿越情节在改编中需要进行淡化处理一样，奇幻小说中的现实与非现实的临界点也要进行删减。玄幻小说因为有着神魔小说、魔幻武侠电影的传统，更容易被改编为电视剧，偏于西方奇幻的作品（如《幻城》）则因为审美差异或混淆了现实与非现实而鲜有成功作品。电视剧改编借助小说搭建东方幻想世界时，也要同时面对奇诡幻想的逻辑自洽，这势必涉及如何与中国的神仙魔妖体系结合的问题。多数玄幻小说中都涉及起源于洪荒时代的某种神秘力量，因而上古洪荒成为玄幻小说在设定自足世界时的幻想起点。《千字文》第一句"天地玄黄，宇宙洪荒"承接《易经》里说的

"天玄而地黄"，这为玄幻小说完成了最初的命名。

（一）再造仙境与重写神谱

越是幻想类型的文学艺术作品，越是需要寻找到现实落点。明代"三教同源"的文化背景对神魔小说具有极大的催生作用。《西游记》便是这种宗教大融合思潮下创作出的神怪世界。所以鲁迅在《中国小说的历史的变迁》一文中认为："奉道流羽客之隆重，极于宋宣和时，元虽归佛，亦甚崇道，其幻惑故遍行于人间，明初稍衰，比中叶而复极显赫，成化时有方士李孜，释继晓，正德时有色目人于永，皆以方伎杂流拜官，荣华熠耀，世所企羡，则妖妄之说自盛，而影响且及于文章。"①当代文化融合的背景导致了西方奇幻、魔幻文化的渗入与中国武侠电影的崛起。因此，也就不难理解，奇幻和玄幻在网络上得到广泛传播。网络小说的主要读者群是青少年，因此奇幻和玄幻借助于网络的无限魔力，吸引了青少年的眼球。玄幻作品的首要任务在于建立一个独立的神仙体系与幻想世界。中国古代神话是没有完整清晰的神仙体系的，各典籍中说法不一，比如《西游记》在"三教合流"的背景下将佛教诸神放入道教的神仙体系中，这与希腊神话和北欧神话有着明显的区别。但进入 21 世纪后传统宗教传说不能满足年轻人对于幻想世界的审美需求。在西方魔幻文化的影响下，很多玄幻小说进行着中国传统神话体系的整合与创新。《佛本是道》将《封神演义》《西游记》《山海经》作为化用的基础，开创性地进行了中国传统神话的重组：盘古、女娲、散仙、修罗、三皇五帝、山海巫族、玄奘师徒、玉帝王母……梦入神机做了一番大糅合，创立了"洪荒流"这一写作模式。

从改编的角度来说，由于这种全面清理中国神话传说的方式推翻了已经建立的以经典神话小说为代表的传统文化体系，它只能在网络的小

---

① 鲁迅：《中国小说史略》，上海文化出版社 2005 年版，附录第 264 页。

范围内进行传播，很难在大众文化体系进行影像化的呈现。更多的改编剧选择以下两个方向的底本：一是摒弃了中国传统道教极为繁复的神仙体系，从上古传说中借鉴部分概念，搭建起同人文式的新传说。比如《三生三世十里桃花》从《山海经》寻找地名、异兽、风貌、原型（也有网友认为该文的世界设定抄袭自大风《桃花债》中的神仙体系），用以组织自己的"四海八荒"，并且将新奇的汉字重新组合作为主角名字，如夜华、白浅，简单却充满传统意韵，由此产生的玄幻感，将古风言情文复制进了现代生活。改编后电视剧也充分利用技术手段将仙界空灵缥缈的玄妙之境影像化。同样，《花千骨》的故事取自女娲补天，将花千骨设定为女娲后人，将上古神器设定为女娲封印洪荒之力的遗留物，这与好莱坞奇幻电影《加勒比海盗》封印海妖的基本框架相似。当然，改编也要面对着部分原著粉丝的诟病。比如改编自穿越小说《扶摇皇后》的电视剧《扶摇》由于增加了大量与电影《哈利·波特》相似的情节、桥段、对白，包括画面构图和色彩搭配，引起网友们大量吐槽。二是寻找建立了全新人类世界与仙魔世界的原著。比如《诛仙》《择天记》，其世界基本设定在二元对抗或族类纷争的格局之下。《诛仙》有魔教与正教，《择天记》有人族、妖族、魔族，这种设定来自托尔金的小说《魔戒》中对于上古世界中的族群分类。所以说再造仙境与重写神谱是玄幻小说对于世界的重新想象，它表达了网络文化中虚拟、自由的个性化特征，也为这种无拘无束的行文风格重建了美学意境。正是科学技术愈加发达的今天，受过系统知识训练的年轻人才更加急切地在艺术中突破现实的严谨与刻板。"如果大家越来越能接受宇宙生命的概念，也就越来越能接受神仙的存在，修道成仙这一中国人古老的幻想方式也就有了现代通道。"① 通过这样的逻辑及想象再去讲述爱

---

① 邵燕君主编：《网络文学经典解读》，北京大学出版社 2016 年版，第 83 页。

情、友情、成长、正义，才可以更轻松地脱离一成不变的知识体系限制，从而全面进入属于自己的世界中去。

（二）古典画风与 Cosplayer 造型①

玄幻剧的重要类型元素之一便是古典画风的视觉呈现。尽管比起奇幻类型电影以及美剧英剧，国产电视剧在技术包装手段上有所欠缺，但这种类型已经基本形成了独有的景观效果。而且，这种景观是与玄幻世界设定合为一体的，无论是洪荒时代的荒凉蛮地，还是仙山神境的丹光霞影，古代文献记载和山水画卷图示成为观众辨认玄幻剧的重要标志，有着相应欣赏习惯的观众会立刻将幻影与云霞兑换成带有神仙眷侣与剑光神器的爱情故事与行侠故事。

高幻想世界具备了以相关视觉形象建构美学想象的类型运作规律。它首先表现为东方意境圣地的展示。电视剧《诛仙青云志》《花千骨》都以仙山作为故事的主要发生地，青云山、长留山延续了武侠世界修行之地的新地域想象，并增加了几分东方神话的玄想与气场。《三生三世十里桃花》从《楚辞》《山海经》带来的中国式想象将色彩饱和度调至与中国青绿山水相符合的视觉感知。这些画面与好莱坞魔幻电影《指环王》、美国 HBO 电视网中世纪奇幻电视剧《冰与火之歌》完全不同，极具东方审美格调。以制作精美、人物鲜活而著称的导演张黎也开始涉及玄幻剧，显示出资本方和艺术家对这类题材领域的重视。从 20 世纪 80 年代《西游记》改编的场景粗糙制作到 21 世纪 CG 技术的大量运用，可以看出幻想类型元素在建立独特中国影像风格时的努力。其次是人物造型的二次元风格。玄幻题材所架空的世界可以更加自由地设计人物造型。比起 20 世纪 80 年代《西游记》改编时的人物兽化

---

① Cosplay 是英文 Costume Play 的简写，日文コスプレ。指利用服装、饰品、道具以及化妆来扮演动漫作品、游戏中以及古代人物的角色。玩 Cosplay 的人则一般被称为 Cosplayer。

脸谱和历史题材中的严谨妆容服饰，玄幻剧中的人物更接近二次元造型。在将文学想象转换成直观视觉的过程中，改编剧参考了日本动漫人物设计，即东浩纪曾经在《动物化的后现代》中所解释的萌要素，像有如触角般的翘发、绿色的头发①。这些要素常在各种 Cosplay 大会上亮相，玄幻剧人物造型直接借鉴过来，成为二次元向三次元进军的鲜活案例。那些在 Cosplay 大会上装扮一新的年轻人被称作 Cosplayer，他们希望自己像在动漫世界中一样完美。这和在现实中失意而去玩网络游戏的人的满足感极其相似，也使玄幻剧人物造型的二次元风成为打破次元之壁的独特方式。所以玄幻剧在视觉体系上是充满混搭之风的，中国传统山水意境与日韩动漫的人物造型，古代话语结构框架与现代语言词语，小清新偶像类型剧与特效包装幻想类型剧都交织在一起，使得玄幻剧在看似对传统文化的继承之上，充满了对于传统文化的肢解，这也成为玄幻剧被很多专家批评的原因。我们如何建立有逻辑的中国神话体系，同时又让年轻世代感受到全新的幻想格调，不再完全依附于好莱坞故事的叙事套路之中，是玄幻剧荧屏生存所必须面对的难题。在寻找现实落点的过程中，古风言情与二次元造型满足了网生代对传统与现代的双重示好，一方面使他们感受到不同于西方幻想类型的中国故事，体会到了本民族的文化认同感，同时又在说教式的传统文化"继承说"之外寻找爽点式的自我升级。

（三）爽点节奏与现实练级

中国传统文化崇尚的是实际、平和和中庸，这些基本素质与奇幻思维几乎是相悖的。孔子明确反对鬼神说，《论语·述而》中提到"子不语怪力乱神"，这个思想在两千多年的时间里成为准则标尺，束缚了人

① ［日］東浩紀：《動物化的後現代：御宅族如何影響日本社會》，大鴻藝術股份有限公司 2012 年版，第 69、78 页。

们的奇幻思维。但从《山海经》到《镜花缘》的作品中也不断地产生着高幻想的色彩，如果说《山海经》记载的是早期人类从蒙昧角度对世界的理解，到《镜花缘》等文学作品则是借用先民们创造的神话外形，赋予它深刻的社会内容和作者对现实生活的独特见解。"奇幻思维发展得越成熟，它的社会内涵和理性色彩也就越强，而它距离孵化它的胚胎——前期奇幻思维也就越远。"① 现代以来的文学艺术也一直以现实主义为创作原则，但后期奇幻思维的表现方式如形象思维和浪漫主义思维也有过无数的闪光点，特别是武侠、科幻、魔幻等类型化、通俗化的艺术作品不断用商业的方式展示现代人的思考与时代发展中的美学变革。奇幻思维的"奇"是运作的效果，"幻"是运作的方式。当奇幻演变为玄幻，"玄""幻"成为运作的方式，"爽"成为运作的效果，传统武侠小说里的主角，通常会在机缘巧合之下获得秘籍、宝典，并且成为推进情节的重要手段。网文将这种机缘巧合节奏化，不断获得惊喜，从而形成"爽点"。

　　一个凡人的修仙过程主要依靠的就是意外获得法宝，并且在数目化的练级中逐渐强大。这种"爽"的节奏同时成为网络小说商业化运作中的法宝，"小白文"式的创作直接为作者带来经济效益，愈演愈烈。《斗破苍穹》的力量体系设定里每个级别都进一步细分为九个小级别，合称为"X 星斗 Y"，来标明人物的力量等级。导致等级数目化的原动力来自网络游戏，小说借鉴之后，变成纯然为"爽点"服务的技法。改编通常强化了升级背后的正邪、善恶的对比，比如《斗破苍穹》保留了萧炎无意中唤醒了戒指的主人药尘老人，在药尘老人的帮助下，级别突飞猛进，并且进入迦南学院学习技艺，从而为复仇提供情感宣泄。《诛仙》中的人物与情节与经典武侠小说《笑傲江湖》极为相似，魔教

---

① 宁稼雨：《〈山海经〉与中国奇幻思维》，《南开学报》1994 年第 3 期。

的"善"、正教的"伪善"成为推动故事的动力。

与《斗破苍穹》《诛仙》的家族恩怨或门派之争不同的是,《择天记》的人、妖、魔三族之争放在了带有历史参照的背景之下,具有与唐朝武则天统治时期的真实王朝存在互文关系。在人物设计上,天海圣后与武则天、陈玄霸与李元霸、莫雨与上官婉儿、教宗大人与狄仁杰、天海兄弟与武氏兄弟,如此相似。尽管改编后的陈长生为陈玄霸皇家血脉这一点被删除,但仍然不能妨碍读者与观众在接受时的对位指涉。可以说对玄幻小说的互文影响最大的,除了上古传说、神话故事之外,真实世界、经典文本参与了其中的世界设定。在此我们看到,这一方面是网络作家靠近经典文本、历史知识的努力,另一方面他们为所搭建的这个世界注入了现实的困惑,比如对各个等级力量的崇拜式描绘,投射的是对现实权力的渴望以及社会对于成功学的流行。大多数小说缺少对于练级的批判性思维以及对于力量的控制与规划。在众多以"玄"为"炫"的玄幻剧中,《择天记》较为特别地将修仙升级的动力定为逆天改命。陈长生得知自己命不久矣后,把所有的时间都用来学习修行,通读三千道藏博学多才,克制内敛永不言败。由此而形成了一系列金句。"改命真的很难,但就算再难,我也要坚持下去","虽然成长会伴有痛苦,但是还是要成长"。因此得到了主流媒体的推荐。①

三 从武侠到仙侠

如果我们把武侠看作与仙侠是一对互文关系,那么其中保留的应该是侠义精神的文化层面,而变化的是从武术技击到仙资神力的外在形体

---

① 柴逸扉:《从〈择天记〉的火爆看到了阳光少年的正能量》,《人民日报·海外版》2017年5月15日第10版。

构造。当文学性武侠与仙侠过渡到影视艺术的武侠与仙侠，必定会追求画面质感、肢体语言上的可看性与技能对垒、善恶矛盾的戏剧性。但只有在文化层面实现了行侠仗义与英雄豪情的现代转化才能使玄幻仙侠立足于影视艺术新的类型结构中。仙侠的命名及仙侠文化的合法化依赖于对于武侠文化的传承，仙侠剧视听美学的成立也依赖于对武舞神话的进一步挖掘，当内修外练从传奇性的孔武有力向着更加缥缈的仙魔领域横跨时，对于权力欲望的追逐或淡然必定有着新的阐释框架。

（一）侠之大者的循环

仙侠与玄幻并不是学术研究中明确的概念体系，其建立的时间太短，还无法确立起固定的内涵与外延。我们只能从当下艺术现象中的接受惯例来判断二者的关系。应该说，在内涵上玄幻是指其效果层面，而仙侠侧重于表达方式；在外延上，玄幻则大于仙侠。不是所有的玄幻都可以称为仙侠，仙侠剧中的优秀作品应该是对武侠剧的传承与发展。正如同样带有动作性特征的功夫电影不能称为武侠电影一样，仙侠剧在命名确立时必然面临其精神内核与外在美学特征的双重制约。比如《三生三世十里桃花》构建了一个包含人、神、鬼诸界的宏大神话世界，也借用《山海经》等中国古代神话典籍中的典故，规定了一套天族（龙族）、九尾狐族、凤族等诸族共生的仙界秩序，以及由人到仙，再逐层晋升为上仙、上神的等级秩序，但这部玄幻不能归属于仙侠剧，尽管在一些评论中我们看到将两者混淆的现象①。因为它缺少了基本的侠义精神，而《诛仙》与《武动乾坤》等仙侠剧都有拯救天下苍生的叙事动力。

其实仙侠的命名在传统武侠分类中就已经存在，民国通俗小说作家范烟桥曾对武侠小说分类时说道："一种是结合史事或民间传说，专写

---

① 《"仙侠"不可架空现实伦理》，人民网，2017 年 8 月 16 日，http：//media. people. com. cn/n1/2017/0816/c40606 - 29473842. html。

拳棒技击的，叙述较合理，不涉怪力乱神……第二种虽也结合一些史事，专写武术，不掺杂神仙飞剑无稽之谈，但所写的武技内容，不尽合理，出现了掌风可以伤人、咳唾可以制敌等等超人的神技，以及宝刀宝剑之类的神奇……第三种则是叙述虚妄的剑仙斗法，故事多出幻想，向壁虚造。"① 平江不肖生的"江湖奇侠"与还珠楼主的"蜀山剑侠"都是奇幻仙侠风格。贾磊磊将中国武侠电影的主要类型分为：神怪传奇、人物传记、古装刀剑、功夫技击、谐趣喜剧和魔幻神话。② 神怪传奇是武侠电影中历史最为悠远的，1928 年的《火烧红莲寺》即是武侠神怪传奇电影的鼻祖，而魔幻神话的代表作则为徐克的《蝶变》《新蜀山剑侠》。仙侠类型有神怪传奇和魔幻神话的影子，所以，仙侠影视剧也以武侠神怪文学为原型，一方面将特技技术作为主要表现方式，将斩妖除魔作为武侠人士的分内职责，如《诛仙》就讲述了张小凡如何帮村民降妖的故事。正所谓，侠之大者，为国为民。另一方面，仙侠类型又借助人、鬼、妖混合的世界，试图表达一种被表面美丑所遮蔽了的内心善恶，人类世界有泯灭人性的奸佞之徒，而所谓鬼妖却能体现出原本属于人的美好品质，正如郭沫若对蒲松龄所著《聊斋志异》的评价"写鬼写妖高人一等，刺贪刺虐入骨三分"。电视剧《花千骨》将很多正派人士的惺惺作态塑造得淋漓尽致，摩严的出尔反尔，霓漫天的利欲熏心都为观众所不齿。

在中国当代武侠文化发展中，最有代表性的是将历史与武林结合在一起的金庸作品，它在 20 世纪 80 年代成为大陆通俗文学的代表性作品，并不断地被影视艺术改编，21 世纪的今天，网友们追捧的却是 20 世纪三四十年代的武侠神怪传奇和以还珠楼主为代表的"蜀山"系列

---

① 魏绍昌编：《鸳鸯蝴蝶派研究资料》（上卷史料部分），上海文艺出版社 1984 年版，第 313 页。

② 贾磊磊：《武舞神话：中国武侠电影纵横》，中国人民大学出版社 2014 年版，第 44 页。

小说，神怪武侠再次成为今天通俗小说的宠儿，这种复活我们可以视其为一种弗莱式的循环。诺斯洛普·弗莱（Northrop Frye）认为，应按照主人公的行动力量进行划分，情节模式可分为五种：神话、传奇（浪漫故事）、高模仿模式、低模仿模式、反讽模式。① 弗莱把现实世界看作"启示世界"和"魔怪世界"作用下的意象群，并且用四季来指代喜剧、传奇、悲剧、反讽的流动。我们借助这些观点把武侠看作"传统世界"与"现代世界"作用下的意象群，围绕着不同叙事类型凝聚出的武侠情节类型也具备流变的特征。以金庸为代表的"低武"模式的衰落，有时代背景的原因。其实，《鹿鼎记》成了金庸创作的最后绝唱，在该书的后记中，作者直言不讳地告知我们："《鹿鼎记》已经不太像武侠小说，毋宁说是历史小说。"20 世纪 70 年代，当梁羽生、金庸的创作风头正劲之时，台湾的古龙异军突起，求新、求变的古龙更自觉地将武侠与现代主义的书写方式及现代人的精神意识整合在一起，架空的历史背景与追求悬念的现代消费观念直面的却是现实人生，探讨在纯粹的人与人交往的状态中人性是如何展开的。20 世纪 90 年代之后，单纯以肉身力量支撑的想象世界已经不能满足现代科技熏陶之下的青少年，他们需要能与西方科幻抗衡的东方色彩，以黄易为代表的玄异类作品将武侠、玄学、科幻结合在一起，形成了独特的风格。可以说仙侠正在是玄幻的启发之下逐渐形成的，从 20 世纪 80 年代香港武侠电视剧到今天大陆独树一帜的青春玄幻剧，我们看到"任何一类叙述程式既可以看到固定结构，又可以看到结构在运动中的不断变化"②，然而这种演变又不是简单的重复，是在提示某种回拨，也是不断注入新内涵的前进。

---

① ［加］诺思洛普·弗莱：《批评的解剖》，陈慧译，百花文艺出版社 1998 年版，第 190 页。
② 张法：《20 世纪西方美学史》，四川人民出版社 2003 年版，第 160 页。

（二）武舞神话的续写

从仙侠小说到仙侠剧，是一个视觉化的过程，也是一个媒介转场的过程。当"武侠"从文学转换到电影中时，新媒介不仅将武侠的文化精神用新的形式予以呈现，也将电影的动作性本体特征最大限度地进行了发挥，使得融舞蹈化的中国武术技击表演与戏剧化的叙事情节模式为一体的类型影片得以诞生。"由于这种武术打斗是高度艺术化和表演化的动作奇观，所以，我们把它称之为银幕上的'武舞'，即武术之舞。"①仙侠剧中肉身功夫元素的缺少并没有彻底放弃武术的外在形态和神韵，它需要与更多元的运动元素相结合，产生新的肢体化语言，多彩多姿的舞蹈化了的技击情景演化为更加缥缈灵动的仙魔斗法。

一是仙舞同台。在完成了冷兵器和力量对抗的凡人暴力美学想象之后，舞蹈化寻找到了新的载体——刀剑神器与法术异能，从仙法中提炼出的御剑而行与传统美学意境的琼楼玉阁交相辉映。当暴力与神话的舞蹈化处于特定的文化背景时，其生发出各自不同的情境意韵。比起武术与舞蹈在表演舞台上共同互补，仙术的内功心法是带有宗教色彩的体验性内容。中国传统艺术在表达内心想象时也往往借用意象的双重含义，在佛教初传不久的魏晋南北朝时，人们曾经把壁画中的飞仙亦称为飞天，那时是飞天、飞仙不分的。后来随着佛教在中国的深入发展，佛教的飞天、道教的飞仙在艺术形象上互相融合，成为凭借飘逸的衣裙、飞舞的彩带而凌空翱翔的飞天。因此"仙"在传统媒介中的视觉呈现是舞蹈，在影像媒介中的视觉呈现是借用电子特效形成的奇绝背景中的肢体优美。

二是仙舞同玄。仙家与道家学说有着密切的关系。道家是春秋战国时期诸子百家之一，是一种思想流派。道教是起源于道家思想的一种玄

---

① 贾磊磊：《武舞神话：中国武侠电影纵横》，中国人民大学出版社 2014 年版，第 164 页。

学宗教，仙家是道教神话中神仙们的自称。而舞蹈的起源更与图腾崇拜相关，远古的图腾歌舞本身就是一种狂热的巫术礼仪活动。在超自然的学说中，"仙"与"舞"共同完成了人类的生命想象，网络时代的来临复活了曾经在武侠中高幻想模式的一脉，强化了强身健体的武学本能之外的修身养性，并逐渐延伸出不可言说的力量源泉与生命感受。所以，仙侠的风姿与舞蹈的神韵有异曲同工之妙。当然，仙剑奇侠们以舞蹈化的动作来展示功法与仙术时，却未必找得到魏晋时期淡然洒脱的气韵风度，只是在形式上接近了一种傲然世外之感，努力表达的是对于人类真情与世间美好的追求。无论是《诛仙》对于正邪仙魔的势力争夺，还是《花千骨》"生死劫"设定下的男女主人公命定的纠缠，都离不开世俗情感的纷扰。

三是仙舞折射。20 世纪三四十年代电影塑造的魔幻仙侠被更为紧迫的现实主义的创作思潮所中断，却也在尽力完成对于国家民族命运的呼应。《火烧红莲寺》诞生在 1927 年中国近代史上轰轰烈烈的大革命失败以后，当时国民党屠杀同盟者共产党人的屠刀，令社会充满了血腥和失败的气氛，失望和避世的情绪也在社会上弥漫。这部影片的问世曾被视为满足人们逃避现实情绪的一个典型代表。还珠楼主在书写雄奇瑰丽和变化莫测之外，也在其作品《冷魂峪》中反映现实。第八回正面描叙白马山群雄祭奠"烈皇"、矢志兴复、操练兵马，写得庄严肃穆，有声有色，为还珠小说所仅见。其回目是一副四十八字的长联："一旅望中兴此地有崇山峻岭沃野森林夏屋良田琪花瑶草；几人存正朔其中多孝子忠臣遗民志士英雄豪杰奇侠飞仙"，可见还珠楼主是借仙侠讲民族复兴。"仙""武"之外更看重的是"侠义"与"家国"。今天的仙侠既非拯救世界，也非逃避责任，而是升级，像舞者飞天一样的不断晋阶。无论是《诛仙》的善恶难辨，还是《花千骨》的宿命难逃，都伴随着舞蹈化的能力提升。与 15、16 世纪西班牙骑士小说类似的是，当代文化的折射必须呼应新土壤的出现，终结骑士小说不仅是鲁宾孙式的流浪冒险和堂·吉诃德式的臆造讽刺，而且是中世纪脱离下层社会、文化和习俗的浮夸以及个人精神的凸显。年轻人急于求成的想法应该在更加踏实的社会实践可能性之上才会变得务实。我们期待中国的"仙侠剧"能够继承20世纪80年代"武侠剧"的精神气质与时代折射，而不是仅仅停留在打怪升级的浅表层。

第三章　现代民俗与网络民俗

——网络时代的民间故事

网络媒介正在积累一种全新的文化力量，它与普通人的生活密切相关，又极力摆脱传统的话语体系，因此形成了一种新的民间话语方式。它的言说内容与言说语态在当代的文化语境中被逐渐模式化并被更广泛的群体所接受，从而表征了以现代都市人群为主体的生活方式，以一种网络民俗的形态从工具性的消费体验蔓延至日常生活的审美体验。这其中既有与官方话语相对应的边缘性的文化空间，又有与传统话语相对应的独立的词语语法。可以说正是在新旧文化形态的对立中，不同次元之间沟通和交流中，网络民间叙事才得以成形。而这种民间叙事折射的是新语境下的民间文化，它凸显了部分传统的叙事主题，并且对其进行了网络化的改造，这些主题在电视剧改编过程中得到了妥善的延展，将过于边缘化、非主流的内容过滤，保留了新鲜的文化趣味。它满足了新生长起来的民间群体，特别是那些带有强烈阐释欲望的读者。詹金斯明确提出："我把参与文化看作民俗文化在大众文化内容领域里的应用。"① 那么，我们

---

① ［美］亨利·詹金斯：《融合文化——新媒体和旧媒体的冲突地带》，杜永明译，商务印书馆 2012 年版，第 7 页。

看到了由网络文学所带动的新语境下的民俗事象：因日常性产生了民俗的空间，因草根性产生了民俗的主体，因互动性产生了民俗的根基。

第一节　民间叙事的新旧文化形态

网络写作是全新意义上的民间写作，它的高度自由重新唤起了普通民众对于文学的热爱，尽管它有着虚拟性与实体性相交织的特征，但它的自发性却与生俱来地带上了民间生活的朴素色彩。与此同时，新的民间写作又不同于传统的民间写作，它是在"文学将死"的语境下发生的，美国文学批评家 J. 希利斯·米勒（J. Hillis Miller）在《文学死了吗》中说道："技术变革以及随之而来的新媒体的发展，正使现代意义上的文学逐渐死亡。我们都知道这些新媒体是什么：广播、电影、电视、录像以及互联网。"① 可以看到，网络文学将传统意义上的文学重新复活，网络小说改编又将不同的媒体进行勾连，在融合文化的背景下，是全新的民间叙事文化形态。这种文化形态首先凸显了网络文化的特征，建立起了一种基于移动互联为主要生活方式的信息传播渠道，并且渗透到社会经济的方方面面。其次，这种文化形态拥有独立的话语体系，在网友之间进行信息沟通与情绪分享。最后，网络小说及改编剧所建立的民间故事传播体系带有一系列特征，我们可以从其与传统民间文学的比较中发现特征的新变化。

一　网络时代的民间文化形态

传统的民间是"与国家相对的一个概念，民间文化形态是指在国家

---

① ［美］希利斯·米勒：《文学死了吗》，秦立彦译，广西师范大学出版社 2007 年版，第 16 页。

权力中心控制范围内的边缘区域形成的文化空间。"① 互联网塑造了一个新的民间，网民在知识结构上，可能高于传统民间的那些拥有较少话语权的民众；在消费能力或消费意识上，也比一般公众更高，但是这种民间却拥有极大的扩散性，他们在网络上所生成的诸多知识点与话语方式不断进入传统民间视野，正如我们在第一章所论述的，原本属于网络亚文化的二次元或小众群体正在进行着新的知识普及，将分散的小众群体集结并引领新时代的民间话语方式。所以，网络写作也许不是"代表"民间说话，而是以民间的"身份"说话②。同时，网络文化具有一种"后喻"特性。美国人类学家玛格丽特·米德（Margaret Mead）在《文化与承诺：一项有关代沟问题的研究》一书中将人类社会由古及今的文化分为三种基本形式：前喻文化、并喻文化和后喻文化。"前喻文化是指晚辈主要向长辈学习；并喻文化，是指晚辈和长辈的学习都发生在同辈人之间；而后喻文化则是指长辈反过来向晚辈学习。"③ 晚辈向长辈传授知识经验，长辈反过来开始向晚辈学习。打破次元壁的主要方式就是知识的反哺，这成为当今世界独特的文化传递方式。

（一）都市民间主体的重构

前现代的民间主要指的是乡土社会，它与自然生活状态紧密相关，因此被理解为纯朴简洁的生活形态，它的公共治理与行为方式也是礼俗社会影响下的自洽与融合。因此，前现代的民间主体身份是一种乡野身份。尽管在中国都市民间的习俗发展中形成了以城市社会人群为代表的日常行为模式，但"从基层上看去，中国社会是乡土性的"（费孝通语）。

---

① 陈思和：《中国新文学整体观》，上海文艺出版社 2001 年版，第 112 页。
② 何学威、蓝爱国：《网络文学的民间视野》，中国文联出版社 2004 年版，第 3 页。
③ ［美］玛格丽特·米德：《文化与承诺：一项有关代沟问题的研究》，周晓虹等译，河北人民出版社 1987 年版，第 27 页。

首先，对都市人来说，传统意义上的民间已经成为一种遥远的记忆，再也找不到像农村残留的纯然自在形态的民间文化，但它的虚拟形态依然存在于都市中。陈思和认为，中国近代以来的民间包括三个文化局面，"旧体制崩溃后散失到民间的各种传统文化信息；新兴的商品文化市场制造出来的都市流行文化以及中国民间文化的主体农民所固在的文化传统。这里除了第三种以外，前两种所包含的民间意义都含有'虚拟'的成分"①。这种虚拟与中国现代都市发展的不充分有关，是一种未完成的现代性，它使得民间主体在主导与精英之间寻找大众文化的身份。

其次，随着现代社会的发展，传统的民间在一步步地改变，因为乡土式的民间是通过家族、世族的形态体现出来的，其文化价值是以集体记忆的符号来表现，具有较稳定的历史价值；而在现代都市里，与国家权力中心相对应的是个人，都市化与现代化的进程具有同构关系，都市民间所形成的主体身份是文化工业体系中的消费者身份。德塞都认为这种民间身份是一种"游牧式的主体性"，他们是在文化工业的外在圈层中寻找自己的身份。"这些群体由于缺少自己的空间，他们不得不进入那些已然确立的力量与表达中。"② 这正是法兰克福学派所强调的文化霸权与伯明翰学派所强调的大众抵抗的差异所在：强势者的战略是企图控制各种场所和商品，普通人则用自己的方式解读文本。

再次，真正的都市民间是一个相当模糊的概念，由于其价值形态的虚拟性，它不像传统的民间那样与乡土文化紧紧联系在一起，也不能采用都市通俗文化的方式单一地商业化运作，都市民间综合了都市现代化进程中各种不同于主导文化的社会现象，反映了现代市民在文化上的多

---

① 陈思和：《民间和现代都市文化》，《上海文学》1995 年第 10 期。
② ［美］约翰·费斯克：《理解大众文化》，王晓珏、宋伟杰译，中央编译出版社 2006 年版，第 41 页。

层次要求。美国民俗学家布鲁范德（Jan Harold Brunvand）在 1981 年出版的《消失的搭车者：美国城市传奇及其意义》中，对那些从荒诞不经的奇闻逸事，到恐怖惊悚的犯罪故事和鬼怪传说进行了分析，该书介绍的许多美国当代都市传说类型，在其他国家也不难找到相似的版本。关于"偷肾""扎艾滋病针头"等类似传奇更是层出不穷地流传在中国大地上。这些活跃在人们口耳之间的新的口承文学，不仅满足了城市人在生存需要之外的交流需求，也充当了调整人际关系的角色，从而具有了休闲娱乐与心理缓冲的功能。这类高度幻象的故事在网络时代越发广泛地传播，它使网络民间与看似正统的庙堂式文化更加疏远。

最后，在任何国家形态的社会环境里都存在着以国家权力为中心来分近疏的社会文化层次，与权力中心相对的一端为民间，如果以金字塔形来描绘这两者的关系，则底层的一面就是民间，它与塔尖之间不仅包容了多层次的社会文化形态，而且塔底部分也涵盖了塔尖部分。带有后现代意味的网络民间主体将传统性—虚拟性—消费性—娱乐性等综合特征融为一体，重点是强化了交互性，在它之前的民间文化形态都是由主体—客体关系模式生产出来的，但互联网强调的是平等与沟通，从而使得主体间性被放大，而互文性与主体间性为一体两面，它将之前的启蒙与被启蒙、生产与消费、主导与臣服模式进行改造，构造了一个自由的民间新空间。

（二）民间生活的网络化

网络改变生活中的多个领域，不仅是阅读进入互联网，我们的日常生活也随之发生了变革。在第一代网络小说《第一次亲密接触》出现的20 世纪末，尽管有许多专家都预言了数字化生存所产生的冲击，但它真正的到来却是在 21 世纪第一个十年之后，这与网络小说被大举改编的年份产生了重合。可以说这是一次全面的受互联网影响的生活。在文化消费领域，2003 年起点中文网的 VIP 会员收费阅读制度确立之后，它同时激发了创作与阅读两端的热情，特别是移动阅读的加入，网络文学的接受与消费状况达到了前所未有的高峰。同时相伴的还有其他视听领域的文化消费，多数视频网站都推出了网络节目、网络电影、网络剧作为在线观看的内容，它们的直接结果就是对传统的文化消费产生了极大的冲击。电视在传统文化消费中所占的比重正在被网络所蚕食，以至于网文改编作为充分借力网络力量的一种方式成为融合媒介之间话语生态的重要渠道。一方面，它使得有网文阅读习惯的群体能够被二次创作的艺术感染力所吸引；另一方面，它把传统电视剧的内容进行了网络化改造。

网络对生活方式的影响不仅是在文化消费领域，更严重地改变着实体消费领域。电子商务是 21 世纪经济领域内崛起的重大势力，以至于民间消费形式出现了大量的电子商务行为，其典型代表是阿里巴巴及淘宝网所引发的网络购物模式。比如，都市新民俗将 11 月 11 日称为"光棍节"，多年来，它的寓意与购买行为发生了重合。2009 年 11 月 11 日，淘宝商城（天猫）首次举办的促销活动，由此产生了每年 11 月 11 日的"双十一购物狂欢节"，2016 年 11 月 11 日，天猫"双十一"全天交易额超 1207 亿元。根据中国电子商务协会发布的《中国电子商务发展报告（2016—2017）》显示，2016 年，中国全社会电子商务交易额 26.1 万亿元。"网购达人""剁手党"等一系列称谓为电子商务的民间行为命名的同时，是民众达成的新默契，衣食住行与电子商务、共享经济、网络课堂、远程会议同样体现着民间色彩。回想 2000 年前后，互联网还带有精英主义的色彩，对于网络阅读也同样抱有各种不同的观点："在民间，上网者只占极少数；上网人中经常上网的又是少数；经常上网的对文学感兴趣的更是极少数；对文学感兴趣的人中能够搞创作的更是占少数中的少数。这样一来，少数的四次方就能代表民间？真是滑天下之稽。"①

---

① 汤小俊：《网络文学是芦苇文学》，《南方周末》2000 年 7 月 7 日第 23 版。

今天再看，这种观点已经严重过时，无论是精英文化还是民间文化都在网络影响之下走向虚拟时代。作为拥有最大网民人数的中国，网络不仅仅是网络使用者们交流、沟通、娱乐、学习的场所，它成为日常生活的工具，共享经济、移动支付、在线学习如同语言、标准、规范一样在21世纪的今天深入千家万户，定义了民间生活新方式。

（三）网络时代的日常生活审美化

传统社会的审美化是个人行为或小圈子的群体行为，而当代社会的审美化是产业结构、经济结构、社会生活方式等变化所引发的结构性、全方位的社会变迁①。网络不仅进入了民间生活，而且加速了日常生活的审美化，建立了感知世界的全新方式。费瑟斯通（Mike Featherstone）将日常生活审美化分为三个方面：第一是艺术的亚文化，即指各种先锋派及超现实主义运动，消解艺术与日常生活的界限；第二是将生活转化为艺术作品，把日常生活塑造并融入艺术与知识反文化的审美愉悦之中；第三是指充斥于当代日常生活之经纬的迅捷的符号与影像之流，它成为消费文化的中心②。网络作为日常生活审美化的载体，拓宽了日常生活的空间，丰富了日常生活的内容，还创生出新的生活方式。一方面，网络作为全新传播渠道，使亚文化圈更容易形成自己的部落群体，社交媒介正是在共同兴趣爱好方面促成了地球村式的互通互联。当然，在互联网影响下的日常生活变成了具有一定技术屏障的学习过程。这也是精英主义在引导时尚生活时通常出现的一种方式。但是这种技术应用的门槛在今天的21世纪已经极大地降低，它已经走出了最初的费用、操作等对日常生活所产生的障碍，人人得以拥有这种能力，特别是智能手机、移动终端的到来，友好的人机界面使网络真正地进入了生活，从

---

① 陶东风：《日常生活的审美化与文艺学的学科反思》，《天津社会科学》2004年第4期。
② ［英］迈克·费瑟斯通：《消费文化与后现代主义》，刘精明译，译林出版社2000年版，第95—99页。

而为艺术的传播提供了更加便捷的渠道，我们随时随地可以欣赏艺术，阅读小说，在线收看视频。另一方面，如同视听媒介产生图像消费一样，网络媒介也不断制造新的语言。无论是亚文化群体，还是作为新兴的时尚话语权体系，网络拥有重新建构语言符号的便捷与特权，通过聊天工具、键盘输入，快速形成并传播新的符号，或重新解读原有符号所指，这与网络民间主体的个体感受密切相关，正如前文所说，作为网络时代的民间主体总是试图建立自己的话语体系，完成自我身份认同。但是，与工业化消费相对应的电子化消费，除了对符号认知的强化、对消费品非实用功能的指认、对精神世界的感性重构之外，它同时表明了一种技术主义的独特心理状态。

所以最后，我们尤其要注意到的是，新的网络时代所产生的新感觉。如果说西美尔与本雅明的日常生活审美化关注于都市空间，今天网络时代的日常生活审美化关注的是虚拟空间。西美尔将整体现代都市人的精神生活看作一件艺术品，注重其心理因素，当都市人以审美的态度对待现世时，现代性才能真正地生成。它摆脱了现实世界的物质需要和外来意识形态压力，而从心底深处生长出一种都市感受。今天，以互联网思维去把握世界同样是以感性的方式去把握世界，从而加速了日常生活审美化的步伐。

从亚里士多德到鲍姆伽登都强调感性与感官的作用，德国后现代哲学家沃尔夫冈·韦尔施（Wolfgang Welsch）延续了这一观点，并把感性上升到认识论的高度，让日常生活成为像艺术一样的研究对象。但他认为的日常生活审美不是外观设计之类的浅表的审美化，而是深层次的重构。"意义根本上是感性的意义。在与世界进行体验的过程中，通过感官获取的东西，根本而言，是我们从事一切活动的基础。"[①] 这种后现

---

① 王卓斐:《沃尔夫冈·韦尔施教授访谈录》,《文艺研究》2009 年第 10 期。

代思维方式是对现代以来的理性主义的一种反叛，从而形成了韦尔施的"重构美学"和"横向理性"。在韦尔施看来，"今天的消费者实际上不在乎获得产品，而是通过购买使自己进入某种审美的生活方式"①。新主体带来新阶层，他们是一种新的知识分子，将日常生活审美化，无论是从媒介的角度还是从消费的角度，网络所带来的是重新组织日常生活的行为方式。我们通过互联网分享知识、传播文化、买卖商品，这种具体行为方式的背后是一种人类感官的延伸，只有看到这一层面，我们才能深刻认识到互联网能做到的不止眼前的这些，还有很多未被开发。在电子阅读取代纸质阅读的文学发展趋势的向度上，以改编为代表的跨媒介叙事同样是利用网络审美资源塑造我们的生活，并通过网络这一中介追求审美生活的完整实现。

二　网络民俗与叙事话语

一直以来，民俗都具有"传承性""传统性"的特点，作为网络时代所产生的新民俗在一定程度上突破了传统民俗的定义。高丙中说："'俗'见于传统形式，但是不限于传统形式。只要是群体内具有概率上的广泛性的活动模式，包含在文化现象里或体现在生活里都是'俗'。'俗'与生活同在，……已有漫长历史的传统可能是'俗'，而大量的时尚也可能是'俗'。"② 在这些理论的影响下，近年来，很多民俗界的专家提出了"网络民俗""网络人类学"的概念。比如孙文刚在《网络民俗：民俗学科的新生长点》中提出："网络民俗是一种包含网络文学、网络语言、网络游戏娱乐、网络崇拜与信仰、网络祝福与祭祀等复

---

① ［德］沃尔夫冈·韦尔施：《重构美学》，陆扬、张岩冰译，上海译文出版社 2002 年版，第109页。

② 高丙中：《民俗文化与民俗生活》，中国社会科学出版社 1984 年版，第170页。

杂事象的民俗文化。它作为'网络民众的知识',应该包含两个因素:一个是网络民俗创造主体的网民,另一个是以网络为媒介传播的'俗'。"① 徐瑞华在《网络民俗研究》一文中提出:"网络民俗,也可称为在线民俗,指的是在信息化时代,以互联网为载体,由一些盈利或非盈利的网站向公众提供服务平台,由网民注册后加入、参与、创造所形成的民俗。其主要表现形式有网络祭拜、网上祈福、在线占卜等。"② 更有很多专家以文化人类学的视角对人们的生活方式进行文化研究,通过人类学的视角,网络亚文化获得了身份的合法化。在人类学研究为其重新定位后,网民因为共同体想象而获得了身份认同,而有了身份之后就可以使用符号,从而具备了马克思所说的人的属性,即可以通过情感交流的方式进入日常生活的常态,比如,博日吉汗卓娜的《我迷故我在——日本动漫御宅族生活方式的人类学研究》,吴震东的《身份、仪式与表述——"微时代"网络亚文化的人类学反思》,汤天轶的《机械—中—身体——中日动漫亚文化的网络人类学理论研究》等文章都表达了类似观点。可以说,以民间视野的方式考察网络文化,可以发现其文化形态特征,研究其所拥有的独特话语体系,而这种定位又是与大量新的民间群体、民俗语言、民俗典故分不开的。

(一) 从乡民到网民:重新部落化

作为民俗学的研究对象,首先要明确被研究群体的属性,通过对网络行为的人类学反思,我们可以清楚地发现一群被重新定义的族群。他们的生活拥有两个世界,一个是现实世界,即网络语言称之的三次元世界,它此时以传统文化、主导文化、市民文化为行为标准;另外一个是网络虚拟世界,它以亚文化、二次元文化、宅文化为主要的行为标准。

---

① 孙文刚:《网络民俗:民俗学科的新生长点》,《民间文化论坛》2013 年第 5 期。
② 徐瑞华:《网络民俗研究》,《贵州社会科学》2012 年第 11 期。

目前这两种文化有不断融通的倾向，才有"打破次元壁"一说。网络化的生存方式使得网络世界成为网民的"生活世界"，它同样是胡塞尔（Edmund Husserl）意义上的"日常的生活世界"，是"作为唯一实在的，通过知觉实际地被给予的，被经验到并能被经验到的世界"①。尽管网络世界尚未被民俗学等学科的抽象理论论证为科学世界，但我们应该深入探索这个可被直觉到的、被经验到的世界和作为它的构成主体的人。如果一个人的日常活动分为"科学世界"和"生活世界"两个层面，那么除了实证主义理论下的科学世界外，"任何人都有自己的生活世界"，在"生活世界"里，"任何群体的人都是'民'，而且是充分意义上的'民'"②。网民作为伴随着后工业时代出现的群体，他们也成为这种意义上的"民"。与乡土之民及都市市民的不同之处在于，他们的生活世界具备一定的虚拟性，钟敬文曾把中华民族的传统文化分为三条干流，指出："第一条是上层文化，从阶级上说，它主要是封建地主阶级所创造和享用的文化。第二条是中层文化的干流，它主要是市民文化。第三条干流是下层文化，即由广大农民及其他劳动人民所创造和传承的文化。中、下层文化就是民俗文化，它虽然属于民族文化的一个部分，但却是重要的、不可忽视的部分。"③ 所以，我们可以这样来理解民俗的"民"：一般以社会中、下层人民为主的全民族。在古代社会，他们被称为乡民，在工业时代，他们被称为市民，在网络时代，它们被称为网民，也可能被称为屌丝、废柴、御宅族。当这群人的生活习惯被列为民俗学意味的生活世界时，他们的所作所为也因此取得了当下传统民俗所不具备的当代性。

---

① ［德］埃德蒙德·胡塞尔：《欧洲科学危机和超验现象学》，张庆熊译，上海译文出版社 2005 年版，第 58 页。

② 高丙中：《民俗文化与民俗生活》，中国社会科学出版社 1984 年版，第 170 页。

③ 钟敬文：《民俗文化学发凡》，《北京师范大学学报》1992 年第 5 期。

如果按麦克卢汉的理论，所有的地球人都成为同一个村落的居民，网民是虚拟世界里借助网络而形成的互相沟通并且互相命名的一个群体。当他们的自身行为逐渐具有了相同性和一致性时，这一群体需要在人类学的意义上进行身份的确立。在完成"身份"与"认同"的过程中，才能最终指向具有集体性认知的社区团体。安德森（Benedict Anderson）在《想象的共同体》中指出："只有当很大一群人能够将自己想成与另外一大群人的生活相互平行地生活的时候——他们就算彼此从未谋面，但却当然是沿着一个相同的轨迹前进的，只有在这个时候，这种新的、共时性的崭新事物才有可能在历史上出现。"[1] 这种"新的、共时性的崭新事物"是一个团体，一个"想象的共同体"。原本离散的个体基于共同的文化经验完成关于群体的想象性建构，即安德森所说的"特定文化的人造物"（cultural artefacts）。另外，想象的共同体通过具有社会心理学意义上的认知性事实，固化了个体行为经验。因此，进入一个团体就代表着一种新的文化身份的获得，也表征着对于另一种文化规范的背离。各种网络流行词"no zuo no die""蓝瘦香菇"以"不明觉厉"的方式表征着亚文化向主流文化的渗入，新的文化符码与实践体系也随之建立。

（二）污名化与合法化：网络亚文化群体的命名

网络文化从亚文化到被主流文化日渐接受，经历了一个大众认可的过程。最初的网络亚文化以其个性化、风格化和边缘化的方式，表述着与主流文化群体相区分的个性化经验。尽管网络亚文化仍然不断生产着新的意义与规则，但公众对于其价值符号的接受已经更加通畅。早期网络亚文化群体一度受到主流文化排斥而成为污名的对象，无论是耽美文

---

[1] ［美］本尼迪克特·安德森：《想象的共同体》，吴叡人译，上海人民出版社 2011 年版，第 184 页。

化里出位的语言，屌丝文化命名中的不雅观，再加上网络世界泥沙混杂的现状，的确让传统大众很难接受。但是随着网络文化的普及与次元的破壁，人们对网络亚文化开始有了新的认识。

第一，网络文化其实隐含了年轻人热血青春的基因，比如"屌丝文化"发起地——百度贴吧"李毅吧"曾受到媒体的指责。但是，某种意义上，"李毅吧"的演变史亦可视为折射现实社会发展变化的一个缩影。"李毅吧"从李毅的粉丝的论坛变身为藐视一切权威的自我赋权组织，他们可以以民族主义的情绪出征 Facebook（又称"帝吧出征"），也可以用"高级黑"的方式讽刺李宇春、东方神起、EXO、乐视……网友这样总结李毅吧活跃用户的共同特征："二十岁左右、以在校大学男生为主、熟练使用互联网、足球迷、爱发表意见、智力优越感强、反偶像反权威、怀疑公权力、热衷于挖苦讽刺、情绪激昂、精力过剩。"① 而这种批判性思维其实是当下社会最缺乏的。

第二，亚文化圈的身份认同属于特定文化圈层的拒斥性认同（resistance identity）。曼纽尔·卡斯特（Manuel Castells），将认同的形式和起源分为三种：合法性认同（legitimizing identity）产生公民社会；拒斥性认同所产生的是公社（commune）或社区（community）；计划性认同（project identity）产生主体（subjects）。② 网络文化要想被社会接受认可，必须经历一个社会认同的过程，但是悖谬的是，一方面，网络亚文化群体不愿意被传统的主流价值体系的秩序规范束缚，总是制造各种象征符号在虚拟空间进行新的文化表征实践；另一方面，主流人群也难以接受亚文化群体所建立的文化空间及符号，将其打上异类的标签。这种

---

① 何瑫：《帝吧风云：被互联网培植的愤怒》，智族 GQ，2016 年 7 月 22 日，http：//www.gq.com.cn/celebrity/news_ 1543c2f369a5900a.html。

② ［美］曼纽尔·卡斯特：《认同的力量》，曹荣湘译，社会科学文献出版社 2006 年版，第 4 页。

次元间的壁垒只有以人类学的视角，以文化多元主义的态度观照这些亚文化群体，才能更加中立客观地认识我们所处的这个时代。

第三，流动社会使网络亚文化边界日渐模糊。认同产生身份，网民多重角色的扮演和切换，混杂了现实与虚拟的边界，但现代社会的流动性也导致了个体生存状态的枯燥乏味和恐惧焦虑。"'流动的生活'，指流动的现代社会里易于存在的那种生活。'流动的现代社会'指这样一种社会：在其中，社会成员开展活动时所处的环境，在活动模式尚不及巩固成为习惯和常规之前便已发生变化。"① 进入移动互联时代后，这种流动性越发明显，碎片化阅读、共享经济、电子商务使得"微"媒介成为控制我们想象力与文化实践的主导力量，主流文化往往要借助网络文化包括网络亚文化中的语言符号进行言说及教化。因此，人类学及文学研究的方法使我们发现，文化多元论带来的互动体验是建立主体间性的条件。对网络亚文化群体的社会行为和心理动机的人类学再认识，可以在理解他者的基础上，对"他者"进行分析、阐释和引导。"之所以一文化中任一对象都不能担保会拥有与另一文化相同的意义，就是因为各种文化在其信码——它们给世界划分、定级和指定意义的方法——方面是各自相异的，这种差异有时是根本性的。"② 如果仅仅是以污名化的方式去对待亚文化群体，可能在新的多元流动社会结构中不能建立共同的包融性社会秩序，而其间的隔阂会在阶层之间造成更大的障碍。

第四，网络亚文化常常更容易获得民间文化话语权。移动互联网使我们进入全球化的信息环境之中，网络亚文化共同体变得比以往任何时代都更加坚韧而富有活力。"网络社会的支配逻辑及其社会结构中的权力，

---

① ［英］齐格蒙·鲍曼：《流动的生活》，徐朝友译，江苏人民出版社 2012 年版，第 2 页。
② ［英］斯图尔德·霍尔：《表征——文化表征与意指实践》，徐亮、陆兴华译，商务印书馆 2013 年版，第 91 页。

某个程度上不再集中于制度（国家）、组织（资本主义公司）或象征的控制者（法人媒体、教会）。它扩散在财富、权威、信息与意象的全球网络中，在不同的几何形势与非物质化的地理系统中传输与变形。"①如今，曾经被认为是亚文化圈的网络文学进入了中国文联的专业委员会，曾经是低俗代名词的快手、抖音拥有了大批的主流官方账号，这都说明：互联网时代的来临，形成了不同于以往的生活方式和文化表征形态，它既为网络亚文化的生存发展进一步提供了依据，也为传统文化和主导文化提供了新的生机与活力。

（三）"梗"、火星文与网感：网络新语言习俗的形成

钟敬文对于民俗之"民"的理解，在其主编的《民俗学概论》中说："民俗，即民间风俗，指一个国家或民族中广大民众所创造、享用和传承的生活文化。"② 今天人们的生活离不开网络，与此同时，传统的生活方式仍然拥有巨大的能量。于是跨媒体、融媒体成为人们津津乐道的话题之一，并在文化实践中遵从跨媒体逻辑。詹金斯认为："跨媒体的逻辑，指的是跨媒体制作人追求的不同类型的目标：早期的目标以跨媒体的人物、故事、表演和宣传为中心；但现在，跨媒体纪录片、跨媒体学习（教育）、跨媒体社会动员、跨媒体外交手段等却显示了越来越多的吸引力。"③跨媒体经常表现为网络符号在不同媒体之间的流动。比如共享经济和电子商务式的网络新民俗，是在技术架构下建立新的社会生活方式；而利用网络进行情感交流及日常沟通，则会生成新的表意系统，特别是在网络社交、网络写作、网络互动时所创造出来的网络语言，使媒介之间的符号流动具有了新的美学意味。所以当我们从广义上

---

① ［美］曼纽尔·卡斯特：《认同的力量》，曹荣湘译，社会科学文献出版社 2006 年版，第 415 页。

② 钟敬文主编：《民俗学概论》，上海文艺出版社 1998 年版，第 1 页。

③ ［美］亨利·詹金斯：《跨媒体，到底是跨什么？》，赵斌、马璐瑶译，《北京电影学院学报》2017 年第 5 期。

的网络民俗进入文化及审美化的网络民俗时，必定面对着网络交流的话语方式，这是一种语言学的符号体系，它使得网络空间的虚拟性具备了现实世界的语言外壳，但却以新的人类交流方式将网络语言与现实语言进行了区隔。

首先，网民将日常语言或书面语言通过缩写、暗讽、谐音重组，形成了网络语言独特的修辞格。这种现象往往爆发式地出现或消失，用约定成俗的方式在网络文化中快速流行，比如"亚力山大"谐音"压力大"，"不明觉厉"是"虽然不明白，但是感觉很厉害"的缩写语。2015 年，仙侠玄幻剧《花千骨》热播，"洪荒之力"一词被用来指称剧中的最强神力，使"洪荒流"概念从网络进入大众视野。2016 年 8 月 8 日，里约奥运女子 100 米仰泳半决赛，中国选手傅园慧接受采访时说："我已经用了洪荒之力"并配上搞怪的表情，快速走红网络，"控制不了体内的洪荒之力"也成为网友调侃的常用语。2017 年 7 月 18 日，教育部、国家语言文字工作委员会在北京发布《中国语言生活状况报告（2017）》，"洪荒之力"入选 2016 年度中国媒体十大新词、2016 年度十大网络用语。

其次，它创造性地将繁体字、日文、韩文、冷僻字或汉字拆分后的非正规化文字符号组合，形成了能指混杂的全新所指，网民称之为"火星文"，趣指地球人看不懂的文字。随着互联网的普及，年轻网民为求彰显个性，开始大量使用同音字、音近字、特殊符号来创造文字。火星文最早出现于 2002 年，由于网络游戏《奇迹》设立外挂举报制度，众玩家为规避举报而使用近似乱码之异体"汉字"作为人物名，以期达到令举报者无法输入被举报角色名字之目的。而后乱码字作为时尚被应用到 QQ 资料，进而扩散到如今的各个场合。特别是网文在最初连载时，常常使用这些乱码表达写作心情，尽管在最后整理出版时，都要将其删除掉。

再次，它借用日本御宅族的文化取向，定义了大批新的边缘话题，并且以含蓄的方式形成网梗、污梗，甚至是"污文化"。"撸管""腐女""好基友""啪啪啪"等带有性暗示、色情意味的语言充斥着网络的世界，因为语言的暧昧性、隐蔽性，它不仅出现在亚文化圈子，也常常出现在公众平台的留言板、回复帖中，对于这套语言并不了解的传统主流人群往往无法分辨，但却更激发了网络青年的强烈的自我认同感及优越感。甚至"屌丝"这种极度不雅的字眼也出现在学术文章及各种传统媒体的报端。每年国家广电总局（时称国家新闻出版广电总局）都要对类似的语言进行清理，但仍然避免不了新的污梗在管理较松散的平台传播。

最后，网络新语言也复原、利用了现实世界的语言模式，而且常常是那些被遗忘了的或带有怀旧指向的文字与修辞。网络语言擅长将语言"陌生化"，尽管它主要在互联网上进行传播，但其所指来源皆是中国本土的特色词语。比如，历史题材的网络小说复活了古典意韵的遣词造句，大量网络小说偏重"唯美""空灵"的审美趣味，形成"云山雾罩"的风格。这种文风向传统媒体蔓延的过程中，一些电视剧名也包装成网络小说样式的名字，带给观众一种别样"网感"。电视剧《明兰传》改编自关心则乱的纸质小说《庶女·明兰传》，但其最后的播出定名仍是网络连载时的名称《知否？知否？应是绿肥红瘦》。网剧的《春风十里不如你》，改编自作家冯唐的小说《北京，北京》，至于题目与内容是否贴合，则见仁见智。编剧余飞直言："这些剧取名的目的并不是为了让你看懂这个戏讲什么，只是想传达给你某种气质，这种气质来自网络小说，很多时候它就是一种广告。"① 但我们并不能否认很多观众是借助《香蜜沉沉烬如霜》《三生三世十里桃花》之类的题目成为古风、国漫风爱好者的。

---

① 徐颢哲：《"七言诗"剧名，傻傻辨不清》，《北京日报》"文化体育"2017年9月22日。

三　网传与衍生——网络民间故事的新特征

传统的民间生活存在于单一的现实空间，但互联网时代的到来使现实生活与虚拟生活发生了重合，网络上形成了一种独特的民间，他们使用自己的话语体系，他们形成了后工业时代的民间群体。因此，网络文学的叙事风格也更接近于民间文学、民间故事，它不太追求隐喻式的表达和晦涩的主题哲思，以及过于抽象的语言逻辑，而是将关注点放在故事技巧之上。法国文学家让·里卡尔杜（Jean Ricardou）说过："古典小说是对冒险的叙事，现代小说是对叙事的冒险。"[①] 在这一点上，显然，网络文学又重新恢复了那种紧接民间地气的现实性与奇异性。与此同时，网络文学与电视的结合加速了这些新民间故事的传播，菲斯克认为，虽然电视不是"民间的"，但是"观看电视"和"谈论电视"可以很好地符合民间文化的四个标准："1. 民间故事界定并认同一个群体成员相对于其他群体而言的成员资格。2. 民间故事的传播方式是非正规的口头方式或列举方式，因而无法明确区分传播者和接受者。3. 民间故事运作在已确立的社会机构（如教堂、教育体系或媒体）之外，不过它可以与它们产生互动或者反对它们。4. 民间故事没有标准的文本——它只是作为一个过程的一部分而存在。"[②] 我们看到，以网络文学及其改编所确立的新民间故事传播体系同样具有以上的标准。

钟敬文、刘守华等民间文学研究者将民间文学的特征归纳为：口头性、集体性、变异性、传承性[③]，分别代表了民间文学的传播、生产、

---

① ［法］贝尔纳·瓦莱特：《小说——文学分析的现代方法与技巧》，陈艳译，天津人民出版社 2003 年版，第 18 页。

② ［美］约翰·菲斯克：《电视文化》，祁阿红、张鲲译，商务印书馆 2005 年版，第 153 页。

③ 钟敬文主编：《民间文学概论》，上海文艺出版社 1980 年版，第 23—42 页；刘守华等主编：《民间文学教程》，华中师范大学出版社 2002 年版，第 26—38 页。

结构、形式等方面所具备的独特性。并且他们都承认除了传统的民间文学作品以外，还不断有新的民间文学，比如革命传说、新笑话、新民歌及新谚语等的产生和流传。那么，能够产生今天这种新一代民间故事土壤的机制一定是与网络分不开的。只不过那些特征发生了某种变化，从口传性到网传性，从集体性到交互性，从变异性到改编性，从传承性到跨媒介。与传统民间文学的四种特征一样的是，这些特征之间不是各自孤立的，相反，它们同样是在彼此互相关联之中得以确立，比如，不借用交互性就难以理解口传性为什么没有在工业时代的广播电视媒介中得以实现；没有跨媒介性就难以理解新民间故事的变异性为何衍生为改编性。

（一）从口传性到网传性

民间文学又称为口承文学，是一种口耳相传的文学形态，口头语言所具有的即时性、丰富性，以及充满细节与生机的交流方式最大限度地体现出民间生活的多样性。但是，随着人类文明的进展与信息交流的增多，单一的口头传播已经无法克服存储与空间的障碍，因此口语走向衰落，只能局限在某个小空间内进行交流。人类开始使用更为有效的传播工具——文字语言。书面文字对民间故事的保存与传播起到了极大的帮助作用，包括现代工业的各种大众媒介都是民间文学传播的有益手段。但是，民间文学的产生机理仍然在口头，无论是其朴实明快、生动形象的故事内容，还是通俗易懂、脍炙人口的表达方式，都契合普通老百姓的接受意愿。可以说，这种传播贴近口语的产生机制一直没有变化，直到网络时代的来临。因为，在网络时代之前，尚未找到一种能够在灵活程度、普及程度、对抗精英话语程度与口头传播如此相似的一种民间文艺创作方式。

第一，二者都存在于一种与官方话语和精英话语的对抗空间中，具备鲜明的民间意识与写作立场。那些无法进入官方写作体制内的人，在网络上获得了说话的机会，他们的诗歌、故事、才情得到了有效的表达。第二，网络民间写作与口头创作的语态又是如此相似，大量口语化、方言化、情节母题的运用在今天的词语编纂、聊天对话中同样有效。特别是通过网络社区发帖回帖的方式，形成了一种类似于说话人和听话人同时在场的感觉，最为真实可靠。这一点在下一特征的集体性交互性中也同样存在。第三，最初的民间文学多是口头文学。如果一种文化事项能够进入日常民众的口头并且日渐流行，那么它在很大程度上便拥有了浓厚的民间色彩。而今天的口头性已经大为不同，它与新媒介紧紧联系在了一起。有学者提出："当代民间文学已经并正在面临通俗文化、大众传媒乃至新媒体的全新传播语境，必须重新建构新的口头性。"① 在全媒体时代，传统的口头传播已经不能成为民间文学的代表性标志，而代之的是网络传播。从口头传播到网络传播，是从农耕时代到工业时代再到电子时代的民间文学生存方式，今天，口传性无法再单独定义民间文学的存在方式，它必须有着更适合新一代民间文学的产生土壤与传播语境。并且，随着媒介融合的突飞猛进，更具当下特色的网传性是跨媒介叙事所产生的可改编性。是否具备改编性，即跨媒介叙事性，这一特征成为新的民间文学身份指标。

（二）从集体性到交互性

民间文学是集体创作、集体流传，反映一个集体的生活与愿望，并且由集体分享、阅读、欣赏并消费的文学。现代社会，人与人的相处被日渐原子化，相互疏离，当民间与网络相结合后，网络居民被重新部落化，民间文学在集体性之外具有了交互性的特征。网络文学"运用技术手段，让作者与读者在虚拟的社区中共处一室，使得众多读者的智慧与作者能够发生化学反应，同时通过手段打破民间文学口

---

① 王姝：《〈故事会〉复刊后的新故事理论探讨及其生产实践》，《文学评论》2012 年第 6 期。

耳相传的集体创作方式对于时间和空间的依赖，让作者既能在交流过程中身体缺席同时也做到精神的在场，形成创生性的'超位写作'"①。具体表现在以下几个方面。

第一，民间文学的群体代表性非常明显。曾经的民间文学研究中，集体性带有强烈的阶级、民族、国家的色彩，今天对集体的定义要增加"趣味性"这个限定词。因为互联网将整个世界变成一个地球村，它将有共同爱好、价值取向的人组织到了一起，并不仅仅是用民族国家及资产水平来衡量。网络民间的新价值、新趣味、新生活在文艺载体上得以呈现，当主流文艺形态游离民间、民俗时，网络使文学回归民间母体。尽管这个母体目前仍然集中在都市人群与青春阶层，似乎缺少了乡土气息，但其可以成为都市民间故事的另一种展示。第二，民间文学的集体创作与流传往往具有两个特点，它们或者是在集体场合中的集体创作，比如民族节庆中的集体即兴对歌；或者是个人创作，后人逐渐完善，多数民间故事都是在漫长的流传中，不断地积累与修改，经由集体流传并集体认可。而网络文学的民间性兼具这两种特点，典型的网络文学是在与读者的互动中完成的，虽然有明确的创作者，但这个创作者面对着带有口头性质的读者回帖、点赞时，就如同民间艺人、说唱歌手面对观众、听众，不断揣摩、丰富自己的作品水平与情节走向，他们还会在网文原始写作中将自己最近的情绪、经历甚至身体状况明确地反馈给网友，如此，这种集体性便形成了强烈的交互性。第三，民间文学可以分成原生态、再生态和新生态三种类型。"原生态民间文学指现在仍活在民众口头和实际生活中的传统民间文学，这一类民间文学正在逐渐衰亡。再生态民间文学指经过整理和改编，转化为书面或视听文学样式的民间文学，这一类民间文学转变形态后，重新走向千家万户，比以前传

---

① 王雪：《网络文学对民间文学的征用》，《中国现代文学研究丛刊》2016 年第 8 期。

播更加广泛。新生态民间文学指从当代社会生活中自然产生，反映人民某些意愿与时代风尚的新的故事、笑话、歌谣、谚语等，它们将不断涌现，恐怕永无枯竭之意。"① 网络将三种生态的民间文学融合一起，既有流传千年的民间传说，也有当下正在发生的都市传奇，这是集体创作所致力的生态整合。如今，借助电脑网络、手机、电视、宽带等新的传媒技术，服务于民众生活的各种民间文学创作，得到了更大的发展。

（三）从变异性到衍生性

传统民间文学的变异性指的是文艺样态的遗忘与补充，显示出民间文学不断变化的灵活性与适应性，当然也包括由于传播内容流动而产生的变动与损失，而网络民间文学的变异性被植入了离散性与衍生性。我们看到，网络文学的特征之一是其"未完成性"，不同于传统文学的报刊连载，网络文学是通过不断在民间汲取营养来确定其人物设定与故事联络，因此，它的变异性要远大于传统写作，读者的反馈与品评可以第一时间到达作者端，既保证了作者始终处于民间的呼吸之中，又能够调动起读者的兴趣。

首先是如何看待故事本身的历时性演变。纵然，民间故事需要有一个沉淀过程，几十年，甚至上百年才会将一个故事、一段诗歌逐渐演绎完整。而网络民间出现的时间并不长，似乎难以出现故事本身在历史长河中的变化，但是，网络强大的生命力与广泛的参与度使网络成为民间各种力量的展示窗。在 20 多年的网络文学形成历史中，"尽管目前的'网络民间'基本上还是一个'都市民间'或'知识化民间'，但数字媒介创作的开放和民间姿态仍然是文学观念的一大进步，也是文学生产力的一次新的解放"②。比如，20 世纪 90 年代"第一次亲密接触"的故

---

① 刘守华等主编：《民间文学教程》，华中师范大学出版社 2002 年版，第 15 页。
② 欧阳友权：《网络文学的学理形态》，中央文献出版社 2008 年版，第 11 页。

事仍然在不断完善，经历了20多年后，它变成了《欢乐颂》里安迪与网友"奇点"分分合合的网恋桥段。其次，网络文学衍生性表现在网络文学的多重文本，在庞大的网络读者的点击回复之上生存着巨大的变异能量。各种续写、评论、批评、推崇依附在原文本之上，共同推动原作的消费。同时，这种消费掺杂了大量的异质化信息，民间现实矛盾将回帖变成了虚拟的交往社区。手机阅读软件推出后，甚至做到了每段话都可以点评，大大提高了互动趣味。这里面，包括重新设计故事、寻找细节漏洞、自我产品推销、现实生活救助、社会现象批评等，每一个原文本的变异衍生中，我们能看到一个鲜活的、带棱角的当代民间社会。再次，故事在不同媒介间变异。很多民间故事都是既有诗歌，也有小说、曲艺等不同载体。这往往是上千年流传过程中被大量集体、个体逐渐演化而来的。尽管传统媒体也在不断用新形式去转化传统民间故事，但都不如网络文学的改编频次快。民间因素的活力正是在此，它总是在传统艺术样态几近枯萎时提供新的源泉。纸媒与电视在结构、语言、思想性等诸多方面明显优于网络文艺，它们的式微固然有信息接受方式的落伍，更是年轻世代的情感诉求、世界认知得不到满足的结果。正如传统民间文学的每一次变化都与年代更迭密不可分一样，网络文学所衍生出的改编媒介矩阵，其生命力正是在于满足了不同群体的差异性需求。

（四）从传承性到多样性

一般民间文学的传承性表现在内容形式的延续及流派或传承人的交接等方面，而网络民间文学的研究特别要关注民间文学所承载的传统文化价值。民间文学往往赞美劳动人民的美好品德，歌颂忠贞不渝的人间爱情，表达惩恶扬善的道德观念。当然也包括了底层人民因祸得福、时来运转、梦想成真、意外发财的朴素愿望。恩格斯从两个方面肯定了中世纪的德意志民间故事书，即娱乐劳动者的使命和认识教育的使命。"民间故事书的使命是使一个农民做完艰苦的日间劳动，在晚上拖着疲惫的身子回来的时候，得到快乐、振奋和慰藉，使他忘却自己的劳累，把他的贫瘠的田地变成馥郁的花园。民间故事书的使命是使一个手工业者的作坊和一个疲惫不堪的学徒的寒伧的楼顶小屋变成一个诗的世界和黄金的宫殿，而把他的矫健的情人形容成美丽的公主。但是民间故事书还有这样的使命：同圣经一样培养他的道德感，使他认清自己的自由，激起他的勇气，唤起他对祖国的爱。"①

在民间价值的传承上要特别注意两种倾向。一方面是如何让充斥着各种泥沙混杂、良莠不齐的网络文化走向正规、主流，承担起弘扬优秀传统文化、社会主义核心价值观的重任。在网络小说日益从网络民间、亚文化、小众走向大众视野的过程中，这种民间性就需要体现出更广泛受众的价值导向。特别是在改编后的影视领域，如何既让网络里的民间故事继续散发出快乐的消费体验，又能使人们接受真善美的教导。近年来，无论是官方规定，还是行业自律，都已经做出了引领与示范。另一方面，我们也要看到，网络中的亚文化，比如污文化、丧文化、耽美文化的确带有负面影响。其实，民间故事在其产生之初就不是完全统一的结构模板，常常带有阶级的、历史的局限性，但一味地以道德话语、官方话语阉割了多元的民间精神，同样是一种文化的损失。"在现代性充分发育的社会，民间因素不断以异端姿态，成为主流文化敞开自己、容纳活力的方式，如美国街舞和黑人灵歌、街头涂鸦、同性恋亚文化、虐恋亚文化、南方女巫传说等。"② 既然原本偏安一隅的网络文学给当代大众文化带来了如此丰富的给养，说明它们以民间文化传承者的身份、以新媒介传播方式，让我们看到了新民间文学生产的另一种可能性。经过清理整顿后的文学网站，已经整齐划一地进入大众视野，但它们也已经被资本所绑架，成为

---

① ［德］恩格斯：《德国民间故事书》，见《马克思恩格斯论文艺》第四卷，人民文学出版社 1966 年版，第 401 页。

② 房伟：《网络传媒语境下的"新民间故事"》，《南方文坛》2015 年第 9 期。

传统文学、传统影视素材库的一员。跨媒介代表了更多的可选择性，显然，民间文学在向大众媒介跨界时，要完成主流化的任务。历史上有很多民间故事是带有原始生活方式及多种文化杂芜的情形的，其在大众媒介的传播中都进行了一定的删改，但其中那凝结了劳动人民智慧结晶的文明成果与智力精华却可以通过传播得以扩大。在中国大陆地区，网络文学之所以形成当下如此火爆的现象，正是源于在主流文学视线之外野蛮生长的前20年，当网络文学不断被主流意识形态与资本所关注，其民间基因也在受到一定的压制，所幸的是，网络空间的虚拟性与离散性使得其始终有新鲜血液的补充。当收费型网站被资本所收编之时，社区型网站与BBS仍然存在，并且将以其微小却顽强的生命力与资本对抗。

第二节　主题改写与双重民间折射

传统的民间文学都是围绕物质关系、人际关系、情感关系而组织的文学，它通过这些基本生活关系的经验性复述获得自身的文化命名。从文化的角度看，自我的原生态体现在两个方面：一是生活的自然性，二是自我的真诚性。[①]

网络小说作为反映民间生活与民间欲望的新文艺载体，在故事讲述过程中自然会借用传统民间母题的基本故事元素，这些元素在网络中重新组合为新的网络民间故事。与此同时，新的网络民间故事如同传统民间故事一样，在当代大众传媒时代走向了影视改编的道路。歌德说，母题是"人类过去不断重复，今后还会继续重复的精神现象"[②]。如果我们把网络小说视作当代民间故事，其涵盖的故事母题与传统民间故事极

---

① 蓝爱国：《网络文学的民间性》，《天津社会科学》2007年第3期。
② ［美］乌尔利希·韦斯坦因：《比较文学与文学理论》，刘象愚译，辽宁人民出版社1987年版，第138页。

其相似，特别是网络小说善于利用惊奇与悬念的叙事策略，沿用了民间故事里充满民族智慧与底层想象的母题。一方面，反映在类型上，故事大量取材自传统民间传说、神话、当代民间逸事，使之成为网络小说的典型题材，特别是玄幻作为区别于魔幻与奇幻的西方民间故事特征的高幻想文学类型，代表了中国传统母题的当代民间叙事新组合。另一方面，作为故事基本组成要素的母题中的三种元素——角色、背景、事件分别渗入网络小说的各种类型化符号当中，比如，按照阿尔芙—汤普森分类法（Aarne-Thompson classification system，简称 AT 分类法），故事母题分类包括爱情、复仇、英雄、禁忌、诡计、奇迹、灰姑娘等，它们有效地构建了民间的诉说喜好与身份认同，但在新的网络民间词语中，这些母题变体为虐恋、逆袭、王者、耽美、权谋、外挂、玛丽苏……在这一层面的互文中，母题与网文折射依靠的是网络原著民对于物质关系、人际关系、情感关系的经验性复述，在没有更多地审核与把关的语境中，网文可以轻松地获得自身的文化命名。然而在改编的过程中，它必须面对更为广泛的受众群体，因此民间故事所取得的自我原生态被规制为明确价值导向、人文关怀、审美反思的故事。其原有的母题作为技巧性的存在被有所保留，而其原始的善恶趣味将重组为更加明确的褒贬指向。改编所带来的两种不完全均质的当代民俗特征也就显现出来，这正是网络民俗与都市民俗所建立起来的不同于传统民俗的社会空间。

美国民俗学和人类学教授阿兰·邓斯迪（Alan Dundes）"反对继续将民间理解为下层阶级的或农村社会的特指概念"，他认为"城市市民中产生着和讲传着的笑话、轶闻、儿童的游戏，家庭内部的口头禅，赠书时的个人题词等习俗现象"，"民俗是什么？民俗就在我们中间"①。

① ［美］斯蒂·汤普森：《世界民间故事分类学》，郑海等译，上海文艺出版社 1991 年版，第 612 页。

民俗学里的民众不仅是农民社会或乡村群体，民俗不仅是过去时代的民众创造的，今天依然存在的民俗也不只是过去的遗留物。都市人群以庞大的文化消费、生活规律、日常习俗干扰了民俗概念的转型，使传统民间文化与大众文化深度结合。在网络传媒端，网络民俗代表的是都市青年群体，并且拥有较高教育程度和善于运用新鲜事物的能力，能够以强大的黏合性、以共同旨趣为价值导向进行群体化聚集，形成回避并对抗官方话语体系的新民俗；在大众传媒端，人生百态、民间传说被资本控制的影视媒介呈现为一个个娱乐载体与消费产品，民俗文化整合了各社会阶层之间的流动与多种社会触角的转换。我们挑选最具网络小说改编特色的几种故事主题，将其放置在民间母题的范畴中观察，可以从中寻找其折射的民间文化。而这些民间文化在两种民间生活中，即实体生活与虚拟空间所释放出的能量有所不同，分别落实于世俗中的人性冷暖和体味超越性的救赎上，当然，我们也可以将这种改编视作一种调和，将虚拟空间中躲避一隅的天马行空，变成现实空间中触手可及的情感分享。具体涵盖了以下三种主题与当代母题："义利"主题与权谋心术、"爱情"主题与虐恋甜宠、"成长"主题与外挂逆袭。

一　从民间母题到叙事主题

民间母题的流传对应的是集体无意识叙事模式的变化，不同年代的文学艺术作品借用母题表达各自的观点与思想，从而形成了与年代相呼应的主题。因此，网络小说改编剧面临着如何将传承多年的母题通过新的叙事方式既表达新语境下作者与读者的兴趣喜好与现实观照，同时又在深层上契合国人原生态的生命感觉与情感依托的现实。"AT分类法"创建人之一的汤普森认为，故事与母题不同，"一种类型是一个独立存在的传统故事，可以把它作为完整的叙事作品来讲述，其意义不依赖于其他任何故事"。而"一个母题是一个故事中最小的、能够持续在传统中的成分"①。绝大多数母题分为三类：第一类是故事的角色，第二类涉及情节的某种背景，第三类母题是单一的事件。我们可以以此来寻找当代网络小说改编中的母题的留置与转换，并发现其所折射的民间文化。其中，主题的呈现与过渡显得尤为重要，主题是作者通过故事、人物、背景所表达出的对世界的独特认知，即"主题就是个人对世界独特的态度。一个诗人心目中主题的范围就是一份目录表，这份目录表说明了他对自己生活的特定环境的典型反应。主题属于主观的范围，是一个心理学的常量，是诗人天生就有的"②。

在类型化网络小说的母题中，我们可以找到传统民间流传下来的角色、背景、事件，但同样是相对弱化的主题设计，大量的"爽"文出现只是为了满足猎奇与煽情。在改编成电视剧时，这种"母题/主题"关系必定会发生改变，或者体现出更加强烈的原著价值导向，比如《大江东去》《琅琊榜》；或者经过再加工，体现出与主流价值的融合，比如《浮沉》《楚乔传》；或者采取了更为温和的主题，尝试调和次元之间的审美趣味，比如《亲爱的，热爱的》《择天记》。总之，主题在主流文化消费品思维建构的过程中对所利用的母题重新组合，具体表现为一连串的角色、背景、事件的变化。我们所指出的改编研究中的两种民间文化——都市的及网络的，对应着各自民间生活的理解与阐释。

同时，母题的美学深度与荣格的集体无意识、弗莱的原型又有一定的联系，改编前后的差异其实也无法摆脱几千年来固定的思维习惯。那些最基本的人类概念、精神现象或动作本身，如城市与乡村、成长与蜕

---

① ［美］斯蒂·汤普森：《世界民间故事分类学》，郑海等译，上海文艺出版社1991年版，第499页。

② ［美］乌尔利希·韦斯坦因：《比较文学与文学理论》，刘象愚译，辽宁人民出版社1987年版，第123页。

变、生命与死亡、复仇与苦难、漂泊与归根、阴谋与爱情等，都贯串在创作者内心深处。

二 "义利"主题与权谋心术

网络小说为营造离奇曲折的故事氛围，常常要借助复仇、诡计、英雄等母题，阴谋诡计与神机妙算将带有不同感情色彩的斗智斗勇赋予了不同的人物。在英雄与反派之间做出简单的道德判断是民间故事最基本的伦理前提，这代表了民间惩恶扬善的美好愿望与精神寄托。但与此同时，我们也发现，网络文学对于诡计、谋略的书写被阅读冲动所牵引，有时会一味地夸大故事中人性"恶"的一面。的确，作为原始社会习俗的同态复仇在很多民间故事中都有呈现。网络小说图一时之快，为吸引读者而建立的无所顾忌与突破底线的权谋情节的确形成了一种网络上的民间，这部分因缺少善的导向而不能与大众审美兼容。所以我们通常看到的改编剧是能够在私利与正义之间做出妥善权衡的产物，从而为复仇、权谋母题在当代民间的合理生长提供土壤。当然，复仇之火也可能在原始欲望的释放中失去控制，这一点在无论是宫廷剧《甄嬛传》、传奇剧《琅琊榜》，以及玄幻剧《诛仙青云志》《斗破苍穹》等作品中都曾经出现。网络小说中的权谋叙事按"场域"来划分，分为"战场权谋""朝堂权谋"以及"宫廷权谋"。战场权谋中的"权"字更多的是权衡、权变之意，即战场上运筹帷幄；朝堂之上的权谋是政治权谋，与宏图伟业相关；"宫廷权谋"是权谋文化的集中体现，也是改编热衷选择的领域。三者的根本目的是追"义"求"利"，其实质是传统中国人的处世之道与社会达尔文主义的结合，而当代中国社会阶层的隐喻则给了权谋文化充足的消费市场。

（一）侠义与正义

英雄出场的目的是匡扶正义，责任设定在于有所担当，从中国古典小说的《三侠五义》到现代武侠小说都把"义"字作为行走江湖的基本准则。根据网络历史小说改编的传奇剧，正是在讨论具有民间传奇色彩的新江湖准则与安身立命之本。其实，流传千年的民间权谋故事与被官方认可修订成册的文学经典有所不同，比如刘关张桃园结义的故事，是《三国演义》的重要线索，也是其所张扬的"义德"核心，显示了兄弟之间超越血缘的平等友爱之情，从社会学上讲是脱离了封建宗族礼法之后的寻找新社会群体的理想设定。但是很多民间传说将原始草莽气息演绎为对抗儒家伦理的冲突，为夸大义气至上，传说关张二人互杀对方老小以绝挂念。显然最后成书的《三国演义》没有沿用这些民间故事，而是将义气与"上报国家、下安黎民"进行了有效结合。在现代文明的认知中，违反人文关怀的原始冲动不再被叙事伦理采纳，但很多网络小说仍然会有极端化的情节描写，表现为在复仇过程中的狠毒残忍与冷酷绝情。改编剧的小说版常常让男女主人公呈现出原始野蛮本性，为实现目的不择手段，比如，小说《11处特工皇妃》中的楚乔心狠手辣、有仇必报，楚乔沉湖管家宋大妈一段写得冷血无情。

> 妇人见了，顿时大惊失色，叫道："你，你干什么？"
>
> 再不容她大吵大嚷，楚乔轻轻地松开了手，石头呼的一声砸在冰层上，冰面顿时破碎。
>
> 妇人惊呼一声，就被寒冷的湖水整个覆盖，只冒了几个气泡，就沉了下去。
>
> 楚乔站在石桥上，面色沉静，眼神平和，表情看不出一丝波动。①

---

① 潇湘冬儿：《11处特工皇妃》（上），江苏文艺出版社2011年版，第40页。

而电视剧《楚乔传》中的楚乔变得心地善良、体恤弱者。这段戏也被安排成了失手误推宋大妈入湖中。如同民间传说中的荆轲、秦舞阳是杀手刺客，都有着阴狠毒辣的一面，楚乔的身份是特工间谍，不能有半点情感犹豫，这种嗜血本性会给阅读带来强烈的复仇快感，网络爽感十足。

同时，"义"的母题在网络时代还会与性别书写结合，或是采用双男主攻受模式①，如《琅琊榜》《陈情令》；或是表达为男强女强模式，如《楚乔传》《孤芳不自赏》。因此，"义"字当头是复仇故事在民间得以流传的重要原因。然而在现代社会的民间讲述中，江湖之侠义要让位于人间之大义。原著《琅琊榜》中的梅长苏也是常露阴暗一面，但剧中更强化了他的大爱前提。其实，双男主攻受模式及男强女强模式的设定，在小说中是为言情与"女性向"服务的，电视剧改编常利用这一人物关系给复仇增加一个平衡的张力，才能在强化了胸怀天下的前提下，展开一场场权谋大戏。因此，也衬托出单一的复仇故事如《诛仙青云志》《甄嬛传》在格局上的狭隘，其中的"义"也就更多显现为一己私"利"。

（二）权欲伦理与正邪黑化

基于人物塑造的性格转变在叙事作品中常用来设立丰满立体的原形人物，使其更符合真实可信的生活逻辑。民间故事中人物的蜕化与成熟没有明确的大起大伏，性格多是一成不变的，无论是中国古代中的刘备之长厚、诸葛之多智，还是西方亚瑟王的勇猛、罗宾汉的多谋。在英雄母题的讲述中，都会将背景母题设置为从逆境到顺境的转换，如何处理在不同境遇下的困难与阻力，也成为民间感情判断这一人物善恶程度的

---

① 攻和受是耽美文学中对恋爱双方之间的角色划分，主动方为攻，被动方为受。耽美风格的小说改编去掉此类作品中的同性爱情设定，但保留了攻与受的模式化外形特征：攻身材高大，皮肤黝黑，性格外向主动，长相更加阳刚，年长，有保护欲；受则长相纤秀柔美，皮肤白皙，身材较瘦小，性格内敛，年轻。攻和受相关内容见邵燕君主编《破壁书》，生活·读书·新知三联书店 2018 年版，第 188 页。

标准。同时，英雄与权力之间又天然地联系在了一起。网络小说的强势主人公对于权力的欲望、成功的渴望是读者代入感的重要来源。马克斯·韦伯所言，"权力意味着在一定社会关系里哪怕是遇到反对也能贯彻自己意志的任何机会，不管这种机会是建立在什么基础之上"①。权力成为人们争夺的目标，也因此获得了戏剧冲突。现实生活中无法抗拒的某种阻力，如果能够得到畅快淋漓的克服，哪怕是手段有所不齿，也达到了宣泄的目的。因此，这种转化涉及了网络民间二次元文化中的"黑化"概念，"黑化"一词原为日本游戏《Fate/Stay Night》（命运守护之夜）带入的专有名词，描述其中角色被污染所产生的变化，后引申为"性情大变"的代名词。它很好地描述了叙事作品中人物由善良单纯到邪恶凶残的巨大落差。《甄嬛传》可以视作一种黑化的代表，在后宫的钩心斗角中，如果不凶狠，只能受人欺压。甄嬛从聪慧机敏到手段残忍的黑化过程从逻辑上是通畅的，但在电视播出端常常会引起争议，尽管电视剧版已经洗白成从单纯善良到情非得已。第二种黑化，是在性情大变之前就已经埋下了种子。《未央·沉浮》中的窦漪房性情就比较冷血，如果说后期作为皇后、太后的窦漪房诛杀异己是为了复仇与皇权，但前期作为萧清漪的窦漪房奉命赐死王美人时的干脆利落则过于阴鸷，第一人称视角的叙述方式令人不寒而栗，后宫生存之道尚未展开，便将心术诡计运用得如此娴熟：

> 警告足矣，让她也知道面临失去孩子是怎样的痛苦心境，说每天会送汤药过来也是为了恐吓她，不要再动邪念，否则一身两条性命皆有皇后掌管。她不得不听话。

---

① ［德］马克斯·韦伯：《经济与社会》（上），林荣远译，商务印书馆1997年版，第81页。

猛地惊觉自己不知道何时变得心机如此深沉，全没了当初的不
适和恐慌，越来越适应冰冷阴暗的宫闱，难道我果该生长于此。我
无奈的哑笑。①

电视剧《美人心计》显然不能如此处理，内心戏的嗜血残忍改成
了痛心不忍，前期的杜云汐（原著为萧清漪）通过人性之善将这些黑
暗面处理成一段段无奈之举，而后期的窦漪房掌权后更多的是考虑到大
汉江山的社稷长久才排除异己，这与《芈月传》中的太后性格设定是
相似的，当权欲与国家政治相结合，利欲在某种程度就成为公义，它的
谋略也因此具备了合法性。在民间的认可度上，内外有别，博爱或私情
常常是判断感情色彩的依据。

与琼瑶式"情节剧"中善恶分明的一维道德世界相比，《甄嬛传》
采取了悬置正义的策略。甄嬛所处的后宫里，没有正义与邪恶，只有高
明和愚蠢，无论是胜利者还是失败者，本质上都是一样的城府极深。宫
斗和权谋在2010年前后的电视剧《甄嬛传》《步步惊心》到达顶峰之
后，进入了长时间的低谷期，由于政策的影响，大量的类似题材不再审
批。宫斗戏中的情绪释放给了宅斗类题材，如《知否？知否？应是绿肥
红瘦》，但民间的原生态性复仇母题仍然在积蓄，直到2018年沉寂多年
后借《延禧攻略》与《如懿传》再度得以呈现。

（三）善恶设计的民间解读

《延禧攻略》与《如懿传》两部宫斗剧的后"宫斗"书写缓解了民
间对权谋类故事的渴望，传播渠道改成网络平台播出。网络收看失去了
部分观众，但互动性却继续强化，对后宫生存技巧的探讨混杂在人物表
演的精湛度分析中，对宏大正义的引导降格为古代服饰礼仪的热议，可

---

① 瞬间倾城：《未央·沉浮》（上），重庆出版社2008年版，第59页。

以说主流价值的疏导策略并没有得到恰当的落实。我们看到，网络民间所呈现出的是对官方文本的二次解读，充满后现代的戏谑将既定的善恶设计彻底改写。后"宫斗"时期的播出收紧引发了民间对清宫戏人物的颠覆式清算，对曾经琼瑶式道德模范进行负面阐释。网民将《甄嬛传》《步步惊心》《延禧攻略》《如懿传》与20世纪90年代的《还珠格格》联结在一起，对同一人物的正邪设定，对同一事件的情节发展，做出互文性比较。"80后"观众通过《还珠格格》的诸多细节重温童年记忆，将原作里善良的令妃、阴险的皇后、狠毒的容嬷嬷解读出完全不同的人设与剧情。原来令妃才是最大的"心机girl"，她利用永琪、小燕子等人除掉了皇后和十二阿哥，最后永琪跟随小燕子出宫，令妃的儿子十五阿哥最终继承了皇位，成为嘉庆皇帝。在香妃逃出宫后，令妃劝皇上"就当她变成蝴蝶了吧"，并借机向皇上表白，说自己"会永远跟随着皇上，崇拜着皇上，依恋着皇上，而香妃，大概根本就不属于皇上"。20年间，对于令妃的道德判断从毫不犹豫地支持，到借权谋重读人物心理，其实是观众对权谋套路更加谙熟，对人物性格过于雷同的不满。我们可以将其视为一种民间的幽默："这同样属于民间属于传统的一类故事，不再是'扬善惩恶'了，善与恶的大道理在某种原始的审美意趣中奇怪地'消解'了。"① 所以民俗文化是多重因素的混杂体，它用民间思维解构的不仅是传统以历史正剧为代表的宏韬伟略，也解构了善恶的简单判断标准，在网络碎片化的时代，正义已经不能单独建构个人身份认同，在个人与权力、个人与体制的对抗中，选择狡黠、圆滑的处世方式认可度更高。

---

① ［美］斯蒂·汤普森：《世界民间故事分类学》，郑海等译，上海文艺出版社1991年版，第615页。

三 "爱情"主题与虐恋甜宠

爱情是文学艺术反复书写的主题，民间故事中的爱情多是在阻力与反差中展开，并越发显出爱情的弥足珍贵，尽管在民间故事中，"男女主人公的结合只是其他母题的附加成分……但历经患难之后的团圆构成了整个故事的中心动力"①。由此来关注网络小说中的爱情故事，可以明显地寻找到谪世、轮回、禁忌、考验、虐心等众多母题。在网络这个充满幻想的世界，读者借助重现民间爱情神话的方式来解决现实生活中冷酷的情感遭遇。无论是"霸道总裁"的虐情之爱，还是"师徒之恋"的禁忌之爱，"三生三世"的轮回之爱，都极大地抚慰了遭遇情感创伤的都市男女。然而，越是幻想式的爱情，枯萎得越快，这种当代民间故事在改编时会快速地失去资本与市场的青睐，以小白文形式出现的玛丽苏、灰姑娘、杰克苏、龙傲天，曾经广泛传阅，现在难以独立支撑。因此，网络民间故事也需要不断地制作新的爱情幻想来填补失落的世界。

（一）从苦情到虐情

当代大陆言情小说是从 20 世纪七八十年代香港、台湾地区的通俗小说发展而来，以琼瑶、亦舒、张小娴等人的作品奠基形成。而改编剧中，琼瑶的作品似乎更加适应电视媒体，这也归因于琼瑶小说中悲情女子的人物性格以及命运多舛的情节发展。在整个 20 世纪 90 年代，《婉君》《青青河边草》《梅花烙》等琼瑶式的爱情作品，集中将民间女子的美丽善良、忍辱负重充分展示，她们往往背负着家族的重任，或者是隐忍着内心的苦楚，只为与心上人的远走高飞或无法接受对他人的伤

---

① ［美］斯蒂·汤普森：《世界民间故事分类学》，郑海等译，上海文艺出版社 1991 年版，第 108 页。

害。苦情带给民间的是团圆之后的喜悦，也让最终结局更有期待感。一切困顿苦痛、磨难纠葛最终都是为了证明爱情具有超越一切、永不磨灭的力量。20 世纪 90 年代，作为"60 后""70 后"为主的观众群体，人生经历中伤痕记忆及教育背景里的苦难诉说，与婉君、慧芳的善良纯情产生共鸣，那个时代背景下的伤痛母题极大地触及了渴求在文艺作品中寻找自我疗伤的愿望。时至 21 世纪之后，民间悲情女子在网络时代已经很难唤起都市青年的共鸣，作为"80 后""90 后"的观众群体，他们对于爱情的理解无法再进入苦情戏码所堆砌成的伤感当中，当下的民间爱情不再背负家族式的、群体式的重担，而代之的是个体式的无奈。独生子一代无法寻爱才无所顾忌，于是，这些故事仍然用虐情母题使他们想象如何才能不敢爱或无法爱。20 世纪 90 年代的爱情考验具有明显的时代烙印，在主仆身份之间、阶级成分之间、家族世仇之间展开。网络时代的考验则更加极端，《步步惊心》是穿越时空的宫女与皇帝之间、《花千骨》是师傅与女徒之间、《杉杉来了》是打工女与总裁之间、《何以笙箫默》是学霸与学渣之间。身份反差想象强化了虐心母题，越是不能爱，越互相折磨，从而满足了都市青年设置禁忌的愿望。李银河提到，在受虐背后隐藏着一个期望——"自己是值得对方爱的"，"你来惩罚我，就在关注我，就是在爱我"①。网生代表面上拥有了更多的物质条件，更好的教育水平与宽松的择业观、择友观，但上一辈却过于小心地呵护着他们，不求他们建功立业，只求平安顺利。因此这些再造的禁忌，是网友们的一厢情愿。同时，在新的故事中，对女主人公的描述不再着眼于描述她的美和善，而是强调她们的弱和小，《步步惊心》中的张晓、《何以笙箫默》中的赵默生、《杉杉来了》中的薛杉杉。她们被众多男主宠爱时，不是基于倾城之貌，或勤劳吃苦，而是基于身上

---

① 李银河：《虐恋亚文化》，中国友谊出版公司 2002 年版，第 194 页。

的独特温柔。这与当代青年的自我评判是一致的：我可能无法拥有漂亮的皮囊，也可能不那么聪敏贤惠，但我至少拥有一颗简单的处世之心，用二次元的语言形容就是"呆萌"。在最不可能发生惊天爱情的傻白甜身上发生禁忌之爱，满足了平凡青年人渴望不平凡人生的愿望。

（二）从独立到依附

与琼瑶作品中的苦情女子相反的是亦舒作品中独立冷静的女性形象，她们似乎更适合当代职业女性的定位。亦舒的小说《我的前半生》是在女性自由和解放的主题上对鲁迅小说《伤逝》的续写，但改动了《伤逝》中子君的悲剧套路，借以探讨"娜拉走后该怎样"的问题。显然，这部写作于 20 世纪 80 年代的作品，更适合金融风暴之前经济快速增长的香港地区，女性可以通过自立自强学会严谨决绝，从而在香港的激烈竞争中占有一席之地。但是当时这类题材并不适合改编为内地的电视剧，因为彼时的内地电视剧言情市场正被琼瑶的苦情剧垄断，那种孤傲式的自强被刘慧芳劳模式的自强所代替。直到 2000 年前后，独立的女性形象才被内地电视剧所大批地塑造，在《牵手》《中国式离婚》中，女性一次次懂得了婚姻与爱情的关系，在经济独立之外更重要的是个性的独立。然而 2010 年前后，在很多电视剧中物质追求再次成为情爱中的制约因素。鲁迅的小说《伤逝》中用涓生和子君的爱情悲剧指出"只为了爱，——盲目的爱——而将别的人生要义全盘疏忽了。第一，便是生活。人必生活着，爱才有所附丽"。从这个意义上我们来看《蜗居》（2009 年）可以获得新的解读，海藻同样是因为生存的困境而产生了情爱的依附，在依附中，海藻的情爱才成长为超越物质利益的情感迷恋，以至于后来转变为可以为爱放弃物质的牺牲精神，但是中国的现实土壤显然很难承认这种从赤裸裸的物质利益中生长出的情爱，特别是这种情爱中掺杂了贪污腐败等违反社会公平正义的因素。《欢乐颂》一度设想将爱情从物质中拯救，却恰恰印证着消费社会的身份认同。22 楼的五个女孩子在时尚外衣"撞衫"与都市趣味"相投"下掩盖着身份的差异,实为变相地将物质与爱情画上等号。安迪的爱情只能在富豪魏渭或包奕凡之间发生,小地方来的邱莹莹遇上的只能是"猥琐男",而樊胜美"捞女"梦的内心阴影解除之后,事业刚刚起步的王柏川才是她的最佳配对。关雎尔与赵启平拥有再多的"文艺共同语言",也只能无果而返。

2017 年,《我的前半生》被改编为同名电视剧,成为当年轰动一时的文化热点。但是除了女主人设,这几乎是个全新的故事,重新设置的时代、地域和社群将一个 20 世纪 80 年代香港女人的故事变成了今日上海女人的故事。这种改编与网络小说媒介转换极其相似,都是在独立女性身上植入甜宠因素。亦舒原著子君面对突如其来的离婚,内里惶恐无助,对外依然不乱方寸,而到了电视剧中的子君面对婚变哭得梨花带雨,楚楚可怜,完全是按照傻白甜的路数去克隆。原著子君大学毕业英文流利,是婚姻让她与外界隔离开来,让她的感受力变钝,让她的美不鲜活了,但是一旦回归社会,其身上独有的气质、潜能会快速发挥。而电视剧中无知到将"角膜"以为是"脚膜"的罗子君,其事业成功完全是因为贺涵那超出朋友关系的帮助。独立在今天成了一个美丽的幌子,它只在宣传手册上出现,而所谓的事业仍是男性主导的天下。同这部 IP 类似的是,《小儿难养》《裸婚时代》等都在原网络小说的基础上增加了女性独立的话题,这种女性主义色彩的当代主题本意是表达女性摆脱服务于家庭的传统观念束缚,从而寻找到自己的价值定位,但是在实际的操作中,还是陷入了甜宠的窠臼,童佳倩、简宁离开家庭后的成功不是通过塑造如何奋斗克服困难,而是在关键环节得益于新男性朋友或上司不求回报的帮助。尽管这些剧都打上了国民"女性励志"的招牌,但潜意识中仍然把女性放置到依附型的坐标之上。

（三）重写爱情神话

作为网络文化代表的玄幻类作品继承了中国古代神话中的幻想思维，也表达了网民在充分吸收传统民间故事的基础上，试图书写属于自己时代的神话故事。神话作为民间叙事中最大的母题，其实是渗透在各种主题当中的，但在爱情主题上，经典的神话传说能焕发出无穷的魅力。以《花千骨》《三生三世十里桃花》《扶摇》《香蜜沉沉烬如霜》为代表的玄幻仙侠剧叙事流畅、情绪饱满，并有非常鲜明的网络个性，成为网络小说改编剧中的高收视作品。其基本结构与古代神话传说中的跨种族恋情结构相似，都是在禁忌母题下构想一种具有"网络女性主义"色彩的平等爱情关系。《香蜜沉沉烬如霜》取材于《镜花缘》后半部分百花仙子下凡历劫，最后重回天庭的故事。《花千骨》取材于女娲补天及上古传说。"三生三世"和"十里桃花"的典故也在古代流传甚广，"三生三世"出典于唐代传奇小说集《甘泽谣》的《圆观》一篇，讲述洛阳惠林寺的僧人圆观与公卿之子李源结下30年之久的深厚情谊；"十里桃花"，则出典于六朝志怪小说集《幽明录》，这些故事，其本身带有浓郁的伤感气息，加上极具古风古韵的剧名与画风，让人流连于凄美的神仙眷侣故事之中。与20世纪90年代《新白娘子传奇》不同的是，这些神话爱情传说的改编被置于一个更加宏大完善的世界当中，无论是《三生三世十里桃花》的神族、龙族、凤族，还是《花千骨》中的洪荒世界，这一代的民间讲述人试图在宏大叙事中重新架构爱情神话，但在拯救世界与天下苍生的感召之下，却没有了如《神雕侠侣》的侠义感。锦觅与旭凤的三世虐恋、白浅和夜华的三段爱恨纠葛，都是跨越时间与人间的旷世奇缘，但所涉及的世界坍塌只有两个人的爱情，失去了众生的存在，也就缺少了《聊斋志异》人狐之恋的"写鬼写妖，高人一等；刺贪刺虐，入骨三分"的感觉。

同时，构想中的平等爱情关系也没有达到网络平权的价值标准，通过将或仙或妖的女性爱上一个异类男性设定为现实女性的唯一价值，在锦觅对旭凤、花千骨对白子画、白浅对夜华的感情中，是单向的带有膜拜感的崇敬之情，男性高冷范儿与女性呆萌态的对比，满足了网络二次元中的女子依恋情结，却失去了神话中跨越阶层、打破权力结构的最初意图。这类爱情故事"对狭窄且有限的情感的世界的关注"，"从不尝试去填充社会事件或背景"[①]。网络神话罗曼史的重写，似乎仅仅完成了一段少女的心结，却无法达到折射民间群体诉求的目的。

四 "成长"主题与奋斗逆袭

网络童话的民间书写离不开成长母题，每一个少年都是在独立事件的磨砺中逐渐成熟的，这种成熟是个人的坚忍不拔与处世豁达，也包括一代人面对挑战与机遇时的角度选择及抗争逆境的能力提高。通过个人的自我意志与外在的社会现实逐步磨合，将青春期的焦虑、苦闷、期待不断调整。这其中涵盖了漂泊、奋斗、沉沦、救赎等母题。是反叛权威，还是屈服命运摆在了网生一代青年人的面前。

（一）放逐与漂泊

在各种现实题材网络小说中，职场新人的命运围绕着他们初入社会的青涩展开，在他们羽翼丰满之时确定下某种行事风格。温室里成长起来的"80后""90后"面对职场时的心态与上代人已然不同，生理上的健康与体壮不能代替精神上的幼稚和莽撞，因为青少年对于"丛林法则"的适应能力在下滑，他们越发认同现实的冷酷，这是《甄嬛传》带来的一种成长方式。甄嬛从初入宫中那个充满爱情幻想的纯真少女，

---

① ［英］安吉拉·麦克卢比：《〈杰姬〉：一种未成年少女的意识形态》，陶东风、胡疆锋主编《亚文化读本》，北京大学出版社 2011 年版，第 232 页。

一步步走向心狠手辣的宠妃，投射的是现代生活的等级森严与弱肉强食的一面，很多人从中读出了现实职场的属性，这是一种无所适从的漂泊感。从杜拉拉到乔莉，从乔菲到关睢尔，就业是都市人成为经济上独立主体的标志，是她们拥有生存空间的前提，而就业也意味着告别青春的记忆与单纯的幻想，总会把当初的梦想抛弃或修订。"现代城市，其空间形式，不是让人确立家园感，而是不断地毁掉家园感，不是让人的身体和空间发生体验关系，而是让人的身体和空间发生错置关系。"① 如同小说中甄嬛这样天真地想象宫内不平庸的人生：

> 人生若只有入宫和嫁温实初这两条路，我情愿入宫。至少不用对着温实初这样一个自幼相熟又不喜欢的男子，与他白首偕老，做一对不欢喜也不生分的夫妻，庸碌一生。我的人生，怎么也不该是一望即知的，至少入宫，还是另一方天地。②

这段内心想法在剧中被删掉了，改成甄嬛在庙中许愿的情节：

> 信女虽不比男子可以建功立业，也不愿轻易辜负了自己，若要嫁人，一定要嫁与这世间上最好的男儿，和他结成连理，白首到老，但求菩萨保佑，让信女被撂牌子，不得入选进宫。③

电视剧以更加合乎情理的方式处理这种人生转折，因为渴望入宫不是通常情况下的女子心态，多是无奈之举。小说用"明知山有虎，偏向虎山行"的刺激式语录让网友钻进自我设计的圈套中去冒险。

---

① 汪民安：《身体、空间与后现代性》，江苏人民出版社 2006 年版，第 128—129 页。
② 流潋紫：《后宫·甄嬛传1》，花山文艺出版社 2007 年版，第 20 页。
③ 2011 年电视剧《甄嬛传》，第 1 集。

同样的是，乔莉与杜拉拉等职场新人都设想过完美的个人抱负、职业规划。但又如邱华栋在《城市战车》所描写的艺术家们的痛苦感受一样，现实的骨感给理想的丰满注入的是漠视和碾压。这种漂泊感与上一代人的职场有所不同，它已经不是生存性的焦虑，而是自我放逐式的选择。在《杜拉拉升职记》与《浮沉》的职场，这种情绪是都市青年在物质富裕后的流动性存在。当代社会学家鲍曼（Zygmunt Bauman）认为，现代性本身是一种流动的液体状态，如果我们把人与都市的关系也看作动荡漂浮的，那么类似自我流放式的选择，是奠定在现代物质繁荣基础上的。在这种探索过程中，你可能会受穷，但不至于没有饭吃，有了基本生活保证的都市人，其焦虑更多的是一种选择性障碍，他们的在世状态是"穷愁"。穷愁并不是穷困，进入 21 世纪之后，中国都市的物质水平大大提高，人们的基本衣食条件已经满足，现代生活带来更多的是纯粹的"愁"，"'穷愁'意味着'穷'未被当成是存在的可能性，相反，存在在此面前束手无策，陷入无力的局面"[①]。如果说 20 世纪 90年代的职场是《情满珠江》《牵手》那种急迫的创业渴望，2000 年之后的就已经成为《奋斗》与《我的青春谁做主》的力所不逮了。如果不像甄嬛一样屈服于社会，那么就像薛杉杉一样被莫名的宠爱吧。这两种"丛林法则"的解决方式最具网络民间特色。它让都市青年在打拼了一天之后，可以在电脑前享受这片场的成功喜悦。只是主流电视剧仍然要倾力打造一个逐渐自立自强的成长主题，像《浮沉》《亲爱的翻译官》都对原著进行了大幅度的改动。前者的乔莉从小说中杜拉拉式的技术性存在改编为不断将技能化作有能力悲悯他人的强者，后者的乔菲则从放浪不羁的职场丽人改编为刁蛮公主式的职场宠儿。

（二）佛系与救赎

《裸婚时代》原著中的刘易阳是带有佛系意味的，他不求大富大

---

① 葛红兵、宋耕：《身体政治》，上海三联书店 2005 年版，第 155 页。

贵，每天满足于基本温饱，而将更多的精力放在打游戏、看动漫上，这种当代都市青年的真实写照是冰冷残酷的。网络文化影响下的都市民间群体所兴起的"丧文化""佛系文化"具有极大的杀伤力，指代一种清心寡欲的生活态度。2018 年 12 月，"佛系"入选国家语言资源监测与研究中心发布的"2018 年度十大网络用语"，其最早来源同样是日本的二次元文化。日本社会观察家、社会消费现象研究者三浦展（Atsushi Miura）曾经提出一个石破天惊的概念："下流社会"，这一概念和中文语境中道德意义的"下流"无关，也不是单纯指财富收入的低薪，而是指社会"向下流动"的趋势，特别指沟通能力、生活能力较差，工作热情、消费欲望低下。一方面，巨大的工作压力，压得许多都市年轻人喘不过气来；另一方面，节衣缩食也完全可以得过且过。悖谬般的生活方式表明这一代人在少年时代物质生活过于安逸，与踏上社会后形成巨大的反差，于是逐渐丧失了工作热情和人生斗志。三浦展用"下流社会"这个概念来描述 20 世纪最后二十年，日本经济在快速发展之后的停滞，而这恰恰是二次元文化逐渐蔓延的时期，日本的动漫产业迅速跃居为全球首屈一指的新兴产业。三浦展曾经这样形容都市青年不思进取的感觉：

　　为什么人们要不断攀登险峰？是因为期待着险峰之巅有令人惊奇的美景，倘使已经攀登至七成的高度，并且险峰之巅根本没有什么美景，而七成高度的地方却是山花烂漫，乱云飞渡，美不胜收，那么谁也不愿花费力气去攀登顶峰的。下流阶层的不求上进就跟登山是一个道理。如今，廉价商店里令人讶异、不敢相信自己眼睛的低廉价格出售各色商品，名家演奏的古典音乐名曲 CD 只售 100 日元。这样的时代，松松垮垮照样能够生活，努力工作的人却可能会被讥讽为傻瓜，因此，便有越来越多的人松松

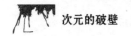

垮垮的生活着。①

《蜗居》中的小贝也是如此。他认为一切都可以慢慢来，海藻无奈下投入宋思明的怀抱。显然，作为大众媒介的电视剧不能任由一个下行的民间社会形成，改编后《裸婚时代》中刘易阳学会了振作、自强，用全新的自己挽回了婚姻，而没有做出这种整改的《蜗居》也就失去了在主流媒体再次传播的可能性。尽管艺术作品为我们阻止这种堕落提供了救赎路径，但我们仍然不能忽视其存在的现实性，网络民间的野蛮生成如果不加以科学破解，会极大地损坏现实民间的健康体系。当整个社会形成一股上升气流时，即使个人缺少上升意欲，也可以在不知不觉间随大气流一起上升，而当整个社会不再处于上升期时，只有上升意欲极其强烈且拥有一定能力的人才能最终赢得成功，不具备上述能力的人便只有跌落了。以此来看，网络文化必须与社会文明的进展同步，才能使都市民间的正向价值成形，所以，我们研究的"次元壁"应该被双向打破，二次元的"佛系"不能一味地干扰三次元，也应该从现实社会寻找到救赎二次元低欲望的力量。

（三）奋斗与虚幻

对于现代经济社会中的市民精神本质，韦伯认为是天职的工作欲，松巴特（Sombart）认为是赢利欲，而舍勒（Max Scheler）认为是小市民的怨恨，一种绝望感构成的活动欲——如果把工作天职看作现代人努力工作时的外在环境适应性，那么对于现实的不满足感就是促使自我价值实现的内在动力。舍勒尤其认为，传统的国家、上帝、科学献身等英雄主义、实干精神要被市民精神中的怨恨、不满等改造之后，才成为推

<hr />

① ［日］三浦展：《下流社会：一个新社会阶层的出现》，陆求实、戴铮译，文汇出版社2007年版，第5页。

动商品经济发展的动力。"市民精神已逐渐改塑了社会秩序，其新道德和新法律意识等等已经排除了相应领域的旧理解，……这样一来便正是在强迫它们变成动力——在新经济目标这块土地上迈出新步子的动力。"① 在新时期中国人的现代性体验中，感奋体验是激发出人们事业雄心的一种重要现代体悟，它促成了市场经济建设初期那些时不我待、只争朝夕的现代化建设者。个体荣耀与国家荣誉的共同兴盛，是对人生观事业观标注的个体欲望下的"成功"定义。从审美现代性的角度来看，电视剧反映的是社会发展的全貌，整体社会风向标中的前进、发展意识必定为主流价值观所认同，从而出现了《平凡的世界》《情满珠江》这样一代代人成长的励志奋斗主题。时至 21 世纪第二个十年，孙少平的成长故事已经不能完成民间青少年对于偶像的向往。我们看到现实主义题材在创作中的萎缩，类似《大江大河》这样的网络小说改编剧太少。但这并不代表青年人丧失了对路遥式"成长小说"的喜爱，只不过它要杂糅进"穿越""玄幻""权谋"等新网络民间类型元素。"民俗文化在整体上是一种中介"，是精英文化与大众文化、雅文化与俗文化、大文化与小文化等二元关系外的"第三元惰性因素"②，"高幻想"模式是当下的一种网络民俗文化，那里的世界是虚构的，但人性并不虚幻，而是更准确地踏住了年轻人的心理节拍。《择天记》就是一个最典型的例子。《择天记》找到了私人叙事与大叙事的完美接洽点，作品讲述的是在人、妖、魔共存的架空世界里，一个少年自律严苛、逆天改命的故事，既有西方的少年冒险模式，又有东方的理想人格感召。当所有人都认为陈长生是个弱者时，他不断学习修行，刻苦训

---

① ［德］马克斯·舍勒：《资本主义的未来》，罗悌伦等译，生活·读书·新知三联书店 1997 年版，第 17 页。

② ［美］斯蒂·汤普森：《世界民间故事分类学》，郑海等译，上海文艺出版社 1991 年版，第 614 页。

练，永不气馁，"改命真的很难，但就算再难，我也要坚持下去"，故事充满了少年热血与朴素情怀。这说明新的民间成长主题依然会有平等、自信、奋斗、向上的价值观，但它们需要被激发的契机，40 年前的孙少平或许是基于摆脱贫穷的内因，今天的陈长生依靠的是掀掉世俗刻板印象的动力。

第三节　"可写的"文本与网络民间崇拜

网络文化带给都市民间生活的另一大变化就是促使了粉丝文化的繁荣，通过网络的联结作用，粉丝群可以更加有效地组织活动、参与文本的再创作。因此，我们看到，粉丝成为网络民间的重要表征之一，他们无处不在的身影已经改变了文学艺术的阅读欣赏方式，将原本静态的作品真正扩大到一个互文性的社会空间中。詹金斯认为粉丝文化和传统民俗文化有相合之处："粉丝文化就像传统的民俗文化一样，建立了群体身份，表述了社群理想，并定义了其与外部世界的关系。粉丝文化就像传统民俗文化一样，是通过非正式的方式传播的，也并不严格区分艺术家和观众之间的界限。粉丝文化就像民俗文化，独立于正式的社会、文化与政治体制而存在，自身体制在法律以外，而且由于参与者的自愿性和即时性使其体制也处于非正式状态。"① 在这种拥趸的过程中，也促进了明星机制的转变。明星制作为电影工业诞生的标志之一，近年来不断地向其他艺术产业里渗透，娱乐化的电视、网络等媒体将明星打造成资本构成的重要一环，与明星制同步产生的是明星崇拜现象。"崇拜"是民间重要的事件与文化，在牛津词典中被解释为："1.（对上帝或神

① ［美］亨利·詹金斯：《文本盗猎者：电视粉丝与参与式文化》，郑熙青译，北京大学出版社 2016 年版，第 261 页。

的）崇敬、崇拜；2.（对某人或某事物的）崇拜、仰慕或热爱（尤指看不见其缺点）。"①民间崇拜从最初强调对"神"的顶礼膜拜，转移到了对"人"的迷恋，今天的互联网使得凡人崇拜更加深入，而且网络将原本只属于影视明星的特质，扩散到网络作家、论坛群主、意见领袖、网络红人等其他民间偶像身上。我们在这里重点讨论的是在改编现象所建构的互文性空间中，粉丝与明星的民间行为特质，它一方面包括从凝望到触及的粉丝认同与流动，另一方面强化了网络写手"大神"与影视偶像的较量。通过对小说文本的再创造，娱乐工业如何既能塑造一个不同于传统民间又有助于当代文化健康发展的崇拜现象，这离不开我们对粉丝文化与民间偶像的深入探讨。

一　粉丝与偶像的互相建构

"二次元"文化是网络世界最具原始形态的民间生活，中国青少年网络亚文化圈的存在方式像传统民间一样，生存于官方话语和精英话语相鼎立的边缘区域，这种亚文化中的网络文学分支在民间生活中，因为具备与文化工业的良好互动而逐渐向主流文化靠拢，成为网络民间文化中发展最充分、文本最丰富、主流化程度最高的一个。这种主流化促成了新的携带着网络民间基因的都市民间文化，它在讲述民间故事的同时，也在现实空间营造阅读民间故事的氛围，其代表性方式是影迷、书迷群体化阅读影响下的粉丝文化，并且在与明星制结合的过程中又形成了"爱豆文化"（爱豆即英文"偶像"idol的意思）。在传统的明星崇拜概念中，粉丝与偶像之间是一种社会认同关系，并且多数情况下会产

---

① ［美］霍恩比：《牛津高阶英汉双解词典》第四版，李北达译，商务印书馆1997年版，第1758页。

生行为模仿，而网络时代的粉丝文化及爱豆文化倾向于去完成自我认同，即粉丝把这种文化当作一种事业去完成。尽管这种关系中的被崇拜方常常并没有任何强制性的、鼓动性的语言及行为，但粉丝依然去主动地介入各种文化事件中，甚至为了维护偶像而做出偏激的举动。粉丝文化的自发性与当下青少年成长期间缺少归属感、认同感有重要关联，他们不像上一代人拥有对革命英雄或劳模榜样的向往，网生代的英雄情结处于真空状态，他们需要某个更具温度的对象带给他们情感与价值意义。"比如，母亲这一角色的意义是和父亲的角色联系在一起的，而医生是和护士联系在一起的。""正是通过社会互动，认同才能够实际地获得自我意义，因此它们是反身性的。"① 粉丝将自身的社会意义视为某种角色，如果是通过他们的个体劳动造就了偶像，才能满足他们的成就感与归属感。所以，今天，粉丝与偶像是互相建构，不同于传统偶像的单向意义传递。

（一）民间改编——累积的粉丝经济

我们在第一章"语境变迁中的网络文艺和影视艺术"中提到过，受众已经从一般意义上的读者转换为深度阅读的粉丝。从学院派的角度梳理，文化工业下的受众研究进行了几次较大程度的转变。法兰克福学派认为受众是消费主义的牺牲品，是"被动接受者"；20世纪六七十年代英国的伯明翰学派，不再将受众单纯地认为是消极被动的，而是有自我生产能力，代表理论是斯图亚特·霍尔（Stuart Hall）的编码和解码学说；到了20世纪80年代，菲斯克则从文化经济的角度来理解受众，认为受众是生产的而不是接受的，并提出了粉丝经济的概念。20世纪90年代初詹金斯出版了《文本盗猎者：电视粉丝与参与式文化》，他成为近年活跃的粉丝文化研究者。詹金斯强调，在粉丝的世界里，没有生

---

① 周晓红：《认同理论：社会学与心理学的分析路径》，《社会科学》2008年第4期。

产者和消费者的区分，粉丝是"生产的消费者，写作的阅读者，参与的观看者"。当下，粉丝的概念日益被国内的文化界所接受，并与消费主义、文化资本、版权意识等现象混杂在一起。但是，我们也应该看到，中国的观众与西方的观众不同，并不是在一个均质的消费社会语境下产生的。在看到粉丝建构着后工业社会巨大消费能量的同时，也要看到他们的负面作用。那些在网络上及现实空间中非理性的"锁场""骂战"对健康有序的市场发展造成了极大的损伤，所以"娱乐至死""乌合之众"是一种有悖现代价值理性的文化制约。当然，单纯用十几年前，甚至二十几年前对于文化消费的评说也不能解读当下的全部大众文化现象。粉丝的研究要与具体的中国国情相结合，小镇青年与北上广青年所处的环境不同，对文化消费的介入与管理也应该采取不同的策略。

在民间意义上，粉丝圈的存在变成了当代青年塑造集体仪式感、存在感的手段，它们如同一个地下的宗教派别，自发形成，并自我赋权，他们的情绪、爱好极大地干扰了当代民间文化的形成，如果缺失了这种动态的民间粉丝事件，都市文化也就失去了产生新文本的土壤，因为粉丝常常是通过参与式文化将作品呈现为一种全新的样貌，这也成为罗兰·巴特式的互文性思考。尽管 20 世纪 70 年代，巴特在《S/Z》中就将研究的重心偏移到读者一边，但那种文论层面的互文性只是基于结构主义框架下的阅读心理研究，詹金斯 20 世纪 90 年代分析《星际迷航》《星球大战》的观众对原作的道具收集，同人文写作才真正具备了行动意义上的"可写文本"。大陆地区粉丝行为的大范围开展也是在经历了世纪之交各种平民选秀活动之后，才在宽泛意义上将互文性扎根到新的民间群体当中。进入 21 世纪第二个十年，互联网为文本的二次书写寻找到了更加合适的土壤，也催生了全新的偶像崇拜。不仅仅影视产业下的明星身体与面孔具备可塑性，普通人靠写作或手艺也可以吸引无数少男少女的顶礼膜拜。但更多情况下，影视改编将符号式的阅读想象再现为感官刺激的视听语言，帮助原著的粉丝流动到新的媒介中。其实，粉丝对任何一个文本的评述、解读、好恶本身就是一种改编实践，只不过，在资本的帮助下，影视剧以产业模式将改编做大。所以改编离不开粉丝的支持，粉丝们自发的积极阅读行为只是一种民间的改编，而他们贡献的点击量、回帖、付费打赏成为更大规模的数字资本。

（二）"爱豆文化"——沿袭的明星效应

明星制是好莱坞商业模式中的一个环节，它往往是由资本操纵而形成的，当然，明星与影迷之间也有基于个人喜好的情感投射，但明星效应又不仅是个人行为和商业利益，而是包括大众审美、社会思潮等一系列因素促成的文化现象。在明星的情感投射中其实包含了两种因素。"在任何时刻，人们在理论上都能在一个形体中找到两个形体：一个制造出来的形体（人物的形体）和一个制造者的形体（演员的形体）。把注意力集中在前者身上，观众便投入虚构人物的形象。把注意力集中到后者身上，观众就会进入一条互本文性质的特定路径，它一直伸向作为形式系统的本文之外。"[①] 但是，中国大陆地区影视娱乐领域内明星崇拜现象的起源中，好莱坞的明星文化远不如日本"爱豆文化""宅文化"的影响大，更具网络特征的日本娱乐明星的审美潮流才是当下中国大陆地区明星生产的特征。我们可以看到，20 世纪 90 年代，大陆地区刚刚流行起民间大众偶像崇拜时，他们有着非常鲜明的代表作，无论是影视剧还是歌曲，不管你是否真正喜欢他，但是你很清楚他从事哪个领域的演艺事业，比如，"70 后"眼中崔健的愤怒、王杰的忧郁，"80 后"眼中周杰伦的耍酷、谢霆锋的叛逆。但当下的明星，更具代表性的是那些"小鲜肉"——鹿晗、杨洋、李易峰等人，你却除了那个名字之外，对其具体作品是陌生的，或者不太关注他们的作品。他们多是白

---

① ［美］R. 科尔多瓦：《明星制的起源》，肖模译，《世界电影》1995 年第 2 期。

白净净，甚至有些雌雄难辨，就像日本 20 世纪 90 年代的木村拓哉，扮相偏向女性化。这种流行审美趋势的变化，一方面是由经济上的快速发展所带来的文化多元；另一方面，也是民间偶像所承担的情感投射发生了转变。对于 20 世纪七八十年代出生的年轻人，在他们所生活的那个年代，个性的解放与自我表达相对内敛，于是他们就去寻找愤怒与耍酷，而 90 年之后出生的人，他们在生活中已经习惯于自我表达，个性张扬，反而在面对中性化的李宇春、鹿晗时，他们找到了这种非常单纯、很空白的吸引力。然后，当这种非主流的审美要走向主流的大众媒体时，明星效应与"爱豆文化"发生了一次融合，即网络小说想象中的美少年与现实已经存在的柔弱感偶像重叠在一起，这种互文性是网络小说比起传统 IP 更有市场吸引力的原因所在。小说的 ACGN 文化基因，继承了日本花样美男的情感投射，又被欧美成熟的投融资体系所借用，持续不断地为影视产业注入新鲜血液。

二　从凝望到触及：粉丝认同与流动

我们之前论述过，在研究打破次元壁的过程中，我们发现了一个庞大的粉丝群体，一个由小说粉、剧粉、作者粉、演员粉组成的一个文本间网络，首先，他们在合力重构了整个媒介文化工业的同时，也在内部互相让渡与角逐，形成了民间新势力。其次，如同民间崇拜会发生对抗与融合一样，网络时代的民间粉丝也发生着群体性力量强弱的转换。粉丝盗猎是自发的个体行为，工业化改编是系统性盗取原著精华，但前者势力未必小于后者，因为即使发迹于同一文本，对最终效应的控制也有多种诱因。再次，粉丝的自发行为给火爆的娱乐产业增添了各种面相，常与电视电影行业的主流定位产生不和谐，因此，提升粉丝的媒介素养成为我们当下的一个重任。

（一）从回帖到"饭制"

网络小说与电视剧具备不同媒介的审美特性与创作格调，也带来了两种不同的阅读体验。粉丝作为更深入的、更积极的读者在接受过程中，拥有着主动参与的心态与重新写作的冲动，而不仅仅是单向地输入，并且他们还要将这种心理动机切实地转化为一系列行动，并且形成各自的粉丝圈。如果说在网络小说端，这种参与是以在线回复为主要方式，而电视端则因明星元素更加深刻地体现出情感导入的力量。网络强化了粉丝的社群化，因为"粉丝文化来自新的文化社群，归属感的产生是完全自愿的，而其基础则建立在相同的消费模式、相同的阅读和体验流行文本的方式上，但是这种文化却能行使传统民俗文化的众多功能"①，所以通过流行文本，读者发现了拥有相同品味和目标的人。网络小说的读者话语权表达常常是通过百度贴吧或网文评论区内的回复，但称得上深度剖析的文章则是集中在豆瓣网、知乎等知识分享网站。比如《斗破苍穹》作为练级玄幻小说，是"小白文"的典型代表，其文章回复区内可以看到一大片简短的溢美之词，而资深网文阅读者则批评此类文章模式化、简单化。特别是将《斗破苍穹》与《武动乾坤》雷同的人设与情节做出比较，从而在网上流传出以下文字：

　　萧炎：我认识你，你是林动，放眼整本武动乾坤，也是凤毛麟角般的存在。

　　林动：我也认识你，你是……

　　萧炎：一出手，就能震惊整本斗破苍穹。

　　萧炎：想当年，在乌坦城，我们萧家是三大势力之一。

---

　　① ［美］亨利·詹金斯：《文本盗猎者：电视粉丝与参与式文化》，郑熙青译，北京大学出版社 2016 年版，第 261 页。

林动：想当年，在青阳镇，我们林家是四大势力之一。

萧炎：想当年，在乌坦城，我得到了一枚戒指。

林动：想当年，在青阳镇，我得到了一枚符文石。

萧炎：我的戒指里有药老，他来历神秘。

林动：我的符文石里有貂爷，他来历也神秘。

萧炎：乌坦城有个拍卖行，我常在那里卖丹药。

林动：青阳镇有个地下交易所，我也在那里卖丹药。

萧炎：我有个妹妹叫熏儿，不是亲生的。

林动：我也有个妹妹叫青檀，也不是亲生的。

萧炎：我的红颜知己小医仙是厄难毒体，本来很受罪，控制了毒丹就厉害了。

林动：我的青梅竹马青檀是阴煞魔体，本来也很受罪，控制了阴丹也厉害了。

萧炎：我的目标是上云岚宗，击败纳兰嫣然。

林动：我的目标是去大炎林家，击败琳琅天。

萧炎：我还有个身份，是炼丹师。

林动：我也有个身份，是符师。

萧炎：我们炼丹师靠的是精神力。

林动：我们符师靠的也是精神力。

萧炎：我们那有座塔叫丹塔。

林动：我们那有座塔叫符塔。

萧炎：药老带我去修炼。

林动：貂爷陪我去修炼。

萧炎：我修炼的目的是去找异火。

林动：我修炼的目的是去找祖符。

萧炎：有了异火我就是强大的炼丹师，实力倍增。

林动：有了祖符我就是强大的符师，实力也倍增。

萧炎：我的第一次给了美杜莎。

林动：我的第一次给了绫清竹。

萧炎：我的第一次……不是自愿的……我失控了。

林动：我的第一次……也不是自愿的……我也失控了。

萧炎：完事之后，美杜莎要杀我，却又救了我。

林动：完事之后，绫清竹也要杀我，也又救了我。

萧炎：……

林动：……

萧炎：我是一个叫土豆的家伙写出来的。

林动：我也是一个叫土豆的家伙写出来的。

萧炎：如有雷同。

林动：实属巧合。

　　所以，我们看到的是"粉丝对喜爱的媒体文化产品的典型反应不仅仅是喜爱和沉迷，还包括了不满和反感"[1]。从而出现了对原文本的改写、戏谑。盗猎一词充分表达出粉丝通过借用流行文化形成民俗文化的过程。对于视频类的流行文本，粉丝在参与时形式就更加多样化了，众所周知的《一个馒头引发的血案》可以说是大陆地区较早的粉丝同人视频，将原作品重新剪辑，达到完全颠覆的地步。而对于正面宣传原作的大量视频衍生品，通常被称为"饭制"，是指粉丝制作。无论吐槽还是追捧，回帖还是"饭制"，都成为时下粉丝圈流行的一种"追星"方式，特别是从影视作品中抓取视频素材，经过剪辑、配音后独立而成的

---

① ［美］亨利·詹金斯：《文本盗猎者：电视粉丝与参与式文化》，郑熙青译，北京大学出版社 2016 年版，第 22 页。

短视频、脱口秀，影响往往比原作还要广。尽管网络衍生视频产物仍然存在政策上的质疑，但它已经成为粉丝重写文本，产生二次阅读的重要民间事象。

（二）原著党 PK 后援团

粉丝现象在网络小说改编实践中得到了进一步的放大，其标志性的民间行为表现在各自粉丝群体的互相争执中，形成了所谓的网络"骂战""口水战"。一方面，网络小说的忠实读者，凭借对小说世界的美好想象而拥有对小说情节、人物及原著作者的特殊情感或解释权，在影视剧中的任何删除与改动常常会引起他们的不满。特别是在粉丝的情感依恋中，还涵盖着青春怀旧。网络作品的改编通常是在小说连载结束后的三五年内被搬上荧屏，这恰好是青少年的一段成长跨度，读小说的时候还只是个不谙世事的学生，而看电视剧时已经到而立之年，这种改编前后的时间差使很多网络小说贴上了"一代人青春"的标签。不同的时代拥有不同的文化消费模式，网络小说的爽点节奏适合青少年急于成功、期待机遇的心态，从而为"升级""外挂""霸道总裁""玛丽苏"等网络小说特色元素提供了舞台。但多年后，这些对情节的简单处理可能要转化为更加具有现实意味的理解，因此，如何将记忆中的文学想象视觉化就不仅仅是演员名气或身价可以变现的了。多数网络小说的改编，却偏偏是选择"明星＋IP"的方式形成前期的消费热点，使得民间被压制的成长失意转换为对作品瑕疵的放大。而另一方面，新世代的年轻人在成长，他们对原网络小说的理解并不深入，可能更渴望的是心中偶像能借助这一话题剧被更多人关注，被更具挑战性的表演证明实力。于是，这是一场"原著党"与"后援团"的PK，他们分别代表了两个年轻的群体，尽管一个也是"曾经年轻过"。2018年，天蚕土豆的《斗破苍穹》与《武动乾坤》两部改编剧被同时定档播出，并且找到的都是当时颇具市场影响力的流量明星吴磊与杨洋。2018年9月3日，天蚕

土豆在其 79 万粉丝的微博上发帖留言：

> 今晚十点，湖南卫视！青春不老，斗破不散！
> 虽然每个读者心中都会有一个萧炎，但我觉得吴磊真的挺不错，我期待他的萧炎。

但老读者的回复往往是：

> @我最宣你啊：原著党的我为啥没有带入感……好多人物都不是原来的样子了。
> @释然20170213：很多人总喷原著党，好像原著党吹毛求疵一样，殊不知电视剧为什么要叫《斗破、武动、大主宰》？不就是要圈原著粉吗？不然要这大 IP 干嘛，自己原创好了，顶着斗破武动的名，用这些主人公的身份，讲的是另外的故事，那这不是圈钱又是什么？难道只是在电视剧里追星？

与此相对应的是，拥有 2871 万粉丝的吴磊微博（吴磊 LEO）粉丝团的集体性口号：

> 期待小磊的萧炎 Carry 全场！

粉丝们还将明星与其现实身份对应。吴磊入学北京电影学院与剧中萧炎入学迦南学院发生互文关系，引发了一众"开学快乐"的回复。我们看到这种两个不同群体的粉丝争执，已经不是传统读者之间的个体性欣赏差异，也不是 20 世纪 80 年代，名著改编时的对时代、背景等理论化的误读。"现在的粉丝会生发出一种，你认为带有宗教感，甚至比宗教感更强的一种感情，不要求回报，就是有献身精神。"① 它已经成为发生在民间群体中的真实行为，如同各自信仰团体的利益受到冲击一样，粉丝如此强烈地捍卫心目中的偶像，是媒介变革提供的机遇，也是参与文化带来的深度阅读行为。

（三）趣缘群体的媒介素养

粉丝圈作为一种独特的民间团体，其集结方式基于共同的兴趣爱好。德国社会学家斐迪南·滕尼斯（Ferdinand Tonnies）指出共同体有三种基本形式：血缘共同体、地缘共同体和精神共同体，它们分别以亲属、邻里和友谊为纽带。② 在此基础上，有人提出了"网络趣缘群体"的概念，"是指一群对某一特定的人、事或者物有持续兴趣爱好的人，主要借由网络进行信息交流、情感分享和身份认同而构建的'趣缘'共同体"③。在媒介融合的今天，我们必须将媒介使用与民间团体运转恰当融合。

首先，粉丝是现代化进程中的社会分化与文化聚合的一种方式，人们需要寻找表达自我情感与价值的渠道。同时，每个人都或多或少地浸入某个特定的群体中，都对社会热点或公众人物投入过一定的关注，这是个体在媒介发展过程中寻求的社会认同，这也是我们理解粉丝写作、聚集、行动的前提条件。

其次，媒介的发展，使人们的媒介素养也在不断地提高，这种媒介素养既包括对媒介使用的熟练程度，也包括对媒介信息的解读、识别能力。当拥有娴熟的媒介使用能力的人与趣缘群体的情感表达相结合后，便会出现一个个令人诧异的媒介事件。2015 年 11 月 8 日，是 TFBOYS

---

① 胡谱忠：《小镇青年、粉丝文化——当下文化消费中的焦点问题》，《文艺理论与批评》2016 年第 4 期。

② ［德］斐迪南·滕尼斯：《共同体与社会》，林荣远译，商务印书馆 1999 年版，第 65、66 页。

③ 罗自文：《网络趣缘群体的基本特征与传播模式研究》，《新闻与传播研究》2013 年第 4 期。

组合成员王源 15 岁生日，在粉丝自发组织下，TFBOYS 登上了纽约时代广场 1 号大厦的 LED 屏幕。当时有不少 TFBOYS 粉丝在微博刷屏"你还不够了解这个世界，我们就让这个世界了解你"。王源成为国内首位登上美国纽约时代广场的"00 后"艺人，让国人看到了粉丝的强大能量。这种媒介与资本的使用解构了传统的明星制运作，不再是由大公司牵头，而是一个个粉丝后援团的民间群体在操作。他们的网络媒介策略采取了"多中心""分布式"的模式，这里没有绝对的中心，每个粉丝站点都是中心，他们没有具体的机构，但有明确的目标和分工，从筹款、策划、传播到执行，一切行动都在无组织地组织化完成。应该说，这一行动一定程度上向世界展示出中国强大的娱乐产业及青年人的朝气，具有一定的积极影响。与此同时，网络上也不断出现粉丝人身攻击事件，2018 年 9 月，耽美玄幻小说《魔道祖师》改编的网络动画上线，一名读者发表了对网络小说的不满言论，遭到该书粉丝们疯狂的人肉搜索，对其进行跟拍、威胁等恶劣的人身攻击，一度使读者不堪忍受。加上改编电影《三生三世》的粉丝票房锁场等行为，我们越发意识到，一个不受控制的网络民间群体的危害性。

再次，网络民间群体在社会结构中已经占据日益重要的位置。中国传统的乡土社会依靠礼俗来维持，而现代社会则依靠各种共同体。在传统共同体日渐消解的趋势下，重构现代性的共同体，其实要依靠各种民间组织。法国社会学家涂尔干（Émile Durkheim）在一百多年前就认为："如果在政府与个人之间没有一系列次级群体的存在，那么国家也就不可能存在下去。如果这些次级群体与个人的联系非常紧密，那么它们就会强劲地把个人吸收进群体的活动里，并以此把个人纳入社会生活的主流之中。"① 因此，在

① ［法］埃米尔·涂尔干：《社会分工论》，渠东译，生活·读书·新知三联书店 2000年版，第 40 页。

当下，我们尤其要注重对这种趣缘群体的规范与教导，学校、家庭、社会要协助他们树立健康的偶像观，让这些仍处于懵懂期的青少年既能消化成长中无处安放的烦恼，又能自由地团聚在一起做一点无害的"事业"，才能为整体社会的良性运转提供润滑。

三　数字民间资本与时代偶像的变迁

粉丝与爱豆、影迷与明星、草根与偶像……这些二元结构元素共同构成了数字时代的民间崇拜现象。一代人有一代人的榜样，如果说20世纪80年代的电视荧屏诞生了刘慧芳式的追捧对象，那么今天的偶像则更加多元。每一代年轻人的成长过程都需要不同类型的心理慰藉，首先，这种情感依托功能经历了从明星式的遥不可及到行业精英式的触手可及，在心理波动期维持住了一种情感的稳定。其次，偶像的多元带来不同粉丝群体的崇拜偏见，这也是以网络小说改编为代表的"造星"运动中不同审美体验带来的情感差异。再次，无论是好莱坞的明星制还是网络时代的网红经济，其核心动力是由偶像与粉丝共同缔造的文化盛景，同时，他们也共同充当了资本的劳工，要警惕从物化到数字化过程中被再次异化。此时，我们重新判断"德艺双馨"方式的艺术家评价标准，可能会对数字资本时代的劳动有更深的认识。

（一）民间偶像与草根网红

明星是好莱坞体制下的重要工业组成部分，同时也是影视文本中的重要文化符号。明星作为连接"文字/视听"接受两端的信息焦点，如今不断延伸到各种媒介平台，网络传播的自发性又催生了"网红"这一新的明星现象。可以说，媒介在当代越发呈现为一种偶像、空间与故事的综合体。当我们考察网络所引发的明星现象时，以网红为代表的当代偶像其实具备了很多民间草根性。"网红，顾名思义，是通过在网络平台积聚起影响力而走红之人的代名词，是新媒介传播中的弄潮儿，他们能准确把握受众猎奇、窥伺和观赏心理的痛点，精通个体 IP 的包装、经营和运作方法，从而在风起云涌的网络环境中聚拢相当程度的注意力资源关注。"①

如果我们梳理这个民间偶像诞生的过程会发现，巧合的是，"网红"或"网络红人"最初发轫来自网络文学的诸多早期作者。20 年前，以文字见长的"网络文学红人时代"，"安妮宝贝""宁财神"等人通过网络小说捕获到大批的忠实读者，成为网络民间的崇拜对象。但迅速出现的第二代网红则使这个概念打上了审丑与另类的标签，当然，也有评论认为"芙蓉姐姐""凤姐"恰恰是自信与个体独立时代的到来。"用户自主产生内容经由'网红'为平台得到展示，满足了受众渴望发声的内心需求。"② 2016 年，以 PAPI 酱为代表的第三代网红呈现出更加多元的状态。借助自媒体的力量，这些网红的草根性得以充分发挥，与此同时，他们又在专业性上不断强化，成为"头部"大 V。既有"六神磊磊""咪蒙"这样以出色的文字表达为当下都市青年提供各种心灵鸡汤、妙语解答的公众号，也有投资圈的"罗辑思维"、科技圈"万能的大熊"、汽车圈的"颜宇鹏"等大批深耕专业领域的人士。此时的民间偶像越发呈现出其平民特色，填充了网生代人群对生活未知的憧憬，抚慰了他们现实境遇中的压力。作为通常意义上的偶像崇拜，基于一定的情感依托功能，"受众将大众传媒中的人物当作真实人物做出情感和认知的反应"，形成一种"准社会交往"③。但是，这种针对电子传媒中的人物形象、明星形象的亲密性在媒介融合时代发生了一些变化。

一方面，网红明星与影视明星在某种程度上呈现为一种对抗状态。

① 敖鹏：《网红的缘起、发展逻辑及其隐忧》，《文艺理论与批评》2017 年第 1 期。
② 郑文聪：《"网红 3.0"时代的特征及受众心理》，《新媒体研究》2016 年第 4 期。
③ 章洁、詹小路：《媒介人物与中学生偶像崇拜》，《现代传播》2006 年第 6 期。

明星打造的工业化与网红生成的自发性具有截然相反的成长轨迹。通常影视明星需要经过充分的商业包装、运作才能成为工业化流水线上的一环。而多数的网络红人先期阶段是自发形成的，并且在后期仍然保持着这种"作坊"特性，从而使得崇拜心理的发生更加自然。网红是网络空间的一个小明星，但他又和银幕明星或主管部门推出的英雄榜样不一样。因为网红更有亲和力，更能贴近受众，呈现出生活的质感，形成一种微微仰视的关系。另一方面，第三代之后的网红与明星具有商业功能上的相似性，形成了所谓的网红经济。这越发地体现在工业化的改编过程中，网络文学作家纷纷走向前台，或者如南派三叔、唐家三少等人以新闻发布会、电视综艺节目的形式直接抛头露面；或者如匪我思存、阿耐等人以微博、微信等自媒体平台品评当下、激扬文字，就像理查德·戴尔（Richard Dyer）所说的"明星作为一种生产现象"一样，不断地制造荧屏外的故事与话题。

（二）从文学想象到现实模仿

我们在第一章曾经提到了接受美学的媒介转化现象，期待视野的这种扩散在改编领域已经司空见惯。比起传统的文学改编，网络小说改编在跨媒介接受心理方面已经完全不同于一种简单的影像加工，因为从文学想象到视听呈现的很大一部分要由影星的能量来承担。资本带动下的改编往往是选取有市场号召力的明星来担当主角，这使得民间偶像的作用从自发崇拜延伸到在一系列媒介运作下的偶像打造。按照接受美学所说的，受众在阅读之前会产生一个心理图式，读者结合自身经历与社会各方的复杂原因，会产生某种思维指向与观念结构，这种既定心理图式，叫作阅读经验期待视野[1]。我们借此文艺理论考察明星在跨媒介叙

---

[1]　［德］H. R. 姚斯、［美］R. C. 霍拉勃：《接受美学与接受理论》，周宁、金元浦译，辽宁人民出版社1987年版，第340—345页。

事中所起到的作用。

首先，综合考量，期待视野可以分为文体期待、形象期待、意蕴期待三个层次。跨媒介叙事使得文体期待从原有的对特定艺术韵味和魅力的期待转为对多种审美感知、情感体验的综合期待；形象期待又使得对文学特定形象的想象与联想变成更为真实可感的画面、明星或类型剧；在意蕴期待中，深层的情感境界、人生态度在小说"爽"文模式下日渐式微，但我们也看到了主流价值在改编实践中的渗透作用。因此，一部网络小说改编过程将包括以下期待：因媒介融合所产生对新文体的期待、因明星加盟产生对人物形象的期待、因追求更高的审美体验而产生超越原著的期待。

其次，对改编后的文体期待使得 IP 热点不断升温，更重要的是，在跨媒介叙事的影响下，明星深度卷入影像心理预期的规划当中，但与好莱坞明星制不同的是，近年明星打造加入了更多娱乐经济的元素。粉丝会在作品形成之前主动呼吁由某个偶像去完成这种心理预期，自称为"事业粉"，并在改编后，发起了"像"与"不像"的网络话题。美国文化史学家莱奥·布劳迪（Leo Braudy）指出，"小说能够进入内心世界的特长，现已被提升为它的优势，凭借它足以给电影致命一击"[①]。单纯从审美感受力上来讲，无法断定究竟是文学想象还是视听再现哪一端能更胜一筹。但显然，在电影诞生初期为小说优势作证的这些说辞无法预判到今天阅读经验中渗透的明星元素。电视剧能否真实还原读者在小说中想象出的画面、场景、人物，与读者本身的经历、阅历、阅读时的心境、情绪有着极大的关系，但是现实情况是，基于娱乐经济的影响与引导，作为当代民间偶像身份出现的各路明星、爱豆，在参与建构着这种心境、情绪。2019 年 1 月，猫腻在电视剧《庆余年》播出前的推

---

① ［英］理查德·戴尔：《明星》，严敏译，北京大学出版社 2010 年版，第 147 页。

广会上指出，自己心中《庆余年》的女主角林婉儿并非李沁，一席话引发了李沁粉丝的极度不满，纷纷列举出李沁为这个角色所做出的各种准备，在片场所做出的各种努力。这正是菲斯克次级文本的文际性提出的明星传记的重要作用①。明星的新闻报道正快速成为影视剧文本的一部分。次级文本所影响下的期待视野是数字资本主义独特的权力，投资方正在利用网络舆情来确立影视剧先入为主的符号与话题。

再次，21世纪第一个十年之后的偶像，与20世纪90年代的偶像有着明显的差别。20世纪90年代的明星是由作品、歌曲等具体可感的文化产品带动之下形成的崇拜对象，而今天被称为"爱豆"的偶像却常常无法事先指出他的产品，只能由商业运作的知名度作为媒体符号来标记。爱豆们的特点是：长相干干净净，说话柔柔弱弱，人们常称其为"小鲜肉"，并作为与"老戏骨"相对立的名号。其实，今天的"老戏骨"唐国强、郭凯敏也曾在20世纪80年代被指为"奶油小生"，但那是基于《小花》《庐山恋》文弱书生而得出的角色印象，显然在数字民间资本运作中这个过程被有所倒置。商业化的网络小说改编行为与数字推广下的偶像生产机制相结合，促生了一个个改编剧中的明星角色：吴磊之于萧炎、杨洋之于林动、鹿晗之于陈长生……不知是谁成就了谁。但这些人物符号并不能真正代表演员本身，他们只是借助网络小说中的角色去完成最新的一段社会话题。偶像崇拜所带来的心理认同已经在接受过程中替代了文学性想象，对明星的追捧与模仿成为时尚的组成部分，以致在《武动乾坤》《择天记》等网络小说中原本的热血、忠诚、正义等内涵被等同于一张张明星的面孔。因此，这反过来成为网络小说改编剧为人们所诟病的原因之一。因为深度的缺乏，导致了这代明星在

①〔美〕约翰·菲斯克：《电视文化》，祁阿红、张鲲译，商务印书馆2005年版，第172页。

作品上的乏善可陈。这也正是在意蕴期待层面，改编剧所欠缺的地方。近年来，随着《亲爱的，热爱的》《长安十二时辰》《九州缥缈录》等改编剧的出现，流量明星李现、易烊千玺、刘昊然的作品艺术水准得到提高，但他们仍需要从意识形态认知角度完成从消费代言到主流代言的过渡。

（三）从消费代言到主流代言

网络小说的电影或电视改编中，电视剧更加适合动辄几百万字的原著。但在电视与电影的演员定位上，却有着不同的认识。明星现象的一个重要的悖论就是普通与不同寻常的结合。约翰·艾利斯（John Ellis）就认为，电影媒介更适合将演员当作明星。"因为它同时联系和割裂了明星与观众的关系，由于电视被理解为一种和日常生活有紧密联系的媒体"，因此"电视通过移除表演者的不同寻常而减弱了明星现象"①。尽管这种论调被很多学者所反对，但通过好莱坞工业模式视角观察，电影明星的影响力度与崇拜程度的确胜过电视明星。多数电视演员在通过荧屏积累了人气后，都是要通过大银幕才能证明自己的实力与魅力。然而大陆地区的现状是：在影视业接受市场上，电视明星的影响面与观众群更广；在作品的操作流程上，电视节目、电视剧更容易制造偶像。与此同时，我们必须认识到，影视明星在承担商业价值之外，还必须承担另一种主流价值的功能。因为"我们现在所面对的异化，是一个全新的异化形式，即数字化"②。切勿做了流量与数据的奴隶。这种主流价值代言的能力一方面是与表演者的作品结合在一起的，如果一位明星饰演的角色充满正义勇敢与家国情怀，那么这位明星的社会价值也会得到肯

---

① ［美］张英进、［澳大利］胡敏娜编：《华语电影明星》，西飏译，北京大学出版社 2011年版，第 236 页。

② 蓝江：《从物化到数字化：数字资本主义时代的异化理论》，《社会科学》2018 年第11 期。

定。另一方面又与明星表演之外的社会行为紧密相关，他们的次级文本同样重要。这形成了明星制造的三种方式。

第一，现实身份指认式明星制造。

演员身份与角色身份的同一性在好莱坞明星研究中早已经存在，它体现了明星特征与社会典型的关系，像"英雄者"是索菲·塔克（Sophie Tucker），"势利者"是英格利·褒曼（Ingrid Bergman），抑或梦露的"爱情皇后/傻瓜"型的不同甚至矛盾的种类①。同样，网络小说改编剧也常因为原作类型引发角色类型，"霸道总裁爱上我"的角色与"大女主"的角色是完全不同的。前者的代表作品是《杉杉来了》，赵丽颖带有一种"傻白甜"的类型气质，她在《花千骨》等剧中延续了这种形象，同时这也与她农村出身却幸运地进入娱乐圈的经历相吻合。但作为明星的她必须通过作品来契合主流导向，于是后期赵丽颖的"大女主"形象出现了《胭脂》里阳光热血、襟怀洒落的女特工，《楚乔传》里坚韧果敢、侠骨柔肠的女将领，特别是改编剧《楚乔传》中从女奴到将军的身份转变，同样符合赵丽颖的现实身份指认。

第二，形象颠覆式明星制造。

演员往往被分成偶像派与实力派，明星又容易被划入偶像派的范围之中，尽管他们总试图通过挖掘有内涵的表演去摆脱这种刻板印象。"通过明星的制造，社会产生一种强大的张力，它能使影迷在享用明星时无需对各种制造明星的方法表示赞赏。"② 我们赞赏一位明星表演水平时就常常忘记他的团队所进行的戏路定位，因为这其实是为某种机制服务的。演员王凯因为外表硬朗、帅气的形象使人们容易忽视他中央戏剧学院 03 级表演本科班的出身。2015 年，他凭借谍战剧《伪装者》和

---

① ［英］理查德·戴尔：《明星》，严敏译，北京大学出版社 2010 年版，第 75 页。
② ［美］R. 科尔多瓦：《明星制的起源》，肖模译，《世界电影》1995 年第 2 期。

古装剧《琅琊榜》的播出被观众熟知，特别是网络小说改编剧《琅琊榜》中萧景琰一角使王凯获得亚洲彩虹奖最佳男配角及第二十二届上海电视节"白玉兰奖"最佳男配角的提名。在粉丝快速累积的同时，王凯试图用另外的形象诠释个人能力并传递身份能指。在改革开放40周年献礼片同时也是网络文学改编作品的《大江大河》中，王凯颠覆形象，扮演土气的农村青年，破坏了一直以来的帅气外貌定位。在各种媒介报道中，都出现了"《大江大河》里戴上眼镜破坏形象？导演担心王凯演完掉粉"等字样的报道①。但这种颠覆所带的真实感、年代感给明星的主流价值符号以有力的支持。

第三，社会责任式的明星制造。

根据前文，目前在网红生产机制与新明星生产机制影响下，很多明星产生于代表性作品之前，特别是"小鲜肉"式的偶像，他们就更加需要从消费代言走向主流代言。于是，缺少得力作品的那些明星在表演之外所参与的事项似乎更多了。公益活动、慈善晚会成为明星商业价值之外的更重要的评判标准。2018年9月2日，《中国影视明星社会责任研究报告（2017—2018）》正式发布，这是国内外第一本系统研究影视明星社会责任的著作，由北京师范大学新媒体传播研究中心和责任云科技共同调研撰写。在这份报告中，研究模型和数据挖掘显示，徐峥、李晨、林志玲、关晓彤等10名演艺人员位居明星前十名。报告对国内明星的评价有三个维度：专业作品、公益慈善行动以及个人品行。榜单中，常被冠以"小鲜肉"等头衔的年青一代偶像，排名往往靠前，体现了年青一代艺人的社会责任感和道德约束。比如，王俊凯、易烊千玺、王源、张艺兴、杨洋、吴磊、黄景瑜、邓伦、刘昊然、王嘉尔等。

---

① 《导演孔笙担心他演〈大江大河〉会"掉粉"王凯却说：我应该会涨粉！》，《信息时报》"娱乐"2018年12月6日第A24版。

而范冰冰等人尽管也有代表作品及公益行为却因为诸多原因没有入选。可见，如果一个演员在镜头之外的行为举止有所不妥，直接会影响到其参与商业行为的机会。这种互文性研究方式比起经典好莱坞研究方式更深入了一步。

"明星的身份是互本文的，而明星制的组成部分之一则是由不断进行的报导形成的互本文场。明星的身份便是被好奇的影迷们在这一互本文场里捕捉到的。"① 网络小说改编剧从偏小众的网络小说走向电视剧，是网络民间文化到大众文化的过程。将网络纳入主流的过程，既有网络小说叙事的改编，也要有演员自我定位的提升。

---

① ［美］R. 科尔多瓦：《明星制的起源》，肖模译，《世界电影》1995 年第 2 期。

第四章　性别叙事的重构

——网络女性主义的实践与突围

　　网络的分类与汇聚功能使文学写作类型化特色凸显，也使文学网站设定出鲜明的标签式性别分类：男性频道与女性频道，简称"男频""女频"。这两种小说因为有了各自相对集中的男女读者，而使"网络女性主义"成为衡量当下女性青年新的意识形态标准。琳达·哈琴说"一切文本都有其互文本"①。在影视改编中，"男性向"与"女性向"的小说要在兼顾原著 IP 影响力的同时，进行价值置换与类型改写，从而在更具大众文化规模的媒介生态中体现出社会文化的风向。网络女性主义热衷于对纯爱的书写，既是少女私密空间的低声絮语，也是安放青春的各种可能性构建。无论是古风的、现实的、穿越的言情文，其最终目的在于打造不同于之前各式女性文学的独特言说方式，这种原本就是性别叙事的创新在改编时会面对现实爱情的重构。首先，我们要分析网络女性主义是如何从传统女性主义与西方赛博女性主义流入今天网络文学中的，它的具体表达是什么，而电视剧对此进行了哪些筛选。其次，

---

　　① ［加］琳达·哈琴：《后现代主义诗学：历史·理论·小说》，李杨、李锋译，南京大学出版社 2009 年版，第 6 页。

在电视剧改编中，女性主义表达是如何被折中与释放的，这既涉及类型研究中的情节设计，也包含了多种政策性导向方案的解读。再次，电视剧的影像视觉方式与文学的心理想象方式在性别叙事中必定会涉及身体政治，而网络小说改编与当代"爱豆"文化的结合又不断在身体层面上转化了凝望中的"理想的"女/男性。

第一节　女性文学与改编中的文化选择

网络使女性写作可以得到更加自由的表达空间，也可以让女性主义找到新的诉求点从而发生某些调整。网络女性主义是网络文化的重要组成部分，它自 20 世纪末出现以来，经历了若干次的变化。一方面，从女性主义到赛博女性主义，再到网络女性主义，女性主义发展出不同的侧面，甚至有截然相反的观点，但都是在借助不同的媒介寻找女性的话语权。另一方面，"女性向"原是深受日本文化影响的二次元名词。在ACGN 界，它是指针对女性需求而开发的动漫、游戏和小说等，通常刻意强调美少年角色的英俊与优秀。中国网络小说在"女性向"原意的基础上延伸出更为丰富的类型，除了纯爱言情，还有古风言情、宫斗宅斗等一系列女性文学。作品代表了网生代的年轻女性的价值选择，她们试图将这代人的焦虑宣泄到网络上，以网文寻找情感突围，以互动消解个体孤独，以个性改变刻板印象。

一　网络女性主义的兴起与流变

中国网络文学中所体现的女性主义与西方网络女性主义有一定关联，也与中国传统文学中的女性主义具备承袭关系，但它更多是从中国网络文学中生长起来的表达女性个体欲望与态度的具体文案。

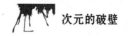
（一）赛博女性主义与电子人理论

西方网络女性主义是在 20 世纪 90 年代兴起的，伴随着信息技术的发展与后结构主义而日渐流行起来的社会学流派，又被称为赛博女性主义（Cyberfeminism）。赛博女性主义催生了大批好莱坞科幻电影，如《机械姬》《阿丽塔：战斗天使》等，它们所建立的女性主义是与科学技术进步及未来想象联系在一起的。

在最初的发展中，网络女性主义试图将网络空间作为反抗父权社会的一种新途径，因为传统女性主义认为科学技术是对男性气质的一种呼应，二者存在天然的共谋关系。网络技术可以给女性带来新的就业机会，但是网络的存在方式，又使女性不再需要亲临现场表达自我观点与参加社会活动，使女性主义的组织形式产生了新的复杂命题。特别是在网络的发展过程中，其复制的仍然是传统社会的男性与女性特质，沿袭了父权社会制度下的话语方式。正因为如此，苏珊·霍桑（Susan Hawthorne）和瑞纳特·克莱恩（Renate Klein）认为："首先，赛博女性主义是一种承认男性与女性在数码话语中存在着权力差异的哲学，其次，赛博女性主义者想要改变那种局势。"① 1991 年，第一个《赛博女性主义宣言》由澳大利亚的维纳斯母体（VNS Matrix）组织发表，1997 年第一届国际赛博女性主义大会在德国召开，这都标志着赛博女性主义已发展为西方女性主义第三次浪潮的重要分支。但是这一群体始终没有统一的观点与明确的网络女性主义定义，其基本理论来源是哈拉维电子人cyborg 理论，又称赛博格理论。1985 年，美国学者多纳·哈洛维（Donna Haraway）发表了一篇题为《赛博格宣言：20 世纪晚期的科学、技术和社会主义的女性主义》的文章，也被奉为 20 世纪女性主义理论的经典之一。哈洛维在该文中提出，现代技术可以将人类生物体与技术进行

---

① 都岚岚：《简论赛博女性主义》，《世界文学评论》2008 年第 1 期。

拼合，并且通过电脑对人的身体性能、机能进行控制与改造，从而出现电子人。它最终使传统意义上的人不再存在，并引发出一系列哲学、科学、伦理等问题。正是因为电子人跨越了男性与女性、机器与生命、自然与人工等西方传统的二元结构模式，使得一个广阔的想象的虚拟世界得以产生。在其影响下，引发了一系列关于女性与信息科技、女性新的社会组织方式等观点与流派。比如，塞迪·普朗特（Sadie Plant）在《零与一》（*Zeroes and Ones*）与《未来织布机》（*Future Looms：Weaving Women and Cybernetics*）等文章中就将现代网络技术与女性标志性工作"纺织"做类比，得出女性与电脑之间应该存在一种天然的亲密关系的结论。

（二）女性主义文化实践与女性意识的自觉

中国网络女性主义并非直接建立在西方网络女性主义理论之上的，它更多是在中国女性主义实践中自发形成的。西方的女性主义与女权主义经常混用，中国在引介过程中尽量排除其政治色彩与社会运动的特征，只是用这些理论来描述女性意识的崛起与身份认同。女性主义理论自20世纪80年代引入我国内地，当时，中国女性主义写作是作为启蒙文学的一部分，围绕的是女性的自我痛苦与挣扎。20世纪80年代中期的王安忆的"三恋"（《小城之恋》《荒山谷之恋》《锦绣谷之恋》）以及铁凝的《麦秸垛》《棉花垛》等仍然在延续知青题材中的小女子的命运悲剧，刺激着主体的觉醒。"不管如何，女性叙事总是带有'个人记忆'的显著特征，这使人们倾向于把女性写作当作一种精神自传去理解。"[①] 至90年代后，西方女性主义文学批评以及相关理论著作译介成果日渐丰富，对女性意识的强调影响了20世纪90年代的女性写作，从

———

① 陈晓明：《边缘之路：穿越"巨型寓言"的女性写作》，张欣《城市情人·序言》，华艺出版社1995年版，第3页。

而出现了聚焦于身体言说与狭小空间的"私人化"写作。那些张扬自我、沉浸于自我经验的女性精英把文学视作对男权社会的一种挑战与蔑视。卫慧、棉棉的小说充斥着赤裸裸的欲望，也表达着现代都市的颓废与梦境。这种个人化的叙事题材单一，视野狭小，无法在大时代背景下担负起女性与社会的融合。因此，一批新的女性主义写作走出个人欲望的秘密空间，将视野或是投向开放的社会空间，或是置身于历史背景的波澜壮阔之中。王安忆的《长恨歌》、铁凝的《永远有多远》成为这一时期的代表作。应该看到，新时期以来的女性写作尽管形态各异，但都是以纸质出版为作品面世的唯一方式，拥有话语权的只是少数精英阶层。进入21世纪之后，网络写作的出现，提供了另一种诉说渠道，也使更多的女性作者能够表达自我。

我们可以这样认为，20世纪90年代西方网络女性主义为我们预言式地发现了女性在利用网络空间与电子技术找寻自我价值时的性别优势。而自20世纪80年代起的中国当代女性主义写作又为网络文学中的女性写作进行了文化积淀。所以才有了，当痞子蔡、方舟子等人打开了网络文学的潘多拉魔盒后，女性会在21世纪初比男性更快更大面积地介入网络空间中去，并且形成了影响网生代女性爱情观、世界观的话语体系。

（三）网络女性主义实践与女性消费主义

中国的网络女性主义是在网络上自发形成的女性写作，它在21世纪之后承担起了一代女性寻找自我价值的任务。目前，学界、网文圈及学者粉们普遍认为网络女性主义实践与西方网络女性主义理论关联度不太大，比如北大文学系"媒后台"相关文章都秉持这样的观点。"这种女性主义是网络原生的，与20世纪80年代传入中国大陆的西方女性主义理论思潮不同，它是在网络天然形成的欲望空间和充沛的情感状态中生长出来的，它是未经训练的、民间的、草根的、自发的

'女性向'。"① 显然，我们在网络文学中很难找到西方女性主义的反抗意识以及在社会话语权上的抢夺意识，但中国网络文学的确给女性提供了自我言说的平台——一个不用被男权审核的平台。她们在这儿组建了独特的言说方式与私密空间，形成了一整套封闭的话语体系，像"清穿""言情""耽美"的"女性向"文的分类；"女尊""玛丽苏""傻白甜"等类型化女主的设定，这些文类与人设在网文圈及亚文化圈里得到了快速流传。原本网络女性主义可以继续野蛮生长，但媒体融合与产业规划的趋势，又使得网络女性主义越来越无法独自延续，来自官方规制与市场导向的双重力量不断调整网络女性主义的走势。与此相应的结果是，因为容易被市场左右，传统文学生产机制下的女性主义者会在网文中表现出不屑；又因为亚文化私密性会产生的灰色地带，使"女性向"网文多次被主管部门整治。

但是我们必须看到，与传统写作严格的门槛要求与男权式的审核机制不同，网络上相对宽松的环境为女作家提供了自由发挥的阵地。早期以个人博客、论坛 BBS 为问世方式，到后来，文学网站的出现给女作家充分挥洒的空间。她们并不急于建构自身定义，而是在摸索中寻找自身定位。1998 年，"红袖添香"前身论坛在"世纪青年"网站设立文学版块，2002 年，晋江原创网前身"原创试剑阁"成立，同年，"起点中文网"作为"男性向"写作阵地也开始运营。2003 年网站付费制度的实行，这些网络文学市场的发展使大量"男频""女频"作品由此出现了分类，并不断调整文风与主题，也使得一种网络女性主义的风格开始沉淀。文学写作中的网络女性主义自发地对接二次元文化与消费主义文化，它以青少年亚文化为特征，包括日韩、东南亚地区的各种漫画、偶

---

① 肖映萱、叶栩乔：《"男版白莲花"与"女装花木兰"——"女性向"大历史叙述与"网络女性主义"》，《南方文坛》2016 年第 2 期。

像剧，港台的言情小说、玄幻小说，以及大陆快速崛起的商业文化共同构成了培养网络女性主义的土壤。有人将其总结为："'网络女性主义'，是近年来在网络空间中萌发并以网络为平台，或针对具体的性别歧视事件和女性生存困境（如婚姻问题、女性财产权问题等）迅速发表看法、形成一定规模的深度讨论及舆论影响力，或通过文艺创作传递女性主义价值观，但通常并不重视理论建构的一种女性主义实践。"① 因此，她们仅仅是想在二次元里倾诉，无意于现实世界的纷扰，暗合了新世代女性的集体无意识，并日渐累积成庞大的消费群体，溢出了次元壁。

二　网生代女性的代际焦虑与网文的情感落地

"女性向"网文所标榜的女性读者"专属"本身即是网生代群体的"独立宣言"。从第一批读者"80 后"到"00 后"，二十年来，读者群集中在青春期的少男少女身上，上一代人的港台言情小说与武侠小说在这代人身上必定会发生转变。同时，从作者一方来说，王安忆、铁凝等女性作家的严肃小说所承载的时代使命同样落在六六、阿耐等新一代女性作家身上，而琼瑶、亦舒的港台通俗小说女性作家的书写方式也无法满足桐华、顾漫等对于纯爱的想象。只不过基于"影响的焦虑"，她们是如此既想摆脱又纠结于前辈们的束缚。经过了第一代网络女性作家的现代主义，第二代网络女性作家的纯文学风格，才过渡到类型化的女性写作。这种互文的张力让最终的"女性向"在"新""奇""爽"上寻求突围。"这就形成了新媒体文学较少在某个单一自由度上向纵深

---

① 高寒凝：《"女性向"网络文学与"网络独生女一代"》，《中国现代文学研究丛刊》2016 年第 8 期。

处挖掘，而热衷于跳跃在海量信息之间、在跨度巨大的材料中寻找新奇关联的趋向。"① "女性向"网文从现实题材向高幻想性题材拓展，从个人自由写作向传受交互写作拓展，从厚重的悲剧感向速读的爽感拓展。在这些光怪陆离或虚幻美丽的世界里，有些已经离现实主义的土壤很远了，但它们却正是时代症候的折射，网络女性读者在现实境遇中的压力与上代人完全不同，那么对于爱情的憧憬就不再是启蒙与激昂的路数，人生观与价值观与父辈之间也出现了隔阂与误解。这些生存中真实的焦虑只有在网络世界中得以排遣，网游、网文、网剧等新媒体艺术在进入 21 世纪之后快速繁盛与她们无处安放的青春和躁动密切相关。

同时，跨越二十年的网文所面对的，还有从"80 后"到"00 后"同一女性群体自身的聚集—分散—再集合。看《第一次亲密接触》的懵懂女孩如今已为人母，当年打开 BBS 论坛浏览网页的方式也已经换成在移动客户端上点击翻页。媒介在继续变革，传媒艺术也以螺旋的方式跟进，女性曾经燃起的爱情火花与职业梦想在起起伏伏中被不同的故事承载。很多网络文学里的世界无法直接用传统的标尺去衡量，只有设身处地到网生代女性生活中，感受她们所承载的动能与困惑才可以理解这一代人的怕与爱。

（一）精英女性的再书写与退场

第一批的网络女性作家安妮宝贝等人创作于世纪之交，延续的是 20 世纪 90 年代精英女性对自我内心的挖掘与私密空间的叙述，基本上是在网络空间复制了一个同样暧昧游离的梦幻世界。但是安妮宝贝很快宣布离开网络，进入纸质出版时期。这同时宣布了一种精英式的女性书写不太适合网络读者，也无法代表网生代女性发言。安妮宝贝的《七月

---

① 钟丽茜：《新媒体文学的复古与新变》，张邦卫等主编：《网络时代的文学写作》，中国社会科学出版社 2016 年版，第 88 页。

与安生》在出版十几年后（2000—2018）进行了电影的改编，仍然定位在艺术电影，仍然是小众文青所爱。

安妮宝贝的网络写作年代在世纪之交，彼时的互联网还带有一定的精英色彩。因此，阅读网文的女性其自身也带有一定的优越感。写作上有着现代流派的痕迹，喜欢用表现主义的手法，在孤独与落寞中呈现一种若即若离的状态。这正是网络精英所寻找的一种感觉，在都市中漂荡，虽然无根却享受着这种小布尔乔亚的意识形态。那笔下的女性"穿棉麻长裙，手戴骨镯，脚踩帆布鞋，一头海藻般的长发"解放了一代人"青春期的欲望"。

（二）纯文学的现实主义守望

第二批网络女性作家六六、李可等人创作于 2005 年之后，笔触对准的是职场新人或新婚家庭，在或温馨或残酷的日常生活与按部就班中去发现可供现代女性利用的生存技巧。这种普通人的智慧在漫长日子中支持女性默默前行，也催生了崔曼莉、阿耐等人在现实题材写作中接力拓展。她们所继承的纯文学写作与文学网站的类型写作采用了两种不同的网文生产机制。六六、崔曼莉的网络小说不在文学网站的分类中发布，写作时也不反馈网友的动态意见。崔曼莉曾经与类型网文的作家有过争论，谁更能代表网络文学的根本特征。这恰恰是转型时期网络文学的功能所在，不仅满足阅读的需要，也催使了成熟都市女性与年青一代女性争夺话语权或者解释权的角逐。一部分女性必须最终走向职场与婚姻，在传统的体制与言说语态中继续扎根现实主义，基于共同理想的爱才最有说服力，并且奋斗与励志要框定在伦理红线之内。另一部分御宅族系少女及犬儒心态青年则以逃避的姿态走向极致言情路线。

但必须看到的是，第二代的网络女性写作并没有因为女性向的网站互动机制而失去战场，现实情况恰恰是，因为主管部门的规制及改编市场风向调整，现实主义作品开始慢慢重新占据女性文学战场。从创作实绩来看，wanglong 的《复兴之路》、阿耐的《大江东去》、齐橙的《大国重工》《材料帝国》、小桥老树的《奋斗者：侯沧海商路笔记》、小狐濡尾的《南方有乔木》、卓牧闲的《韩警官》等作品，既以责任感和使命感反映鲜活的现实，又以接地气的文风贴合大众趣味，回应民众普遍关注的热点问题。

（三）女性向类型文的成型

第三批网络女性作家是更严格意义上的"女性向"写作，她们喜欢用两种极致的"人设"为女性打造一个现实无法企及的世界。"女神""女尊""女汉子"让男女平权的欲望达成，哪怕要借助一些"穿越""架空""玄幻"的手法，也要让女性实现书写"奋斗/成功"的历史。与此对应的是自我想象中的完美设计，"玛丽苏""白莲花"满足了小女生被无限宠爱的梦想。从《杉杉来吃》（电视剧《杉杉来了》）到《蜜汁炖鱿鱼》（电视剧《亲爱的，热爱的》）延续的都是这样的女性定位。

三　女性向言情网文分类

"网络文学的'男/女性向'不是以主角和主要读者的性别为依据划分的，更重要的是它的心理趋向，即它是以满足哪一个性别的欲望和意志为旨归的……网络空间凸显了"男/女性向"的区别，使得它们朝着各自的方向越走越远。"[1] 因此，我们可以说，比起男性向网文的多种类型题材——玄幻、军事、盗墓、官场等，女性向的网文基本可以用言情二字概括，曾经在"女性向"网文中也一度包括了更多的子类型，

---

① 肖映萱、叶栩乔：《"男版白莲花"与"女装花木兰"——"女性向"大历史叙述与"网络女性主义"》，《南方文坛》2016 年第 2 期。

在 2014 年"净网行动"之后，耽美、同人已经淡出了网文领域。现在的女性向网文分类是以两类"言情"为主。在古代言情类下可以分为清穿、宫斗、宅斗几个子类型。在现代言情类下又可以分为总裁文、都市言情、网游文等几个子类型。

既然网络女性写作是在自娱自乐中发展成为万千少女所代言的文化属性，那么它自身在 20 多年的生长中也存在着相互矛盾与分流。比如，中国文艺评论家协会网络文艺委员会秘书长庄庸将女性网络小说分为三个阶段："争爱—争宠—争独立"[①]；而北京大学网络文学研究论坛成员则普遍将"女性向"网文分为突破"言情"的三种大类"清穿文""耽美文""女尊文"与继承言情的两大类"总裁文""虐恋文"。[②] 以目前两大主要的"女性向"写作网站"晋江文学城"（2010 年，晋江原创网更名为晋江文学城）、"红袖添香"为例，"晋江文学城"的分类是：古代言情、衍生言情、二次元言情、未来游戏悬疑、奇幻言情、古代穿越、幻想现言、都市青春。"红袖添香"的分类是：古言、现言、玄幻仙侠、悬疑科幻、青春游戏、风尚阁、轻小说。我们可以将目前仍然存留在文学网站的"女性向"小说划分成以下几种类型[③]。

（一）穿越/清穿：大历史的小情爱

2004 年 7 月—2007 年 10 月，金子在晋江原创网连载《梦回大清》，成为最早的"清穿"类女性向小说。2005 年 5 月—2006 年，桐华在晋江原创网连载《步步惊心》。2005 年 6 月—2006 年 6 月，晚晴风景在晋江原创网连载《瑶华》；2005 年 7 月—2007 年 6 月，月下箫声在晋江原

---

① 庄庸：《女性网络文学十五年嬗变史》，张邦卫等主编《网络时代的文学书写》，中国社会科学出版社 2016 年版，第 30 页。

② 参见《网络文学经典解读》中的《穿越文——清穿："反言情"的言情模式》《宫斗：走出"白莲花"时代》《耽美：不止是"沉溺于美"》等文章相关论述。

③ 《1987—2016 中国网络文学大事年表》，《北大网络文学论坛——媒后台》，https：//weibo. com/ttarticle/p/show? id=2309404094045952605448，2017 年 4 月 7 日，以及百度百科相关资料收集整理。

创网连载《恍然如梦》。这些被称作"清穿三座大山"的网文成为早期女性作家的代表作品，延续至今并与其他类型融合发展。小说都是选择了女主人公偶然间穿越回清朝，参与了康熙年间"九子夺嫡"事件，并且分别与其中的"四爷"或"八爷"发生爱情的故事。"清穿"文借助了琼瑶《梅花三弄》《还珠格格》的通俗爱情套路，又参考了《红楼梦》等明清世情小说中的语言风格，再将台湾席绢的《交错时光的爱恋》、香港黄易的《寻秦记》中的"穿越梗"或"重生梗"加进去，完成了当代女性青年的一场场旷世奇缘。可以说，这种借助历史时空表达现代女性的爱情观，是一种带着现实婚恋祛魅心态寻找的不可能之爱。在一个早就注定结局的世界里，折射的是现实中无法解脱的阶层固化与门户之见。小女生带着小心思去享受众星捧月的宠爱，过程越灿烂越能衬托出结局的悲情。若曦式的现代社会女性丝毫没有了反对封建婚姻制度的半点勇气，只是为了去谈一场关乎个人的恋爱。

（二）宫斗/宅斗：女尊的权利向往

2006 年，流潋紫在晋江原创网连载《后宫·甄嬛传》，后转而在新浪博客连载，标志着"宫斗文"的成熟。2007 年 7 月，扫雪煮酒在起点中文网女性频道连载的《明朝五好家庭》是"宅斗文"的早期作品。2008 年 5 月，慕容湮儿开始在起点中文网连载《倾世皇妃》，是又一部"宫斗文"的经典。2010 年 10 月，关心则乱在晋江文学城连载《知否？知否？应是绿肥红瘦》成为"庶女文"的代表作。"宫斗/宅斗"的模式来自香港 TVB 电视剧《金枝欲孽》，我们在第二章已经详细分析了宫斗文的创作动机与阅读心理。从皇宫到宅院的转移并没有改变太多封建社会女性的低微地位，她们执掌后宫/内院所要付出的努力是男人的数倍，但这正激起了女性个体命运抗争欲及对权力的向往。空间的等级化与现代社会职场科层制同构，以至于每一处心机都巧合般地与职场宝典互文。

（三）古装传奇：女强的崛起

2007 年 8 月，沐非开始在起点中文网连载《宸宫》，在古装言情套路中发现了一条不同于游刃后宫的女性强者崛起之路：发力于前朝及战场。其实，早在 2005 年 1 月，风弄的《孤芳不自赏》就由台湾威向文化出版，但是风弄的耽美创作背景使其个人网站的连载记录已经无处可寻。《宸宫》之后产生的一批古装言情聚焦于大女主的戎马生涯，突破了千篇一律的甜腻桥段。2009 年潇湘冬儿在潇湘书院连载的《11 处特工皇妃》，2010 年天下归元在潇湘书院连载的《扶摇皇后》，2014 年 10 月祈祷君在晋江文学城连载的《木兰无长兄》，都重新塑造着女强人的形象。但也都多少借助了"穿越""重生"的桥段，为女性强者之路定下了白日梦的基调。包括 2006 年，海宴在晋江论坛"连载文库"版连载的《琅琊榜》也是一部颇有影响的"女性向"大历史叙述小说。

（四）古风言情：女性世外桃源

在奇幻小说中，以男性向的作品居多，修真、练级常常是以男性主角为代表。但是女性向却借助玄幻格调同样架构出了一个适合女性的东方世界。2008 年 1 月唐七公子（现名：唐七）在晋江原创网连载《三生三世十里桃花》，是经典的"古风言情文"。2008 年 Fresh 果果在晋江原创网连载《花千骨》，2009 年电线的《香蜜沉沉烬如霜》在江苏文艺出版社出版。玄幻风的古代韵味与中国传统的缥缈意境为女性书写提供了充沛的想象空间，也极度契合了男女主人公的甜蜜、凄美的爱情。比起 20 世纪 80 年代港台言情小说和武侠小说，这里是网生代营造的世外桃源，在古风古韵中谈情说爱像极了当下年轻人 Cosplay 般的虚拟真人秀。

（五）都市言情：职场里的玛丽苏

都市言情以现代都市为背景，讲述青年男女在现代生活中，围绕校园、职场发生的各种情思与爱恋。这一类型小说的时空设定特别容易被改编，而且其结构特点通常是一个强势的男主与一个柔弱女子的组合。男主身份从总裁到遍布各行业的精英，可能是翻译家、科学家、警察侦探、电竞高手等，满足了各种身份的女性对职场爱情的想象。从琼瑶、亦舒、席绢延续而来的商场富豪与平民女子之间的故事，经由日韩偶像剧的过渡后，呈现为中国都市快速崛起的各行各业中的世俗男女情爱。2003 年 9 月，顾漫在晋江原创网连载《何以笙箫默》，成为网络文学都市言情的早期代表作品。2005 年，明晓溪在晋江原创网连载《泡沫之夏》；缪娟在晋江原创网连载《翻译官》。2006 年匪我思存在晋江原创网连载《佳期如梦》。2007 年，辛夷坞在晋江原创网连载《致我们终将腐朽的爱情》；顾漫在晋江原创网连载《杉杉来吃》。2008 年，顾漫在晋江原创网连载《微微一笑很倾城》。2010 年，晋江原创网更名为晋江文学城，通过列举"原创言情""台湾言情"等板块强化了它的"女性向"网站特点。之后，阿耐的《欢乐颂》、丁墨的《如果蜗牛有爱情》都成为晋江文学城的爆款，并且相继被改编成电影、电视剧。在都市言情的基础上，女性向网文不断延伸出新的题材，2008 年却却的《战长沙》将言情与战争题材结合，2010 年丁墨的《他来了，请闭眼》将言情与侦探题材结合。

第二节　"女性向"剧：在传统与网感之间

网络女性主义代表的是当下女性的爱情观、事业观、世界观，其读者的草根属性使故事充满了白日梦式的自我幻想，电视剧在呼应这种 YY 心态的同时，必须对其进行改造，才能真正突破次元间的阅读障碍。一方面，在政策的不断调整下，穿越、宫斗等题材的电视剧受到了限制；另一方面，女性主义所强调的自立、平权在网络小说中被折射成莫名的眷顾与复仇式爽感。两种力作用于电视剧的二度创作，使互文性夹

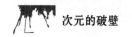
在传统女性与网感女性之中，导致了改编后两种现代女性的出现：强化个体自由的无爱一族与强化群体凝聚的博爱一族。而女性命运在两种张力之间才有了人物设定、最终结局与社会关系的一系列走向。

一　女性文学改编史：文化消费中的女性自我调节

在中国的女性主义消费中，与精英文学所建立的女性意识日渐清醒的同时，大众文化的影响对女性成长起着另外一种决定性的作用。一方面，通过文学的电视剧改编将女性主义中对性别独立、主体觉醒、女权意识的元素影像化，虽然一定程度上淡化了思想的深刻性与主题的激进性，但也成为女性寻找个体生存境遇启蒙的途径之一。比如王海鸰的《牵手》（1999）、《中国式离婚》（2005），池莉的《太阳出世》（1998）、《来来往往》（1998），万方的《空镜子》（2001）、《一一之吻》（2007）。类似题材的电视剧多是在家庭伦理范畴内聚集婚姻内外的女性，从而获得更大范围内观众群体的认可，受众也就更容易主动代入某个人物。电视剧中塑造的女性（如夏晓雪、孙燕等）都是传统道德体系与现代家庭意识中反复纠结的都市人群。基于电视剧收视环境的开放性，女性主角在剧中最后以回归传统家庭的方式完成救赎，但漫长的心路历程也留下了大量的思考空间。这些电视剧在一定程度上调和了女性主义对男权社会的质疑与对抗，并且将叙事视点从女性作家一方重置到男性导演一方，从而存在着矫枉过正的情况。比如电视剧《空镜子》最后加上了一段"光鲜人生"的落寞与"平凡人生"的快乐的刻意对比，很多人认为这削弱了小说中的悲剧感。从这个方面来说，原创剧本的电视剧作品可能就更深谙此道。1990 年的《渴望》在当时中国社会所引起的关注度激发了一系列的讨论。20 世纪 80 年代后期的男女刻板印象给一个尚待自立的女性重新施加了家庭与职业的双重重担，它究竟是新时期女性主义在大众文化复苏的起点，还是中国新文化运动以来的女性独立的后退？其背后的动因在于苦情与悲情的女性更适合20世纪80年代的文化消费，从港台"琼瑶"系列小说移植而来的女性形象更容易在市场上获得观众的关注。海登·怀特认为："一个叙事的最基本意义将包含对已被建构的系列事件的分解和后来的再建构，即将原本的一种比喻形式编码的（或真实或想象的）系列世界加以分解，然后再以另一种模式重新排列。这样，叙事就将是一种解码和再编码的过程，在这个过程中，根据惯例，权威或习俗所编码的原始感知被置于一个不同的比喻模式而得到澄清。"① 因此，决定电视剧编码的除了价值立场和情感指向外，市场认可和主流意识形态的态度起着更关键的作用。

网络女性主义同样面临这样一种窘境：既要在网络自由点击中得到数据的认可，又想在文学艺术的女性自我倾诉中得到身份意识的认可。随着网络文化的日渐主流化，二次元与现实世界趋向整合化，原本野蛮生长的网络文学被给予了现实关注，原本为女性所定制的"女尊""玛丽苏"以及更具亚文化色彩的"耽美"被开放的大众文化所冲击，并引发了主流文化对其的收编与规范，甚至净化与清理。作为文化导向重要呈现方式的改编实践或许能更好地代表网络女性主义的未来发展方向，或者说能更好地将性别叙事与中国当代审美建构结合在一起。我们看到有大量女性作家的网络文学被改编后成为电视剧史上的经典，与其在网络民间的经典互为镜像，比如，无论是现实题材的《双面胶》《小儿难养》，还是历史题材的《步步惊心》《知否？知否？应是绿肥红瘦》，都以一种融媒体传播的方式再现了网络空间的狂欢，当然，更重要的是《琅琊榜》《欢乐颂》《甄嬛传》《浮沉》等作品被官方认可，

① ［美］海登·怀特：《后现代历史叙事学》，陈永国、张万娟译，中国社会科学出版社2003年版，第188页。

或是成为中国文化"走出去"的重要组成部分，或是代表了中国社会经济与时代风貌，传播了当代中国女性果敢智慧的形象。我们更应当关注这两种女性向：纯粹的网络女性主义与主流化了的网络女性主义。因此，要想了解当代女性主义发展的潮流与性别叙事，必须把社会学理论中的女性与当代主流文化中的女性结合观察，才能更好地判断女性如何才能在性别政治、伦理道德、婚姻家庭中找寻身份定位。

二　从"白莲花"到"大女主"：女性强者的再登场

网络小说改编剧近年来占据电视剧相当大比重，但是与网络小说原著数量相比，仍然少之又少。几乎每天都有在各种文学网站上新推的作品，究竟哪些才能进入电视剧及网络剧的视野呢？能够被改编的小说首先考量的是商业元素，点击量的多少与榜单排名体现着读者对其之热衷程度。另外，在视听表达上是否存在着改编的难度，也必须被制作方所计算。在这方面，女性向小说具有了明显优势。因为"言情"侧重于心理描写与语言对白，文字文本可以更便捷地兑换成影像文本。但即使这样，从大类型到每一个小类型的作品当中，仍然存在着多种可选择性。这时，就需要仔细分析作品中人物魅力及其与现实世界的互文关系。我们可以在多个电视剧中发现女性向改编中的局限与不足，但改编的成功与否不仅是收视率与商业回报的数据高低，而且是他们是否停步于这种困局，抑或是试图解决当代女性的情感焦虑，对网络女性主义的实践进行突围。在反"言情"的网络女性主义小说一端，女强人叙事经历了从"女尊"到"大女主"的变化，而折射到电视剧中，这种"女性强于男性"的性别叙事之路受到了诸多限制。

中国电视剧塑造的女性坚强感表现在两个方面：一是隐忍痛苦的内心强大；二是奋起抵抗的坚强不屈。前者是琼瑶式的白莲花，后者是女尊式的大女主，前者是传统文化观念下的，后者是网络文化观念下的。其中，网络历史小说中的女强人借助后宫叙事补充了女性前朝身份的缺乏，宫斗小说则让男女在权力争夺中各有所长。一方面，网络小说借宫斗叙事形成的"女尊文"被认为是网络女性主义中，最能体现一种被女性认可的坚定机智，以及不被道德绑架的应变能力。另一方面，女尊文往往带来权欲向往与无爱结局。虽然2004年香港电视广播有限公司出品的《金枝欲孽》是宫斗剧的鼻祖，但2011年《甄嬛传》的热播才可以说是大陆地区将女性的心机智慧充分显露之作，使亚文化的网络女性主义浮出地表，被大众关注，也被官方媒体批评为一种"比坏心理"①。这使得《扶摇》《楚乔传》等"大女主戏"成为宫斗受限后的女性强者意识的代表。其实，2010年的《美人心计》改编自瞬间倾城的《未央·沉浮》，是更早的一部女尊类型的作品，早于《甄嬛传》，可以说是"2011网络小说改编元年"的序曲。《美人心计》的出品方是"于正工作室"，于正自2002年出道以来，一直以"大红大绿＋圣母白莲花＋脑残狗血剧情"的特点著称，直到2018年《延禧攻略》的播出，才在画风与情节上有了全新的突破。从《美人心计》—《甄嬛传》—《延禧攻略》的转换中，我们可以看到网络女性主义改编过程中，将两种不同格局的文化进行了有效嫁接，使历史中的女性强者形象在改编剧中出现了以下三个阶段的变化。

（一）女尊与圣母：从文字代入到荧屏她者

女性强者在电视端往往被塑造为圣母式的救世者，这与网络端张扬自我的复仇者不同。《美人心计》和《甄嬛传》都有女主从不谙世事到善于权谋的"成长历程"。比起《金枝欲孽》中玉莹、尔淳、安茜、如玥四人互相钩心斗角，网络小说更强化主角的戏份，小说所建构的后宫

---

① 陶东风：《比坏心理腐蚀社会道德》，《人民日报》2013年9月19日第008版。

提供了更加有代入感的主角，特别是第一人称"我"使宫斗带有了天然的穿越感：

> 我轰然倒地，奔至面前的三个人将我团团围住，我的身体剧烈地抽搐，雪白碧莲下猩红的血不停从嘴角涌出，嫣儿用袖子给我擦了又擦，刚刚擦掉偏又涌出新血，她无助地大哭，双腿瘫软的锦墨已经涕泪横流泣不成声，拉着我的袖子不停地摇摆晃动着，一声声呼唤姐姐企图让我回复清醒。只有圣上，昔日那痛恨我的他，眼神里满是疼痛和哀伤，将我紧紧揽入怀中抱起，如同怀抱着最最珍爱的宝贝，沉默不语。
>
> 我的身体在逐渐变得冰凉，我甚至能感觉到他落在我脸上的温热泪珠。那热流蜿蜒滑过脸颊，流过颈项，深深地淌入我心。
>
> 我好累，所以我选择休息。一阵黑暗如约罩上我的双眸，我轻轻地闭眼，笑意淡淡。
>
> 惠帝六年，萧清漪卒于建章宫，时年十八。①

网络历史小说的穿越方式主要有两种：一种是《步步惊心》的方式，身体的穿越，现代人由于某种原因，进入一个历史情境中；另一种是"观念的'穿越'，即在这些小说中，主人公并非自现代（当下）穿越过去，而是'本来'就生活在某个既定的历史时空，但是他/她的观念、智慧、知识谱系明显属于现代社会，他们实际上是作为现代人的替身进入历史现场"②。

因此，小说中的窦漪房、甄嬛成为读者进入历史时空的替代者。也

---

① 瞬间倾城：《未央·沉浮》（上），重庆出版社2008年版，第78、79页。
② 许道军、张永禄：《论网络历史小说的架空叙事》，《当代文坛》2011年第1期。

成功地复制了一个女性自己的权利空间。正如流潋紫所说："中国的史书是属于男人的历史，作为女性，能在历史中留下寥寥数笔的只是一些极善或极恶的人物，像丰碑或是警戒一般存在，完全失去个性。女性的心理其实是非常细腻的，所以我极力想写下历史上那些生活在帝王将相背后的女人的故事，还原真实的后宫女子心态图。"① 但电视剧收看方式会将女性的代入感削弱，情感投射到演员后变成一个"她者"的故事。这使得网络女性主义的自我幻象消失，画面中的历史时空与人物的完美程度制造出的是远高于女性读者的全新世界，因此，电视剧必须设法完成这个合理化的过程：或者是窦漪房式的白莲花，或者是甄嬛式的被迫黑化，或者是芈月式的心怀天下。《美人心计》中的窦漪房几乎是琼瑶剧"圣母白莲花"的翻版，完全没有了《未央·沉浮》中窦漪房的狠毒无情。女性权谋成为"90 后"女性青年的网文阅读爽感之一，她们通过先天的心机与城府实现生存欲求，并将道德排在了生死选项之后，女性自我沉浸在被缜密细节织就的逼仄空间中。而电视剧要完成人物的性格变化，必须通过情理设计，于是《美人心计》选择继续在中国传统女性的框架中塑造符合大多数观众心理潜意识的人物。当然，我们也可以把这理解为，电视剧大众收看方式所要求的逻辑闭合性与伦理克制。

（二）完美女性的缺席与在场

《甄嬛传》使电视观众借助网络女性主义在传统的"圣母白莲花"外有了新的选择，女主最后"黑化"的确给网文读者全新的审美体验，在那些温柔善良、逆来顺受的女主角之外，还可以有一个有仇必报、恩怨分明的不完美的女主角。为了让更多的观众认可这种女性，剧中的甄

---

① 孟静：《后宫里的历史观》，《三联生活周刊》2011 年 12 月 29 日，http：//www. li-feweek. com. cn/2011/1229/36144. shtml。

嬛并不是小说中那样天生足智多谋,而是在经历了爱情消散绝望与亲人身陷囹圄后,不得已而选择狠毒。当然,书里最为可怕的是,所有的人都变得不可信,蕴容、浣碧,都心机重重,令人不寒而栗,这方面,电视剧进行了大幅度删减。同时,电视剧要弥补网文读者的代入感不足,所以,改变了小说架空背景,放在了雍正年间的历史段落中,提高了真实性。并且高度还原了小说中的对白与情境。"甄嬛体"式的"本宫""小主"台词;做工精细的服饰道具、礼仪程式都再现了女性在波诡云谲的倾轧中的独特风情,成为风靡当年的文化热点,并反哺进网络二次元。一时间,网络上出现了各种以"甄嬛体"为代表的符号、梗、火星文等网络新语言,网感女性与"甄嬛体"形成了互文性关系,这次的次元破壁发生了双向倾倒。

与此同时,网络女性主义背负上了个人私欲的色彩,任何渲染着欲望权谋的文化都无法在主流媒体中走远。很快,宫斗题材的受限,"后甄嬛"时代的电视剧改编面对极大的难题。在网络女性主义转向过程中,格局必须从个人私欲走向家国命运,这促成了《芈月传》《楚乔传》能够站在天下苍生的角度再次表达女性的强悍一面,延续了传统历史题材电视剧如《武则天》(1995)、《吕后传奇》(2003)的审美风格,也由此淡化了"女性向"的色彩。因此,纯网络女性主义的风格很难在电视剧中存在。与此同时,彻底反网络女性角色也难以令人信服,很多网络文学的研究者认为"白莲花"式的女性角色是男性视角的产物,已经受到人们的质疑。"时至今日,刘慧芳式的'白莲花'们身上所体现的道德理想已经趋于瓦解,对于苦难的承担也无法真正让好人一生平安。"① 但现实文化实践中,一面是"白莲花"尚不能全面占

---

① 王玉玊:《从〈渴望〉到〈甄嬛传〉:走出"白莲花"时代》,《南方文坛》2015 年第 5 期。

据当下文化版图，一面是"苦情戏"仍然在电视剧中保留了大批观众。2018 年与宫斗剧《延禧攻略》《如懿传》同期播出的"催泪大戏"《娘道》讲述的是瑛娘为丈夫为儿女牺牲一切，背负所有痛苦的故事。正如当年《渴望》引起巨大争议，被认为"抵消了几十年的妇女解放运动"① 一样，《娘道》同样被认为是看似弘扬传统文化实则充满封建糟粕的"四不像"作品，是对封建伦理纲常的崇拜宣扬。女权主义者对其表示出的愤怒与该剧收视不断地攀升表明：在现代社会发展如此之快的今天，网络女性主义所生产的女强人叙事与女性刻板社会角色之间的角逐仍然将大范围存在。在《渴望》的特定时间20 世纪80 年代末，我们通过霹雳舞、邓丽君，第一次认识到了个人的价值。对于依附于家庭和社会关系体系中才能显示出价值的我们来说，这种冲击是巨大而持久的。"80 后"一代长大成人，经历了改革开放，经历了市场经济确立，经历了网络的初兴。他们会觉得，在个人价值与集体利益之间，为了某种宏大的理论而牺牲个人的做法，并不是天经地义的。他们"以人为本"的观念早已深入人心，然而，传统价值并没有束手待毙，在官方的宣传中，在家庭的教育中，它始终在与自由价值对抗，从幼儿园到各种"女德"班，如《娘道》一样打着弘扬传统文化的旗号，"首孝弟，次谨信"仍然不断染指个体自由的意识形态领域。

（三）不完美女性的"教化"

2018 年于正的转型之作《延禧攻略》可以看作资本市场对女性主义消费的成功利用。于正早年作品基本是定位于"苦情"戏码和"白莲花"角色，并且大面积地盗取其他热播类影视作品。《宫锁连城》因涉嫌抄袭《梅花烙》被琼瑶告上法庭。2015 年12 月于正的"抄袭案"终审败诉，被判公开道歉，并停止传播《宫锁连城》。《延禧攻略》并

---

① 郭镇之：《中国电视史》，文化艺术出版社1997 年版，第125 页。

不是一部网络小说改编剧，但却是完全按照网络小说改编剧的叙事套路定制，并且采取网络剧首播、同步上线连载网络小说的媒介策略，因此是一部网感十足的文艺作品。网络版播出之后，又因其制作精良与口碑"爆棚"而拿到了电视平台的播出牌照，成为 2011 年年底"宫斗"限制令后唯一一部电视播出的"宫斗"电视剧。而同时期流潋紫的另一部网络小说改编剧《如懿传》则在播出影响上全面落败。究其原因，在于《如懿传》仍在延续七年前《甄嬛传》的女性塑造方式，再加上制作粗糙，尽管宣传到位，也难符其名。反观《延禧攻略》，电视剧中的璎珞具备了小说中甄嬛的能力，出场便是少年老成，足智多谋，女性向意识非常鲜明。但与甄嬛复仇动机逐渐出现不同的是，璎珞又如《琅琊榜》中的梅长苏一样，出场便身负特殊任务：寻找姐姐的真正死因。这样就把人物的主角光环与行为的动机合法性统统兼顾了，网感十足且义正词严。更为重要的是，在璎珞的周围同时保留了理想型的女性角色——富察皇后，以及"腹黑"型女性——从纯妃到辉发那拉氏。富察皇后的完美形象与道德高度感化了充满复仇动机的璎珞，使得她的一次次行动有了情理上的伦理根基。这种人物组合方式与《还珠格格》里的"小燕子/紫薇/皇后"，《梅花烙》中的"白吟霜/倩柔/兰馨公主"、《宫锁连城》中的"宋连城/纳兰映月/醒黛公主"极为相似。相比较而言，《甄嬛传》中的角色个个心思过人、机关算尽，尽管甄嬛有着这种那种的不忍心和不得已，但这种全面阴暗的人物关系束组合不是女性主义发展的未来潮流。因此，类似"甄嬛"式的群像人物已经不可能再出现在电视荧屏上，其所代表的对道德至上的质疑也承担不起社会主流文化发展的历史动力。当代女性焦虑感的想象性解决方式，最大的可能是如璎珞一样，在某个保留着中国传统女性"优秀"品质的"白莲花"的教化下，尝试性地去改变惯性思维内的女性定位。

三　"玛丽苏"与"饭圈女孩"：童话世界的女性主体建构

网络女性主义既包括女性意识的崛起，体现了女性的历史话语诉求，也包括与女性自我幻想的依附意识。大量"宠文""虐文""甜文"出现在"女性向"小说当中，抚慰了年轻女读者萌动的内心。但是这些读物在成熟女性看来，情节过于浅薄单一，并固化了"男尊女卑"习俗，因此被女性主义者视为社会的倒退。当电视剧从这些网文中取材之后，借助传播渠道，又进一步扩大了白日梦的延展，催生出的《杉杉来了》《何以笙箫默》《微微一笑很倾城》《亲爱的，热爱的》等作品总能引起大批少男少女的追捧，成为"女性向"消费的热点。首先，这种文化现象的背后，是社会普遍价值体系投射在青少年心理的盲区，当现实压力产生的依据被物化后，外在感觉便控制了一切。其次，女性的成长必须有一个阶段由童话来讲述，但灰姑娘原本纯真美好的故事变成了今天屌丝逆袭的心理暗示，并且在二次元封闭的世界里炮制出一批御宅族类型化人设。最后，面对萌文化对大叙事的解构，改编实践是选择沉浸其中？还是去建构主流青年话语？在女性粉丝群体掌握着相当话语势力的今天，她们的主体意识形态偏向于哪方，决定着未来中国青年文化走向。

（一）爱情逻辑起点的空白

当代言情电视剧兴起于 20 世纪 80 年代的琼瑶作品，几十年来一直受到日韩青春偶像剧的影响。20 世纪 80 年代言情剧中女性善良、温柔与坚韧、执着的性格在 21 世纪的影视文化中仍然具有生命力，并进一步与偶像剧里的甜蜜、温情或虐恋、纠葛相融合。言情剧所描写的爱情一直依附于当时整个社会环境，女性形象无法绕开现实背景中的阶层偏见或思维习惯。或者说，任何一个现实的历史时段，爱情都要基于某种实际的价值体系才能成立。即使在文艺作品之中，也要能找到男女双方相爱的依据，这段感情才能令人信服。大陆言情剧有两种路线，一种是城市差异的方式，自 20 世纪 90 年代起，城乡差异就体现在言情剧中，《孽债》《咱爸咱妈》《儿女情长》都在用乡村纯朴的亲情和友情直面都市的冰冷和无情。到《新结婚时代》里的城乡爱情讲述时期，顾小西与何建国属于典型的"孔雀女"爱上"凤凰男"，身份反差大的男女在一起，必须有足够的理由。所谓"凤凰男"，就是指十余年寒窗苦读，跳出山窝的农村小子。他们进城娶了城里老婆，但由于曾经的农村身份打下的烙印，使得他们与孔雀女——城市女孩的爱情、婚姻和家庭，产生了种种矛盾。我们知道，现实中爱情总是被某种外在力量所测量，而围绕在力量周围是两性相处的智慧与经验。在早期网络小说改编剧中，也会寻找某种适合的契机作为男女主角的爱情发生的逻辑起点，当然，这个逻辑起点同时也是戏剧动力，在保持平衡与打破平衡之间增强两性情感的弥合度。《双面胶》中，上海的胡丽鹃与东北的李亚平走到了一起，在常人眼里，这对组合需要一个理由，用胡丽鹃的话解释是李亚平"从来不看女人的手机"的男子气质。但是这个爱情逻辑起点在之后的很多改编剧中消失了。

网络小说改编剧《婆婆来了》（2010）、《裸婚时代》（2011）、《小儿难养》（2013）延续了城乡二元的基本叙事，并对原著进行了大幅度改编，重新架构起了从两性故事到家族纷争的矛盾体。在这些家庭剧中，女性被迫站到了现实多种对立面之上：城乡、法理、义利等必须全面考虑。从而显示出，女性主义所宣称的"女性走出家庭"的宣言在现实当中是困难重重。女性的选择永远是无法兼顾的，这种悖论常常在逻辑起点上将女性置于无法补救的地步。《裸婚时代》里，让童佳倩爱上的刘易阳没有任何可取之处——猜忌、小气、贫寒，既非李亚平的"男人范儿"，也非何建国的"潜力股"。相比而言，小说《裸婚——80

后的新结婚时代》中的刘易阳并没有这么多的缺点，原著只是一个话题小说，是生活中积累的情绪借用文学发的一顿牢骚。而电视剧则借用童佳倩的"高富帅"青梅竹马杜毅去对比刘易阳，其手法基本类似于《致我们终将逝去的青春》中提升陈孝正贬低许开阳的套路。男人的贫穷与其天生的自卑感相伴随，而女人对渣男的爱则显得有点贱。电视剧对于男性缺点的放大，其实也是对女性轻视。人为制造的戏剧冲突其实掩盖了男性导演滕华涛的性别偏见的潜意识，这一点是原著女性作者唐欣恬（小鬼儿儿儿）所没有想到的。

（二）消解"大叙事"的萌元素

另一条言情剧路线则按照青春偶像剧的方式展开。随着 21 世纪中国大陆偶像剧的出现，赵宝刚导演的系列作品占据了青年男女校园/职场时空节点的纯情爱恋。虽然不再强调男女主角的身份差异，但一直将女性意识作为都市男女平等相待的前提条件。从《奋斗》到《我的青春谁做主》贯串了女性青年不能也不会依靠男人的观念。但是网络"女频"文却让两性爱情再次跳过了逻辑起点，直接探讨抽象的爱情信仰命题。因为网络女性主义指导下的女性寻找爱情的过程越来越讲究的是一见钟情，不需要任何道理。看似琼瑶剧中纯真爱情的翻版，却没有当年琼瑶剧中女性骨子里的抗争性。其实琼瑶小说中的男主人公虽然是身上有着各种各样的缺点，但是对女生的爱情是全力以赴的，对女性的爱情是发自内心的。而现在网络小说中男主们的爱情观，是模棱两可的、若即若离的。《何以笙箫默》《泡沫之夏》《杉杉来了》等作品，是把男女已经建立的平等意识重新打破。尹夏沫、薛杉杉的灰姑娘式爱情成为众多女性读者心中的童话，它采用了比男性"屌丝逆袭"更为炫目的方式：女主通过霸道式的被占有，从而受虐式地享受从天而降的爱情。越是纠葛巧合、幸运之极，越显示出故事的苍白，却越得到少女们的追捧。在这种女性消费当中，故事的合理性已经不重要，让位于角色

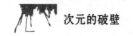

的模式化。而享用其中的这批读者即是东浩纪所说的"御宅族"系。御宅族的萌属性将小说二次元化，而二次元的后现代特征将深层故事的"大叙事"进行消解。东浩纪认为："御宅族舍弃现实社会、选择虚构的理由，并非因为他们无法区分两者之间的差异……御宅族们之所以封闭在共同的兴趣之中，不是他们抗拒这个社会，而是因为社会价值规范的机能已无法顺利运作，被迫需要创造出另一套价值观。……把垃圾般的次文化当成原料，神经质地塑造'自我躯壳'的御宅族们的行为，无非是在大叙事凋零的背景下，为了掩埋这个空白而登场的行为模式。"① 其实，对大叙事的解构来自法国后现代主义家利奥塔（Jean-Francois Lyotard）的语言学分析，但东亚地区的二次元文化很好地成为其例证。御宅族小说既不是纯文学，没有深层结构，也不是传统意义上的通俗文学是依靠强情节吸引读者，它更像是图画和游戏，是对资料库（设定）进行消费。"霸道总裁"爱上的"我"具有这种萌要素，使故事的重要性降低，而使角色的重要性提高。

除了都市言情，古风言情也是萌属性的御宅族系作品，尽管《三生三世十里桃花》《香蜜沉沉烬如霜》搭建了全新的自洽的世界，但其目的只是为类型化的男主女主服务，仍然是一个让年轻世代可以躲进去逃避现实的奇幻之梦。当然，也有部分言情剧在努力做着重建"大叙事"的尝试，《南方有乔木》《亲爱的，热爱的》选择了在相对新颖的职业领域内谈情说爱，使"高富帅"与"傻白甜"的童话，演绎成在无人机科技领域、电子竞技行业的励志神话。

（三）网络文化与女性机构个人化

萌元素具有强大的聚合功能，一旦进入某种特定人设即可转化为粉

---

① ［日］東浩紀：《動物化的後現代：御宅族如何影響日本社會》，大鴻藝術股份有限公司 2012 年版，第 47—49 页。

丝效应。粉丝中的女性群体更是体现出了在电子时代突破传统时空、身体局限的优势。首先，现代社会面对着个体化与集体化的矛盾统一。从传统社会延伸出的民族国家概念在集体主义层面上形成了共同体意识，并且借用涂尔干式的分工协作与科层制，带来社会的高效运作。而后现代社会则日渐呈现出个人化的特征。德国社会学家乌尔里希·贝克（Ulrich Beck）认为个人化在后现代社会发展到系统程度，从而成为新的社会结构，继而颠覆了整个现代社会结构。此处的个人化"是指社会活动与思考以个人为单位的过程"，它不同于作为价值色彩浓厚的，"以个人利益为重点的价值取向"的个人主义，而是一种社会科学含义的个人化。① 因为"个人化是高度分化的社会特征，不仅不会妨碍社会凝聚，反而会使之成为可能"。其次，个人化依赖于社会机构提供的保障，特别是女性在法律层面上获得了教育、工作的机会。尽管社会上仍然存在歧视，但是在数字资本时代，女性却可以更大程度地去克服身体与观念上的弱势，其特征即是女性在网络文化中掌握了重要的话语权，甚至直接能够干扰到现实资本世界。网络文学的女性写作显示出了女性价值观，而形成的粉丝经济也极大地强化了数字资本的力量。"萌文化"作为女性在网络世界中机构个人化的重要表现，对凝聚这一群体起到了重要作用。因此，粉丝中的女性粉丝被凸显了，在中国大陆地区被称为"饭圈女孩"，她们不仅指有"爱豆"可追的女孩，而且是指自发集结而成，有特定"饭圈"文化价值认同的女性群体。日本粉丝经济研究者田中秀臣认为，网络时代的消费行为是一种"不涉及金钱回馈的非经济性活动的消费"，即"心智的消费"，而不是传统的"对既有商品与劳务的消费"，它的特点是："一边生产，一边又消费自己"，"无

---

① 马杰伟、张潇潇：《媒体现代：传播学与社会学的对话》，复旦大学出版社2011年版，第121页。

论生产还是消费，都不花一毛钱"。而"所谓的网络文化，其实是以'有闲没钱'的人为中心所创造出来的文化。而这些人的小故事、小小的心智消费将他们联结在一起，构成了一个前所未有的、不可思议的联结网络"①。从 2005 年"超女"开始，二次元文化导向的审美势力对文化的介入就形成了一次次团结的力量。"萌"的柔弱性，正是配合了年轻世代女性在成长中简单、纯净的心理特征。在网络女性主义实践中，比起强势女生，"萌"系女生更能聚领粉丝群体。再次，网络社会交往机制会自动建构起虚拟的社会机构。在天涯社区、百度贴吧之后，新浪微博超话（超级话题）再次将拥有共同兴趣的人集合在一起形成圈子。女性的机构个人化将天各一方的女生聚集到一起，为粉丝打榜。2019年 8 月，"饭圈女孩"事件与当年"帝吧出征"一样，支持偶像爱国言论，显示了网络民族主义的又一次正能量释放，得到了主流媒体的点赞②。或许，我们从单纯的故事世界中不能直接找出"大叙事"的意识形态，但是却可以引导"饭圈女孩"们借助互联网的话题形成主流价值群体的身份认同。

第三节　中性身体美与当下性别焦虑

虽然身体转向在网络写作的早期阶段就由木子美、竹影青瞳、流氓燕等人涉及，但其大胆、出位的言论仅仅作为"天涯社区"写手的个人日志，并不能形成完整的文学样态。类型小说出现后良莠不齐的创作方式又使身体书写带有了突破伦理边界的隐患，存在着法律禁忌与"耽

---

　　① ［日］田中秀臣：《AKB48 的格子裙经济学——粉丝效应中的新生与创意》，江裕真译，人民邮电出版社 2014 年版，第 50 页。

　　② 阮佳琪：《守护最好的阿中！饭圈女孩出征"开撕"香港示威者》，微信公众号"观察者网"2019 年 8 月 15 日。微信公众号"人民日报"2019 年 8 月 16 日转载；微信公众号"共青团中央"2019 年 9 月 1 日转载。

美文"等敏感话题，露骨的身体写作是网络小说一个不光彩的标签，在
2014 年"净网行动"之后，这类文章已经基本被清除干净。在此，我
们试图从身体叙事的角度来考察通俗文学如何借助身体去表达性别差异
以及由此产生的权力障碍。同时，我们也看到，改编实践的一个主要特
征在于将文字想象转为视觉直观，原有的人物设定由相应的演员去呈
现，这个过程被当下的性别审美标准重新编码。因此，在如何确定当下
的性别气质方面，电视剧与网络共同承接了媒介文化中的两性焦虑。

一　雌雄难辨与游戏平权

网络的虚拟性使身体成为缺席的在场，面对面的交流变成了各种符
号、光点之间的信息交换。身体被解放的同时，也满足了人们对某一完
美躯体操控的设想。无论是匿名的网络社区，还是角色扮演的电子游
戏，参与者热衷于改变自己的身份性别，以另外一副面孔出现在网络世
界中。这种交流方式也进入了网络小说的想象世界。在各式穿越文中，
既有穿越后性别改变的《太子妃升职记》，也有穿越后面对性别困惑的
《木兰无长兄》。从女性向的角度来说，这种文学想象契合的是独生子
女一代中的女性所承担的双重期望，她们需要同时完成女性的生活压力
与男性的社会压力。"双兔傍地走，安能辨我是雌雄"，独生子女一代
改变了中国传统观念中男女分工，特别是将女性建构成带着男性标签的
社会角色。"'网络独生子女一代'与建国初期的女性不同，她们并非
被忽然赋予了与男性等同的权利和机会，而是从她们年幼时，就被刻意
教养为男性，身处男权社会的规则之中而游刃有余。"[①]《木兰无长兄》

---

① 高寒凝：《"女性向"网络文学与"网络独生子女一代"》，《中国现代文学研究丛刊》
2016 年第 8 期。

小说描写了来自现代的大龄剩女贺穆兰，穿越到解甲归田的女将军花木兰身上，没有了北朝民歌中的无上荣光，"后花木兰时代"的花木兰不得不去面对各种相亲、催婚，花木兰只好选择再次从军，并且加入改革军制、守卫家园的行列中。

如果说贺穆兰重新续写的"木兰辞"试图将今天女性的社会与家庭压力转移到曾经最具代表性的民间女英雄身上，那么《太子妃升职记》则用直接的性别转换让男性去尝试女性的所有困难。花花公子张鹏为躲避前女友们的围堵，意外落水。醒来后，发现自己不仅穿越了千年，还变性成为当朝的太子妃——张芃芃。女儿身、男儿心的张芃芃为了自保，不得不陷入太子、九王、赵王夺嫡的争斗中。在如何生育与争宠的身体政治要挟下，逼真地加载了男性身体未曾体验到的女性压力。在原著小说中，主角身陷危机四伏的后宫当中，与各方斗智斗勇，再现的是现实职场般的宫斗戏码。这部小说被改编成网络剧后，并没有在电视平台播出。不仅是因为彼时，电视穿越剧已经被主管部门封禁，也在于剧中人物喜剧化、脸谱化，借用大胆出位的语言情节组合成一个荒唐的闹剧，并且如《步步惊心》一样，将最后结局规定为穿越者的一场梦境。其实，原著作者鲜橙在认真编织一个映射血淋淋现实的职场故事，而在改编导演群体看来，只能用"小白文"式的结构才能恰当解释这场女性对男性的"误会"。在这种女强路线设计上，女性始终无法在身体上克服生理弱势，从而在男权社会定义的法则下获胜。

当下改编剧对于雌雄同体的想象，总是落入一个喜剧化的窠臼中。2017 年网剧《将军在上》改编自《将军在上我在下》，同样是为一个女将军躯壳叶昭赋予了男性的真身。原作者橘花散里在 2012 年网络连载时专门写下这样一段话：

　　　　本文女主除了身体和性取向外，绝对是爷们里的纯爷们，英雄里的真英雄。你见过老虎和兔子叫板的吗？所以也没"普通"宅斗成分，想看她像种田文里的小女人那样争风吃醋，玩弄心眼的读者怕是会失望的噢～剧透到此结束。顺便一提，本文是橘子从逆转大奥女将军和某个 COSER 处得到的灵感。那是扮装起男人，可以迷得让正常女人恨不得去百合的 180 公分大美女。[①]

　　类似这样的正文外的随笔在正式出版的图书中是没有的，但通过最初连载更新的网络版我们可以更清楚地寻找到女性读者的兴趣点。橘花散里所说的创作灵感来源于日本吉永史的漫画《大奥》。"大奥"原是指日本将军的妻子、侧室以及女官们居住的后宫，但这部漫画设置了一个男女逆转的世界，让将军变成了女性，在大奥中争宠的则是三千美男。吉永史为如此奇特的设定辅以细腻的人物刻画、绵密的历史考证，读来却是毫不诡异，充满了感动和回味。在耽美界人气极盛的吉永史凭借此作拓展了书迷群体，还摘得了手塚治虫文化奖漫画大奖等诸多荣誉。从日漫到网络小说再到网剧，次元的连续破壁中其核心观念发生了多次转变，先是《大奥》想象中女权社会变成《将军在上我在下》交融着女权意识的保家卫国故事，再在《将军在上》中转变成大红大绿色彩审美中的喜剧闹剧，而历史闹剧式的定位又无法获得电视平台的播放权。显然，此类改编剧在世界设定上不能采用常规严肃题材的严谨有说服力的路线，而只能在荒诞式的风格里收场。

　　当现实世界无法满足性别平等的条件，网络小说通过搭建一个全新的世界去进行纯爱路线的平权尝试，探讨在某种契机或前提下，男女身体能够达到机会的平衡。玄幻文化赋予了超越身体局限的东方神秘力

---

　　① 橘花散里：《将军在上我在下》"第二章　白马将军"，书包网，2012 年 2 月 5 日，https：//www.bookbao99.net/view/201202/05/id_ XMjMwMzc5.html。

量，也让玄幻小说在气质上达到了一种性别平权的叙事动力。修仙练级的故事架构来自游戏世界中的升级打怪，在虚拟的游戏体验中，男性女性实现了力量公平，不仅仅是因为我们无法判断网络另一端的真正性别，也在于这种游戏规则中往往没有限定男女身体差异。在日本卡普空（CAPCOM）公司出品的经典格斗游戏《街头霸王》中，原创虚拟女性角色春丽、春日野樱在力量、技巧上比起其他男性虚拟角色丝毫不落下风。同样的是，从即时战略类游戏来看，从《仙剑奇侠传》到《王者荣耀》，无论是李逍遥与赵灵儿捡拾法宝的机会，还是小乔对决张良时的招式技巧，在虚拟游戏世界，男性与女性的身体终于得到了平等的机会。正如席勒所说："只有当人游戏的时候，他才是完整的人。"游戏中，角色的力量级发挥往往是均衡的，各有所长。

　　与之形成互文关系的玄幻小说，可以说是一个高幻想的游戏模式。女性拥有了先天的力量，她们可以直接就是某一领域的统治者，如锦觅是花神与水神之女，白浅是身为上神的青丘帝姬，并且这种力量不被污名化。在中国神魔小说中，女性的力量往往来自非正常途径，她们通常被塑造成魔女与邪恶势力。玄幻世界给女性相当大的活跃空间，她们拥有与男性统治者相当指数的力量级别。当然，这种力量只是为谈情说爱提供的一种假设。吉尔·德勒兹（Gilles Louis Réné Deleuze）说过"力量就是关系"，"界定身体的正是这种支配力和被支配力之间的关系，每一种力的关系都构成一个身体"。[①] 但她们也需要为了爱情削弱力量级，如常见设定中的堕仙，或增加力量级，如宝物法器的意外获得。这从另一方面组织了一场不需要像男性那样去夺取世界的游戏，无论是甄嬛宫廷的狡诈，还是楚乔战场的拼杀，女性的成功似乎都必须拥有男性

---

① ［法］吉尔·德勒兹：《尼采与哲学》，周颖等译，社会科学文献出版社2001年版，第59页。

的力量，而修仙的内敛可以视作对身体摆脱意识控制的一种艺术重现。只是太过于像一场游戏，而使女性在后期的命运爬坡中失去了所有先天设定的优势。

在女强男弱同样无法展开平等叙事的现实游戏规则中，将双男主之中设计出一个女性化的男性似乎成为女性向文中的最佳选择。《琅琊榜》《陈情令》都在小说端有对男性身体的女性化书写，而且这些小说都被改编为电视剧。将双雄设定从"基情"到"友情"的调整中，不仅使女性读者保留了对女性权利的满足，也达到了在大众文化领域得以传播的基本底线。

二　"伪娘范儿"与男星定位

中国影视剧缺少男性气质的演员，时至今日，公众对媒介中的男性"伪娘化"一直颇有微词，2018 年中央电视台的《开学第一课》因邀请的几位年轻男性艺人长得白皙俊美而引起争议，再加上广告时长超时，播出时间不准等原因，家长纷纷表示反对。这一次事件也引起了主流媒体的重视，"人民日报"微信公众号发表《什么是今天该有的男性气质?》[1] 对何谓男性气质进行探讨，"新华网"则以题为《"娘炮"之风当休矣》的评论文章直接将所谓"娘炮"现象称为"病态文化"和"不良文化"[2]。"伪娘范儿"成为时下青年男性竞相模仿的一种时尚，从而引起了公众，特别是上一代人士对"少年娘，则中国娘"的担忧。

有专家指出，这是一场青年亚文化视角下的审美裂变和文化断层，

---

[1]　桂从路:《什么是今天该有的"男性气质"》，微信公众号"人民日报"2018 年 9 月 7 日，https://baijiahao.baidu.com/s? id=1610872626267979619&wfr=spider&for=pc。

[2]　辛识平:《"娘炮"之风当休矣》，新华网，2018 年 9 月 6 日，http://www.xinhua-net.com/politics/2018-09/06/c_1123391309.htm。

它反映了当代性别气质认同中的一种男性焦虑。但是我们仔细寻找这种审美裂变的根源与发展过程，其在更大层面上是城乡阶层媒介使用的差异与对时代风貌感觉定位的不同。

以儒释道为代表的中国传统文化，并不强调对强悍、阳刚的推崇，相反，风雅、绵长才是君子处世之道。《老子》中提出的"知其雄，守其雌，为天下溪""上善若水"，都表达了持静、守柔以及凝敛、含藏的含义。这也影响了文学艺术中男性人物的塑造，古往今来，无数的歌赋充满了对潘安、宋玉式男人的喟叹，使他们成为传统理想的美男子典范。同时，在知识考古学的视野下，将"威武""健壮"的审美标准确定为男性气质，从而与女性身体有明确区别，其实是在现代性进程中伴随着工业化、战争危机而被历史所采纳的文化建构。19 世纪，欧美主流社会的男女差异的性别气质才被赋予与民族国家发展的意义，只有标准的男性身体才能保证社会的进步。"社会是个体的鲜明表现，是放大形式的个人躯体——几乎是一色的男性躯体。这样，个人的败坏和民族的退化总是结合在一起的。和人一样，社会也能生病死亡。"[1] 而战争、政治运动、女权运动都有可能对男性身体带来实际或想象中的创伤，因此英国文化学者戴维·麦基尔（David Magill）认为，最好的方式就是展示一个理想的身体，作为理想男性的代表。美国即是在第一次世界大战之后，出现了虚构的"箭领男士"理想化男性身体形象[2]。由此看来，在中国的现代化进程中，也不可避免地出现关于身体的争议以及男明星的审美定位问题。20 世纪 80 年代就有了唐国强奶油小生与高仓健高大威猛的气质对比事件。当时各大媒体对此话题争相讨论，并且

---

① ［美］里奥·布劳迪：《从骑士精神到恐怖主义——战争和男性气质的变迁》，杨述伊等译，东方出版社 2007 年版，第 343 页。

② ［英］戴维·麦基尔：《奇观性的男性身体与爵士时代的名人文化》，杨玲、陶东风主编：《名人文化研究读本》，北京大学出版社 2013 年版，第 357 页。

经常上升到民族国家与社会发展的高度：唐国强在《小花》中紧抿着嘴唇的形象能否代表这个时代？1985 年 2 月《大众电影》中的一篇文章指出："奋进的八十年代，更崇尚具有'现代感'的阳刚之美，更瞩目于推助时代之潮的硬汉子。生活中粉团儿也似的'奶油小生'，理所当然地不被时代垂青。"①

进入 21 世纪之后，这种中性审美的争议仍然不绝于耳，湖南卫视选秀节目《超级女声》就接连推出带有男性着装与外貌特征的获胜选手。时至今日，各种角色反串、耽美文、"小鲜肉"现象在媒体的出现，再次引发了各方关注。对这种文化现象的判断，多元文化所带来的自由个性选择显然是最温和的答案，但是我们也应该发现，这与媒体使用习惯密切相关。

尽管不是在所有的网络小说中，男性都被想象为轻柔、秀美的身体特征。但"耽美"风确实成为女性向的重要文类元素之一。在此类小说的改编过程中，其敏感的情节描写并不会进入影像领域内，但影响了包括非此类型小说改编时对男性角色的美学选择。即使那些"男性向"小说的改编，也在流量明星的引导下，不得不向"伪娘"审美靠拢。产生了《择天记》的鹿晗、《诛仙青云志》的李易峰、《武动乾坤》的杨洋等一系列"小鲜肉"式主演。这些男演员在生活中长发、耳钉、红唇等形象在剧中都留下了些许痕迹。他们成为都市青年的文化消费的重要组成部分，也产生了年龄差距间的审美代沟。在都市人群对网络二次元乐此不疲的同时，中国庞大的小镇农村青年也聚集在新媒体另一端的平台——以"快手"为代表的网络直播间与短视频平台。在那里，有"搬砖小伟"式的极限健身达人，有天佑式的喊麦 MC，前者是被《人民日报》点名表扬的"寒门之贵"，后者是被央视封杀的低俗网红。

---

① 柳岗：《唐国强的背水一战》，《大众电影》1985 年第 2 期。

但他们都以健硕的身躯和沙哑的嘶吼证明着一种男性的气质，这种气质与农村广阔田野与雄性血脉喷张形成张力同构。因此，我们看到的这种男性气质的定位差异，与其说是多元文化的自由选择，不如说是媒介使用产生的次元壁垒。文化研究学者道格拉斯·凯尔纳（Douglas Kellner）认为："媒体文化是一种将文化和科技以新的形式和结构融为一体的科技—文化，它塑造诸种新型的社会，在这些社会中，媒体与科技成了组织的原则。"① 纪实风格的网络直播更倾向于现实次元的真实感，代表了工业文明及农耕文明。二次元特征的新世代则表现为女主角的"萌"化与男主角的"小鲜肉"，进而组合成当下电视剧主演的固定搭配，特别是在女性向改编剧中的玄幻、言情、古装等类型中，电视剧与网络共同合谋了明星生产机制中的演员定位。

三　审美调和与身体的主流化

或许，在女性研究者的视野中，"伪娘"审美的男明星定位是一个后工业时代的必然趋势。"新世代的女性对于男性的柔性气质的喜爱，可以看作是对传统男权意识形态的背弃；而新世代的男性对于更为精致的身体符号的喜爱，也可以看作是对近代国家叙事的疏离和对当代全球性日常的接纳。"② 但是，主流媒体也在不断调整这种可能造成单一趋势的审美固化。电影《战狼》、综艺节目《真正的男子汉》都成为被主流媒体推荐推崇的文化作品。即使在网络小说改编剧中，男性的双重气质设计在商业伦理与主导价值的驱动下，也在尝试进行这种调和。阿耐

---

① ［美］道格拉斯·凯尔纳：《媒体文化——介于现代与后现代之间的文化研究、认同性与政治》，丁宁译，商务印书馆 2004 年版，第 10 页。
② 盖琪：《性别气质与审美代沟——从"娘炮羞辱"看当前媒介文化中的"男性焦虑"》，《学术研究》2019 年第 7 期。

的作品是网络小说中的"另类"，与六六、崔曼莉一样，她的网络写作空间集中在个人的博客、BBS上，而不是文学网站。因此，与网文圈内所约定成俗的严格意义上的网络小说不同，她们的作品带有更多传统文学的色彩和传统男性身体定位。同时，小说又能紧扣住一部分网络读者的心理，并且借助网络独特的阅读方式，比如连载更新，以及传播方式，比如转发与话题，形成了与文学网站的小说有同等影响的气场。

更为重要的是，当涉及改编实践时，制作方在借鉴网络小说二次元身体美学的同时，也将其主流化。比如，在女性形象调整中，阿耐的小说往往同时塑造多个女性，女性群像体现出多元性及中和性——既非女尊式也非玛丽苏式，这使得其作品中的女性更容易被改编为电视剧中的角色。《欢乐颂》将四位各具风情的身体与各不相关的阶层巧妙地整合进同一空间，成为多元女性的代表。另一方面，男性的群像设定也是兼顾了各种身体审美趣味。柔美与雄壮的男性形象在身体审美中分裂为两种意识形态化的阵营，但在主流话语中却可以被统一收编。《大江大河》里，宋运辉与雷东宝代表的是两种男性气质：农民与知识分子。他俩又分别是乡村改革与国企改革的先锋人物。作为名人演员的王凯与杨烁各自以文弱与粗犷的形象示人。特别是王凯的最初影视形象也是"伪娘范儿"的，他在都市喜剧《丑女无敌》中扮演设计师陈家明，举手投足都摆出轻巧曼妙的姿态，被年轻人贴上二次元的"伪娘化"类型标签。王凯后来通过一系列主旋律作品《伪装者》《青岛往事》《铁道飞虎》《大江大河》，将自己调整为青涩儒雅的热血青年形象。无论是烽火连天的战场，还是不见硝烟的商场，似乎更适合男性气质的硬朗，但这种调适并没让王凯的身体走向健硕的男性气质，而是将文弱书生塑造出了一股韧劲与弹性，因此也就有了知雄守雌的魏晋风骨的味道。"从对于热血男儿的推崇，也可以看出，外形不是问题的关键，内涵才更深刻地决定着人们对一个人的评价。"① 不同次元间的壁垒与其说是两种人群的审美代沟，不如说是带有先天偏见的文化误读。不破不立，不立不破，优秀的网络小说改编剧跨越次元，或许能够帮助两个群体达成沟通。

① 桂从路：《什么是今天该有的"男性气质"》，微信公众号"人民日报"2018 年 9 月 7 日，https：//baijiahao. baidu. com/s？id＝1610872626267979619&wfr＝spider&for＝pc。

结语　次元的破壁

——价值共融与网络小说改编剧的未来

我们看到，当前网络小说改编剧遇到了一些新问题。一方面，IP改编的作品受到了播出限制。电视剧领域内的作品更倾向于现实题材，使得在网络小说中的数量庞大的玄幻、古装题材投资遭遇瓶颈。另一方面，近年来的国内主流电视剧大奖中仍然不断出现网络小说改编的身影，2013年第二十九届"飞天奖"的《浮沉》，2015年第三十届"飞天奖"的《琅琊榜》，2018年第三十一届"飞天奖"的《欢乐颂》，作品涵盖了都市、职场、历史等不同的题材领域。这说明网络小说改编仍然可以为大众文化的繁荣、为主流意识形态代言做出自己的贡献。

从网络小说改编剧的十多年来的生产机制与创作变化，我们可以看出网络文化的范式转换。网络小说是传统文学出版的补充与创新，它不是在题材、风格上的简单重复，而是满足了观众的深层心理需求，同时也必将如传统文学一样，沉淀出经典作品。可以说，今天这种沉淀过程要有一种跨媒体的考量，改编剧协助并参与了这个历史沉淀过程。近年来，无论是从网络小说的创作集中度，还是从网络小说的优秀作品评比和电视剧的政府重大赛事中，我们都可以看出网络小说改编剧的未来发展方向。

作为商业产品出现的网络小说是类型化的产物，在电视剧市场上其类型化的标志可以让观众更清楚地辨别受众群体。而作为一种文化政治的产物，电视剧要对作品重新区隔，特别是在某一电视剧产品的极度膨胀之后，伴随着的是对更广谱的受众群体的适用问题与集体审美感知承受力问题。原本是多元化的网络小说改编行为却有野蛮生成单调重复的嫌疑，穿越、宫斗、奇幻，这些在网络小说中肆无忌惮的类型如果不加以调整，极易造成电视剧市场的扁平化。于是能够被改编的作品便在良莠不齐的网络小说市场中有了一个相对明确的风向标，这就是我们今后的网络小说改编剧的方向。一是通过改编行为将亚文化的网络小说在媒介融合的语境中给予主流化。二是要将现实主义的创作方式引入玄幻、传奇等二次元的身份当中。

跨媒介——从亚文化到主流化的加速

当我们总结网络小说的精神特质时，不可避免地面对其与传统小说的对比，而这也是其网络身份明确化的标志。题材的多样性、想象的丰富性、世界的奇幻性为一代代成长起来的青年人所喜爱。网文在 PC 主导的时代，对应的是传统纸质文学；而其在 IP 时代，则需要从网络文艺的整体角度进行定位，即今天的网文从甫一诞生起，就被媒介融合的语境倒逼进加速改良的轨道，提前进入了更广域的潜在公众视野，这暗含了从亚文化到主流文化的过渡。其实，近年来在文化产业领域兴起的 IP 概念是一个特指，指的是网络小说里面适合改编影视的 IP，或是指有网络潜质、互动机制的知识产权。当某种文化从亚文化的领域进入主流文化的视野里，必须面对着规制与清理。

这种风向标是从国家顶层设计到行业自律到基层创新的三个维度的渐变和飞跃。一是政府层面的"主流"评奖评选活动。从 2015 年起，国家广电总局（时称国家新闻出版广电总局）开始举办"优秀网络文学原创作品推介"活动，这是对网络小说创作导向的一种指引。由中国作家协会网络文学委员会和新华网成立推介活动组委会，秉持"国家规格、政府标尺、网络特质、大众审美"的评选原则，经严格把关、反复讨论、认真筛选，最终确定了推介作品名单。《芈月传》《南方有乔木》《择天记》等每年20部作品脱颖而出。包括每两年一届的"飞天奖"中出现的《浮沉》《琅琊榜》《欢乐颂》都为这种主流化提供了导向作用。第二层面是行业自律。2015年12月，中国作家协会网络文学委员会第一次全体会议在北京召开，深入探寻网络文学自身规律，建立有效评价体系。同时，阅文集团、网易文学、阅掌书城等几家国内的重要文学网站及移动阅读平台，先后声明加大上传作品的审核力度。以此带动下游影视制作公司柠萌影业、慈文传媒、企鹅影视纷纷调整网络IP的购买策略。以"良心制作"而著称的东阳正午与山影集团改编带有"耽美"亚文化痕迹的《琅琊榜》，挖掘原本在网文界点击量并不高的《大江东去》都充分说明了改编对于网络小说经典化的重要导向。第三层面是主流化下沉到每一位网络文化的参与者。亚文化并不等同于成员数量的微小，相反，网络小说的原著可能拥有一个庞大的读者群体。作为一种新的媒介用户，在二十年的网文历史中，亚文化的活跃度非常高，他们的审美趣味、情感体验处于不断的变化之中，套路化的"霸道总裁爱上我""金手指外挂逆袭"消退得如同爆发一样快。十多年的影视改编之路正在使这一群体慢慢主流化，并参与社会主义核心价值观体系的建构。原先那种网络文学不食人间烟火和幻想类作品一家独大的现象有所改变，题材、内容及风格开始出现多元化格局，由此影响到网络小说的网站题材创作。在电视剧播出端，单一的奇幻诡谲已经无法支撑故事的主题，只有在励志、自律、奋斗的有效完整度中，才会将天马行空的故事转换为荧屏上的故事。《三生三世十里桃花》的小情爱故事要在更宏大的《择天记》的大情怀故事里才会面对今天的观众。而通过明星机制与叙事调整，原本只有官方认可的《大江东去》得到了市场的重新评估，其改编后的《大江大河》涵盖了网络化的情感倾诉，也迎合了主流文化的时代命题。影视改编将以一种跨界的方式，抵达不同的受众人群，从而完成亚文化到主流文化的使命，这是今天媒介革命所赋予电视剧市场的一个责任。

现实观照——从题材到创作手法

网络文学的崛起得益于其高度自由的创作空间，由此产生了大量幻想类题材作品。玄幻、仙侠、架空、穿越一度成为网络小说的代名词，以此为创作底本的类型改编剧也极易霸占电视剧市场。但是我们看到，其实从 2011 年的"网络小说改编元年"之后，调整网络小说改编剧在套路化、雷同化、虚幻化方面的弊端就一直没有停止。今后现实观照——现实类题材与现实主义创作将成为改编剧的美学标准与艺术标准。这一方面表现为现实类题材作品的增加。在网络小说创作端，主流化的倾向使得网络文学网站分类中增加了现实题材的条目。比如，仅阅文集团在 2016 年上半年的现实题材作品数量同比增幅超过 100%，打破了文学网络"玄幻独大"的局面。涉及阅文旗下 400 万原创作者和 6 亿读者，占网络文学 90% 份额①。掌阅发布的"2017 青年阅读报告"显示，与 2016 年相比，掌阅上的女青年在 2017 年的阅读喜好也有了很大的变化，由言情小说转向关注现实类题材的作品，例如情商、心灵修养、处世哲学、职场竞争、心理健康、社会心理学等都成为她们关注的话

---

① 钱好：《网络创作现实题材增幅 100% 玄幻独大被打破——网络文学时代，更需要现实写作》，《文汇报》2016 年 8 月 28 日第 001 版。

题。其他的主要网文平台如网易文学、铁血网等有着良好用户基础的网站都在内容储备方面将现实类题材内容作为重点，现实类题材的 IP 作品占据整个平台内容的 60% 以上。根据 2019 年《第 44 次中国互联网络发展状况统计报告》统计，"网络文学的题材的多样化和作者的年轻化是主要特点。一是网络文学题材选择范围日渐广阔，热门作品题材不再局限于玄幻和言情两类，科幻、历史、军事等多元化的垂直品类均有所覆盖；二是越来越多的 90 后、95 后年轻作家在网络文学平台崭露头角，为文学内容不断注入新鲜血液。数据显示，阅文集团 2018 年新增作家群体中，90 后作家占比超过七成，95 后作家占比接近五成"①。

同时，在网络小说改编创作端，现实题材改编剧也日渐增多。除了通常意义的网络言情、青春都市剧《如果蜗牛有爱情》《他来了，请闭眼》之外，新出现了现实剧将网络写作中涉及的新人群、新行业、新思想予以呈现，比如有描写法语翻译工作的《翻译官》，有以无人机创业为题材的《南方有乔木》，它们或是将职业特色与职场爱情融为一体，直面自己的感情，追求更高的职业理想。或是关注时下大众创业、万众创新的社会热点，用年轻人的视角描绘出了创业者筚路蓝缕的艰辛和创业道路上的酸甜苦辣。在这种现实类题材创作的影响下，很多新上架的网络小说都已经卖出了改编版权。包括讲述相声艺人在当代生活坚守的《相声大师》，聚焦最新社会热点的《二胎囧爸》，讲述小城市青年奋斗史的《草根石布衣》。针对今后一段时期的网络小说改编，中国作家协会网络文学委员会主任陈崎嵘指出："相较于幻想作品，现实题材作品接地气、食烟火，能更好地起到感染人、影响人、激励人的作用。从长

---

①　《第 44 次中国互联网络发展状况统计报告》，199IT 中文互联网数据资讯网，2019 年 8 月 30 日发布，http://www.199it.com/archives/931033.html。

远看，网络文学的宽广出路在现实题材，网络文学的高原高峰也在现实题材。"[1]

另外，我们要看到，现实题材的魅力和影响力在网络时代一直存在，因为它来自生活、来自读者熟悉的领域。网络小说影响力恰恰需要现实的落点，就算是那些架空玄幻题材，也离不开现实的情绪和写作逻辑，而非现实题材同样可以采用现实主义的创作。"现实题材"是对题材的框定，"现实主义"是对创作手法的框定。古装剧一样可以采用现实主义创作，即我们看到的那些历史正剧《康熙王朝》《汉武大帝》，再比如郑晓龙导演的《芈月传》都是用现实主义方法改编古装剧。同时，几乎所有的穿越剧都已经重新回归现实主义路线，《回到明朝当王爷》改编的《回明之杨凌传》，《11 处特工皇妃》改编的《楚乔传》都放弃了穿越的情节，转而聚焦到一段历史背景下特定人物对历史的参与感。所谓现实主义，就是典型环境下的典型人物，再加上现实的仿真感和细节的真实性。无论题材是古装还是时装，都市还是历史，幻想类文学离不开现实写作的"落地感"，无论飞天还是遁地，情节的离奇精巧与现实生活都有交合点，在人情伦理、社会生活这些方面的描写上，都一定是现实的。《择天记》等仙侠小说中主人公一路闯关学艺，就是求学和职场生涯的折射；而去掉穿越情节的《楚乔传》将原著中的宫闱琐事改编成励志摆脱困境的决心。改编的现实主义创作，可以让非现实题材电视剧在生产中学习借鉴现实题材的写作方式，让任何一个媒介端的创作更加丰富。

网络小说产生仅仅有二十多年的历史，网络小说改编电视剧的生产历史也不过十几年，比起经典文学与传统畅销小说的改编，网络小说还

---

[1] 《国家新闻出版广电总局推介 18 部优秀网络文学作品》，新华网，2017 年 1 月 19 日，http：//www. xinhuanet. com/politics/2017－01/19/c_ 129454225. htm。

有很多呕待改进的空间。我们以媒介融合观测网络与社会的相互关系，看到了一个崭新的时代语境；我们以类型化分析电视剧的市场发展，看到了不断演化的观众审美趣味；我们以当代民俗考察都市文化的传统母题，发现了数字资本对民间力量的渗透；我们以网络女性视角重读各种文本，发现了"萌叙事"与"大叙事"的合作可能性。不可否认的是，网络小说带给电视剧市场新的利润增长点，也更要看到，新的精神诉求与现实焦虑将继续影响着艺术创作的初衷与本源。影视改编可以将网络文学那热血沸腾的激情、海阔天空的想象、绚丽多姿的梦想和浪漫温暖的情怀视听化，并且从新的感官体验层面来领略并消费。因此，改编剧不是仅仅将原作中的 IP 价值或粉丝积累进行简单的转化，而是有着新的表达方式与价值体现。比起其他媒介事件，借助改编实践的次元破壁是更有代表性的两个文化圈层的互相理解、互相让渡。

参考文献

一 译著

［德］埃德蒙德·胡塞尔：《欧洲科学危机和超验现象学》，张庆熊译，上海译文出版社 2005 年版。

［法］埃米尔·涂尔干：《社会分工论》，渠东译，生活·读书·新知三联书店 2000 年版。

［美］艾略特：《艾略特诗学文集》，王恩衷编译，国际文化出版公司 1989 年版。

［美］保罗·莱文森：《数字麦克卢汉——信息化新纪元指南》，何道宽译，社会科学文献出版社 2001 年版。

［美］本尼迪克特·安德森：《想象的共同体》，吴叡人译，上海人民出版社 2003 年版。

［法］茨维坦·托多罗夫：《奇幻文学导论》，方芳译，四川大学出版社 2015 年版。

［美］丹尼尔·贝尔：《资本主义文化矛盾》，赵一凡、蒲隆、任晓晋译，生活·读书·新知三联书店 1989 年版。

［美］道格拉斯·凯尔纳：《媒体文化——介于现代与后现代之间的文化

研究、认同性与政治》，丁宁译，商务印书馆 2004 年版。

［法］蒂费纳·萨莫瓦约：《互文性研究》，邵炜译，天津人民出版社 2003 年版。

［日］東浩紀：《動物化的後現代：御宅族如何影響日本社會》，大鴻藝術股份有限公司 2012 年版。

［德］斐迪南·滕尼斯：《共同体与社会》，林荣远译，商务印书馆 1999 年版。

［英］G. 邓肯·米切尔主编：《新社会学词典》，蔡振扬等译，上海译文出版社 1987 年版。

［德］H. R. 姚斯、［美］R. C. 霍拉勃：《接受美学与接受理论》，周宁、金元浦译，辽宁人民出版社 1987 年版。

［美］哈罗德·布鲁姆：《影响的焦虑》，徐文博译，生活·读书·新知三联书店 1989 年版。

［美］海登·怀特：《后现代历史叙事学》，中国社会科学出版社 2003 年版。

［德］汉斯－格奥尔格·伽达默尔：《真理与方法——哲学诠释学的基本特征》（上），洪汉鼎译，上海译文出版社 1992 年版。

［美］亨利·詹金斯：《融合文化——新媒体和旧媒体的冲突地带》，杜永明译，商务印书馆 2012 年版。

［美］亨利·詹金斯：《文本盗猎者：电视粉丝与参与式文化》，郑熙青译，北京大学出版社 2016 年版。

［美］霍恩比：《牛津高阶英汉双解词典》第四版，李北达译，商务印书馆 1997 年版。

［美］勒内·韦勒克、奥斯汀·沃伦：《文学理论》（修订版），刘象愚等译，江苏教育出版社 2005 年版。

［美］雷·韦勒克、奥·沃伦：《文学理论》，刘象愚等译，生活·读书·

新知三联书店 1984 年版。

［美］里奥·布劳迪：《从骑士精神到恐怖主义——战争和男性气质的变迁》，杨述伊等译，东方出版社 2007 年版。

［英］理查德·戴尔：《明星》，严敏译，北京大学出版社 2010 年版。

［加］琳达·哈琴：《后现代主义诗学：历史·理论·小说》，李杨、李锋译，南京大学出版社 2009 年版。

［美］罗伯特·艾伦：《重组话语频道》，牟岭译，北京大学出版社 2008 年版。

［美］罗伯特·斯塔姆等：《文学和电影》，北京大学出版社 2006 年版。

罗钢、刘象愚主编：《文化研究读本》，中国社会科学出版社 2000 年版。

罗钢、王中忱主编：《消费文化读本》，中国社会科学出版社 2003 年版。

［美］罗杰·菲德勒：《媒介形态变化：认识新媒介》，明安香译，华夏出版社 2000 年版。

［法］罗兰·巴特：《罗兰·巴特随笔选》，怀宇译，百花文艺出版社 2005 年版。

［德］马丁·海德格尔：《存在与时间》，陈嘉映、王庆节译，生活·读书·新知三联书店 1987 年版。

［德］马克斯·舍勒：《资本主义的未来》，罗悌伦等译，生活·读书·新知三联书店 1997 年版。

［德］马克斯·韦伯：《经济与社会》（上），商务印书馆 1997 年版。

［德］马克斯·韦伯：《新教伦理与资本主义精神》，彭强等译，陕西师范大学出版社 2002 年版。

［加］马歇尔·麦克卢汉：《理解媒介——论人的延伸》，何道宽译，商务印书馆 2000 年版。

［美］玛格丽特·米德：《文化与承诺：一项有关代沟问题的研究》，周晓虹等译，河北人民出版社 1987 年版。

［英］迈克·费瑟斯通：《消费文化与后现代主义》，刘精明译，译林出版社 2000 年版。

［美］曼纽尔·卡斯特：《认同的力量》，曹荣湘译，社会科学文献出版社 2006 年版。

［法］米歇尔·福柯：《规训与惩罚》，刘北成、杨远婴译，生活·读书·新知三联书店 1999 年版。

［加］诺思洛普·弗莱：《批评的解剖》，陈慧译，百花文艺出版社 1998 年版。

［德］齐奥尔格·西美尔：《时尚的哲学》，费勇等译，文化艺术出版社 2001 年版。

［英］齐格蒙·鲍曼：《流动的生活》，徐朝友译，江苏人民出版社 2012 年版。

［美］乔治·布鲁斯东：《从小说到电影》，高骏千译，中国电影出版社 1981 年版。

［法］让·鲍德里亚：《消费社会》，刘成富、全志钢译，南京大学出版社 2001 年版。

［日］三浦展：《下流社会：一个新社会阶层的出现》，陆求实、戴铮译，文汇出版社 2007 年版。

［美］斯蒂·汤普森：《世界民间故事分类学》，郑海等译，上海文艺出版社 1991 年版。

［英］斯图亚特·霍尔：《表征：文化表征与意指实践》，徐亮译，商务印书馆 2013 年版。

陶东风、胡疆峰主编：《亚文化读本》，北京大学出版社 2011 年版。

陶东风主编：《粉丝文化读本》，北京大学出版社 2009 年版。

［英］特里·伊格尔顿：《后现代主义的幻象》，华明译，商务印书馆 2000 年版。

［日］田中秀臣：《AKB48 的格子裙经济学——粉丝效应中的新生与创意》，江裕真译，人民邮电出版社 2014 年版。

［美］托马斯·沙茨：《好莱坞类型电影》，冯欣译，上海人民出版社 2009 年版。

［德］沃尔夫冈·韦尔施：《重构美学》，陆扬、张岩冰译，上海译文出版社 2002 年版。

［美］乌尔利希·韦斯坦因：《比较文学与文学理论》，刘象愚译，辽宁人民出版社 1987 年版。

［法］西蒙·波伏娃：《第二性——女人》，桑竹影、南珊译，湖南文艺出版社 1988 年版。

［美］希利斯·米勒：《文学死了吗》，秦立彦译，广西师范大学出版社 2007 年版。

杨玲、陶东风主编：《名人文化研究读本》，北京大学出版社 2013 年版。

［美］约翰·菲斯克：《电视文化》，祁阿红、张鲲译，商务印书馆 2005 年版。

［美］约翰·费斯克：《理解大众文化》，王晓珏、宋伟杰译，中央编译出版社 2001 年版。

［美］詹明信：《晚期资本主义的文化逻辑》，陈清侨等译，生活·读书·新知三联书店 1998 年版。

张斌、蒋宁平主编：《电视研究读本》，上海交通大学出版社 2014 年版。

［美］张英进、［澳大利］胡敏娜编：《华语电影明星》，西飏译，北京大学出版社 2011 年版。

二　中文论著

陈平原：《中国小说叙事模式的转变》，北京大学出版社 2003 年版。

陈思和：《中国新文学整体观》，上海文艺出版社 2001 年版。

陈晓明：《表意的焦虑——历史的祛魅与当代文学变革》，中央编译出版社 2003 年版。

陈映芳：《在角色与非角色之间：中国的青年文化》，江苏人民出版社 2002 年版。

高丙中：《民俗文化与民俗生活》，中国社会科学出版社 1984 年版。

葛红兵、宋耕：《身体政治》，上海三联书店 2005 年版。

郭镇之：《中国电视史》，文化艺术出版社 1997 年版。

何学威、蓝爱国：《网络文学的民间视野》，中国文联出版社 2004 年版。

贾磊磊：《电影语言学导论》，中国电影出版社 1996 年版。

贾磊磊：《武舞神话：中国武侠电影纵横》，中国人民大学出版社 2014 年版。

李银河：《虐恋亚文化》，中国友谊出版公司 2002 年版。

刘守华等主编：《民间文学教程》，华中师范大学出版社 2002 年版。

刘小枫：《沉重肉身——现代性伦理的叙事纬语》，华夏出版社 2004 年版。

鲁迅：《中国小说史略》，上海文化出版社 2005 年版。

马杰伟：《媒体现代：传播学与社会学的对话》，复旦大学出版社 2011 年版。

欧阳友权：《网络文学的学理形态》，中央文献出版社 2008 年版。

彭吉象：《影视美学》，北京大学出版社 2002 年版。

邵燕君：《网络时代的文学引渡》，广西师范大学出版社 2015 年版。

邵燕君主编：《破壁书》，生活·读书·新知三联书店 2018 年版。

邵燕君主编：《网络文学经典解读》，北京大学出版社 2016 年版。

汪民安：《身体、空间与后现代性》，江苏人民出版社 2006 年版。

汪民安主编：《文化研究关键词》，江苏人民出版社 2007 年版。

王国维：《宋元戏曲史》，上海古籍出版社 1998 年版。

王瑾:《互文性》,广西师范大学出版社 2005 年版。

魏绍昌编:《鸳鸯蝴蝶派研究资料》(上卷史料部分),上海文艺出版社
 1984 年版。

张邦卫等主编:《网络时代的文学书写》,中国社会科学出版社 2016 年版。

张法:《20 世纪西方美学史》,四川人民出版社 2003 年版。

钟敬文主编:《民间文学概论》,上海文艺出版社 1980 年版。

钟敬文主编:《民俗学概论》,上海文艺出版社 1998 年版。

朱光潜:《西方美学史》,人民文学出版社 1987 年版。

朱立元:《现代西方美学史》,上海文艺出版社 1993 年版。

附录　网络小说改编剧主要参考作品

播出时间	剧名	集数	改编	原著小说及连载出版概况	导演	演员	发行公司及获奖情况
2004	《第一次亲密接触》	22	胡玥、石俊	蔡智恒《第一次亲密接触》（1998年中国台湾成功大学论坛连载）	冯新民	佟大为、孙锂华、薛佳凝	江苏长三角文化传媒有限公司
2007	《成都，今夜请将我遗忘》	24	贺然	慕容雪村《成都，今夜请将我遗忘》（2002年天涯论坛连载）	刘惠宁	秦海璐、高虎、舒砚	四川广播电视集团、北京铮之声影视投资有限公司
2007	《会有天使替我爱你》	30	贺然	明晓溪《会有天使替我爱你》（2004年晋江原创网载）	叶鸿伟	李承铉、李思思、王晔	深圳鸿如影视有限公司
2007	《双面胶》	22	六六	六六《双面胶》（2005年新浪读书连载）	滕华涛	海清、涂松岩	北京华录百纳影视第24届"金鹰奖"最佳电视剧提名
2008	《王贵与安娜》	32	六六	六六《王贵与安娜》（2003年六六个人博客连载）	滕华涛	海清、林永健	北京华录百纳第25届"金鹰奖"优秀电视剧奖
2009	《蜗居》	35	六六	六六《蜗居》（2003年世纪书城连载）	滕华涛	海清、李念	上海文广、北京金盾盛业、华谊兄弟

播出时间	剧名	集数	改编	原著小说及连载出版概况	导演	演员	发行公司及获奖情况
2010	《美人心计》	40	于正	瞬间倾城《未央·沉浮》（2008 年晋江原创网连载）	吴锦源	林心如、王丽坤、杨幂、陈键锋	紫骏影视传媒集团、东阳欢娱影视文化有限公司、于正工作室
2010	《佳期如梦》	28	仲杰创意小组	匪我思存《佳期如梦》（2006 年晋江原创网连载）	沈怡	陈乔恩、冯绍峰、邱泽	上海创翊文化公司、湖南经视、浙江华策
2010	《泡沫之夏》	26	林其乐	明晓溪《泡沫之夏》（2005 年晋江原创网连载）	江丰宏	徐熙媛、黄晓明、何润东	上海電影集團、北京東王文化、當然娛樂、三匠影视有限公司
2010	《和空姐一起的日子》	24	舒好	三十《和空姐同居的日子》（2005 年起点中文网连载）	何念	姚晨、凌潇肃	深圳广电集团深广传媒有限公司、北京紫禁城信都影视公司
2010	《婆婆来了》	26	陈宝华	阚珊《婆婆来了——玫瑰与康乃馨的战争》（2007 年搜狐读书连载）	梁山	沙溢、林申、朱杰	SMG 影视剧中心、上海东需
2010	《杜拉拉升职记》	32	张巍	李可《杜拉拉升职记》（2007 年网络连载）	陈铭章	王珞丹、李光洁、李彩桦	上海电视传媒公司、上海展杰文化有限公司
2011	《裸婚时代》	30	周涌、温蓉	小鬼儿儿儿《裸婚——80 后的新结婚时代》（2010 年红袖添香连载）	滕华涛	文章、姚笛、张凯丽	北京光彩世纪；2011 国剧盛典年度十佳
2011	《步步惊心》	36	王莉芝	桐华《步步惊心》（2005 年晋江原创网连载）	吴锦源	刘诗诗、吴奇隆、林更新	上海唐人电影制作有限公司
2011	《倾世皇妃》	45	张英俊	慕容湮儿《倾世皇妃》（2008 年起点中文网连载）	梁辛全	林心如、霍建华、严宽	湖南广播电视台等
2011	《甄嬛传》	76	王小平	流潋紫《后宫·甄嬛传》（2006 年晋江原创网连载）	郑晓龙	孙俪、陈建斌、蒋欣	北京电视艺术中心

续表

播出时间	剧名	集数	改编	原著小说及连载出版概况	导演	演员	发行公司及获奖情况
2012	《浮沉》	30	鲍鲸鲸	京城洛神（崔曼莉）《浮沉》（2007年天涯社区连载）	滕华涛	张嘉译、白百合	SMG、华美时空文化传播有限公司、北京完美影视；第29届"飞天奖"长篇三等奖
2011	《遍地狼烟》	28	李昌民	菜刀姓李（李晓敏）《遍地狼烟》（2009年新浪读书连载）	虎子	杨烁、周扬	横店影视制作
2013	《小儿难养》	35	韩天、陈琼琼	宗昊《小人儿难养》（2010年起点中文网连载）	曹盾	宋佳、陈思成	湖南卫视、央视电视剧管理中心等
2014	《战长沙》	32	吴桐、曾璐	却却《战长沙》（2008年晋江原创网连载）	孔笙、张开宙	霍建华、杨紫	中央电视台、山东影视传媒集团
2014	《杉杉来了》	34	好故事工作坊	顾漫《杉杉来吃》（2007年晋江原创网连载）	刘俊杰	张翰、赵丽颖、黄明	上海剧酷文化传播有限公司
2015	《华胥引》	52	解嫚嫚	唐七公子《华胥引》（2009年晋江原创网连载）	李达超	林源、郑嘉颖	慈文传媒、天津北方电影集团·天津滨海国际影业等
2015	《花千骨》	58	饶俊	Fresh果果《花千骨》（2008年晋江文学连载）	林玉芬	霍建华、赵丽颖、蒋欣	慈文影视传播有限公司；第28届"金鹰奖"观众喜爱的女演员
2015	《何以笙箫默》	32	墨宝非宝	顾漫《何以笙箫默》（2003年晋江原创网连载）	刘俊杰	钟汉良、唐嫣	上海剧酷文化传播有限公司
2015	《他来了，请闭眼》	24	海宴	丁墨《他来了，请闭眼》（2013年晋江文学城连载）	张开宙	霍建华、马思纯	东阳正午阳光影视有限公司
2015	《琅琊榜》	54	海宴	海宴《琅琊榜》（2006年晋江原创网连载）	孔笙	胡歌、刘涛、王凯	山东影视、儒意影业、和颂天地影视、圣基影业、正午阳光影业

播出时间	剧名	集数	改编	原著小说及连载出版概况	导演	演员	发行公司及获奖情况
2015	《芈月传》	81	蒋胜男	蒋胜男《芈月传》初稿题为《大秦宣太后》（2009年晋江原创网首发）	郑晓龙	孙俪、刘涛、方中信	东阳市花儿影视、儒意欣欣影业、星格拉影视
2015	《太子妃升职记（网剧）》	35	秦爽、尚梦璐	鲜橙《太子妃升职记》（2010年晋江文学城连载）	侣皓吉吉	张天爱、盛一伦、于朦胧	北京乐漾影视传媒有限公司
2016	《寂寞空庭春欲晚》	40	江光煜、饶俊	匪我思存《寂寞空庭春欲晚》（2005年晋江原创网连载）	吴锦源	刘恺威、郑爽	柠萌影业
2016	《如果蜗牛有爱情》	21	丁墨	丁墨《如果蜗牛有爱情》（2013年晋江文学城连载）	张开宙	王凯、王子文	企鹅影业、东阳正午阳光影视有限公司
2016	《锦绣未央》	54	程婷钰	秦简《庶女有毒》（2013年潇湘书院连载）	李慧珠	唐嫣、罗晋、吴建豪	克顿影视、丰璟传媒、乐华娱乐
2016	《诛仙青云志》	55	邵潇逸、张少微	萧鼎《诛仙》（2003年幻剑书盟连载）	朱锐斌、刘国	李易峰、赵丽颖、杨紫	欢瑞世纪影视传媒股份有限公司
2016	《欢乐颂》	42	袁子弹	阿耐 ane《欢乐颂》（2010年晋江文学城连载）	孔笙、简川訸	刘涛、蒋欣、王子文、杨紫	东阳正午阳光影视有限公司、山东影视制作有限公司；第31届"飞天奖"优秀电视剧大奖
2016	《微微一笑很倾城》	30	顾漫、沈飞弦	顾漫《微微一笑很倾城》（2009年晋江原创网连载）	林玉芬	杨洋、郑爽、毛晓彤	上海剧酷文化传播有限公司
2016	《亲爱的翻译官》	42	洪靖惠、滕洋	缪娟《翻译官》（2005年晋江原创网连载）	王迎	杨幂、黄轩	剧芯文化、乐视网、嘉行传媒
2017	《孤芳不自赏》	62	张永琛、冀安工作室	风弄《孤芳不自赏》（2004年露西弗俱乐部连载，2005年台湾威向文化出版，2016年百花洲文艺出版社出版）	鞠觉亮	钟汉良、杨颖、甘婷婷	华策克顿传媒、派乐影视传媒、乐视视频、花花草草工作室

续表

播出时间	剧名	集数	改编	原著小说及连载出版概况	导演	演员	发行公司及获奖情况
2017	《三生三世十里桃花》	58	弘伙	唐七公子《三生三世十里桃花》（2008年晋江原创网连载）	林玉芬	杨幂、赵又廷	华策剧酷传播、嘉行传媒、上海三昧火文化
2017	《择天记》	56	楚惜刀、杨陌	猫腻《择天记》（2014年创世中文网连载）	钟澍佳	鹿晗、古力娜扎	腾讯影业、企鹅影业、柠萌影业
2017	《楚乔传》	67	嘉纹、杨涛	潇湘冬儿《11处特工皇妃》（2009年潇湘书院连载）	吴锦源	赵丽颖、林更新、窦骁	慈文传媒、克顿传媒
2018	《南方有乔木》	40	乔冰清、张爱敏	小狐濡尾《南方有乔木》（2015年晋江文学城连载）	林妍	陈伟霆、白百何	上海柠萌影视传媒有限公司、长江文化
2018	《扶摇》	66	解嬿嬿	天下归元《扶摇皇后》（2010年潇湘书院连载）	杨文军	杨幂、阮经天	柠萌影业、柠萌悦心、企鹅影视
2018	《武动乾坤》	40	李晶凌、江莱	天蚕土豆《武动乾坤》（2011年起点中文网连载）	张黎、韩晓军	杨洋、张天爱、吴尊	深蓝影业、优酷、北京世纪伙伴文化、悦凯影视、阅文集团
2018	《斗破苍穹》	45	张挺	天蚕土豆《斗破苍穹》（2009年起点中文网连载）	于荣光	吴磊、林允、李沁	万达影视传媒有限公司、新丽电视文化投资有限公司
2018	《香蜜沉沉烬如霜》	63	马佳、徐子善	电线《香蜜沉沉烬如霜》（2009年江苏文艺出版社出版）	朱锐斌	杨紫、邓伦、陈钰琪	完美影视、幸福蓝海、时代众乐、鲲池影业、重庆盛美、新片场传媒
2018	《延禧攻略》	70	周末	笑脸猫《延禧攻略》（2018年爱奇艺文学与剧同步连载）	惠楷栋、温德光	吴谨言、秦岚、聂远	东阳欢娱影视文化有限公司
2019	《知否？知否？应是绿肥红瘦》	78	曾璐、吴桐	关心则乱《知否？知否？应是绿肥红瘦》（2010年晋江文学城连载）	张开宙	赵丽颖、冯绍峰、朱一龙	正午阳光

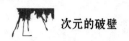

播出时间	剧名	集数	改编	原著小说及连载出版概况	导演	演员	发行公司及获奖情况
2019	《大江大河》	47	袁克平、唐尧	阿耐《大江东去》（2009年长江文艺出版社出版）	孔笙、黄伟	王凯、杨烁、董子健	上海广播电视台、东阳正午阳光影视有限公司、SMG尚世影业。第25届上海电视节"白玉兰奖"，第十五届精神文明建设"五个一工程"奖
2019	《陈情令》	50	杨夏、邓甯瑜	墨香铜臭《魔道祖师》（2015年晋江文学城连载）	郑伟文、陈家霖	肖战、王一博、孟子义	企鹅影视、新湃传媒
2019	《亲爱的，热爱的》	42	墨宝非宝	墨宝非宝《蜜汁炖鱿鱼》（2014年晋江文学城连载）	项旭晶	杨紫、李现	剧酷传播

后　记

这本书从构思到出版花费了我三年的时间。

我从原单位离职进入高校第一年第一次申请国家部委课题，就获得立项，实在是幸运之至。但随之而来的是巨大的科研压力，不仅是由于当时作为一名高龄的"青椒"正在从一个电视人艰难地向教书人过渡，更在于这个研究项目所涉领域的新颖性与陌生性。"二次元"——一个本应属于"90后"熟稔的词语如今摆在我一个"70后"面前，壁垒之坚厚、代沟之深邃超乎我的想象。更何况要用理论的话语、学术的思维将其说清说透。

每一部改编剧都涉及上百万字的原著小说与四五十集的电视剧，可以说是卷帙浩繁、汗牛充栋。其资料搜集之繁复，作品阅读之耗神，常令我力有不逮。同时，大体量的文本对研究中的分析概括能力也提出了更高的要求。好在媒介互联时代的碎片化阅读帮助我利用一切可以利用的时间，地铁里、商场中、候车亭……所有的时间，我都在通过各种App阅读小说、剧集。在弹幕与网文之中，我似乎"穿越"回二十岁的年纪，同周围的年轻人一道沉浸在二次元的世界里。

"学而不思则罔，思而不学则殆。"阅读之后的写作同样是一个痛苦的过程。每天长时间的伏案使我又找到了当年读博士、做博士后的感觉。在这个媒介巨变的时代，信息稍纵即逝，如何敏锐地把握前沿学术话题与洞悉现象的背后，考验着研究人员的视野与功底。奥运选手傅园慧"使出洪荒之力"；开播几十年的《新闻联播》注册抖音号；正襟危坐的主播用上了二次元语言；"饭圈女孩""帝吧出征"令人对爱国小粉红刮目相看……这一切信息爆炸后是不断出现的文化多元与价值融合，也是次元的破壁。"网络·改编"话题同样是近年来突然迸发的文化现象，艺术与媒介已经不可分割地缠绕在一起，只有紧跟时代的变迁，关注艺术思潮的更迭，才能发现新问题、真问题。

从中国传媒大学读博到中国艺术研究院出站，北京丰富的资源与统观的高度使我获得了充沛的知识与缜密的思维，更难得的是能够遇到令我顿悟的良师。

感谢博士后合作导师贾磊磊先生帮我发现了网络小说改编剧这个新研究领域。贾老师是学界翘楚，知识渊博且治学严谨，师德高尚又平易近人。同时对新文艺现象的判断又非常敏锐，并且总能在理论高度发现文化动向与深层的社会心理。这本书从选题到撰写都得到了导师的悉心指导，他常常鼓励我要培养发现真问题与独立思考的能力，并在潜移默化中示范着严谨的治学精神与扎实的治学态度。

感谢项目立项时各位并不相识的评审专家。

感谢张德祥老师、闫伟老师的指点，使专著的部分章节得以提前刊发。

感谢山东艺术学院传媒学院的刘昂院长，科研处的孔亮处长、刘翔宇处长对课题研究所提供的便利条件。

感谢中国社会科学出版社郭晓鸿主任对本书的肯定与指导。

感谢在我学术之路上给予帮助的每一位老师、同学、朋友，使我能够选择自己喜欢的事情作为事业去追求。

李　磊

2019 年 10 月 20 日于青东路文教大院